오픈 시즌

OPEN SEASON
by C. J. Box

오픈 시즌

C. J. 복스
최필원 옮김

비채

몰리, 베키, 록센,

그리고 파트너이자 정신적 지주이며 첫 독자인

나의 사랑 로리에게 바칩니다.

이 소설을 세상으로 이끌어준 앤디 웰첼과 마사 부시코에게

감사의 뜻을 전합니다.

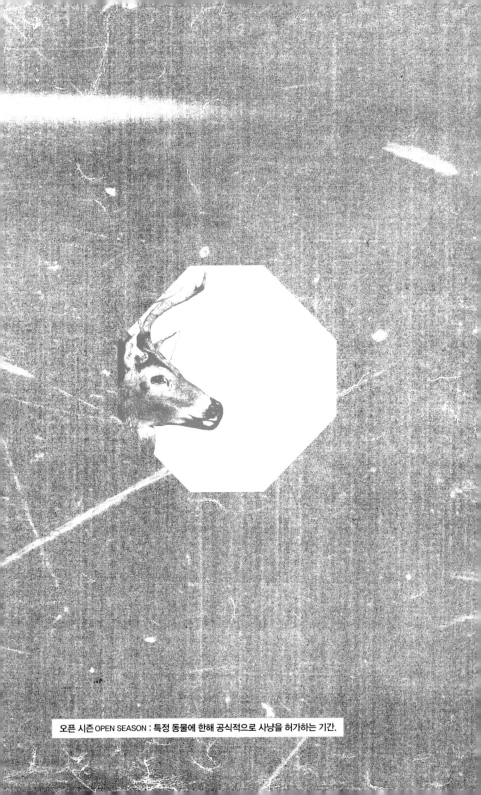

오픈 시즌 OPEN SEASON : 특정 동물에 한해 공식적으로 사냥을 허가하는 기간.

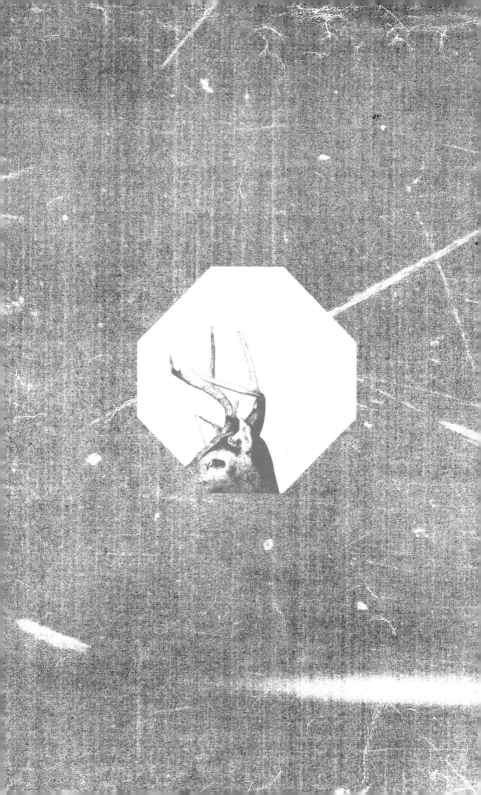

프롤로그

/

고성능 라이플의 총알은 독특한 소리를 내며 살을 파고든다. 피유우욱. 그 소리는 아무리 먼발치에서도 분명히 구분된다. 메아리도, 반향도, 빗나 갔을 때 들리는 웅웅거림도 없다. 후두음 같은 그 총성은 발사됐다가 다 시 빨려 들어가기라도 하는 것처럼 터져나오기 무섭게 멎어버린다. 일단 표적에 명중되면 둔탁하지만 뚜렷한 소리가 난다. 공기 빠지는 신음 소리 와도 흡사하다. 한 번이라도 듣고 인식하게 되면 좀처럼 잊을 수 없다.

총성이 들려왔을 때, 와이오밍 주 수렵감시관* 조 피킷은 건초더미 주 변에 2미터 높이로 엘크 울타리를 짓고 있었다. 신나게 펜치를 돌리던 그 의 손이 얼어붙었다. 조는 뒤로 물러나 시선을 떨어뜨리고 귀를 세웠다. 청바지 뒷주머니에 펜치를 쑤셔 넣은 다음, 밀짚 카우보이모자를 벗고 반 다나로 이마를 훔쳤다. 빨간색 제복 셔츠는 가슴에 달라붙었고 등에서는 미지근한 땀방울이 흘러내렸다.

조는 잠시 기다렸다. 마을을 벗어난 곳에서 들려오는 이떤 소리도 쉽 게 넘겨서는 안 된다는 걸 수년 동안 배워왔다. 멀리서, 날카롭게 뭔가 터 지는 소리가 들린다면 라이플 소리일 수 있었다. 하지만 나무 쓰러지는 소리, 가지 부러지는 소리, 소가 얼어붙은 호수에 빠지는 소리, 모터가 역 화를 일으키는 소리일 가능성도 있었다. '두 번째 총성을 들을 때까지 첫

---

* 수렵 및 금렵 관련 규칙을 감시하는 관리인.

번째 총성을 속단하지 마라.' 이것이 야외의 기본 교리였다. 노련한 밀렵꾼도 그걸 알았다. 조준에 도움되는 충고였다.

조는 두 번째 총성이 들리지 않기를 바랐다. 아직 울타리 공사가 끝나지 않았고, 만약 누가 총을 쏘는 거라면 달려가봐야 하기 때문이었다. 조는 일주일 된 신참이었다. 석 달 전, 전설적인 수렵감시관 번 더네건이 은퇴한 후로 그는 산더미 같은 업무에 시달려왔다. 엘크 떼에게서 주민의 건초를 보호하는 건 주에서 처리해야 할 일이었다. 조의 책상에는 엘크 울타리 공사를 위한 작업 명령서가 수북이 쌓였다. 밤낮을 가리지 않고 작업한다 해도 수렵기간이 시작되기 전까지 마무리하는 건 불가능했다.

와이오밍 주 트웰브슬립 카운티는 언제 총성이 울려도 이상할 게 없는 곳이었다. 이곳 주민은 모두 총을 보유했다. 방금 전 총성은 목장 주인이 코요테를 쫓는 소리이거나 아이들이 표적에 라이플을 쏘는 소리일 수도 있었다.

피유우욱.

두 번째 총성이 들려온 북서쪽으로 조의 시선이 돌아갔다. 길게 뻗은 나뭇가지가 높이 자란 세이지에 닿을 듯 늘어진 작은 언덕 쪽으로. 총성은 5킬로미터에서 8킬로미터쯤 떨어진 꽤 먼 곳에서 들려왔다.

여덟 살 된 노란 래브라도 맥신도 그 소리를 듣고 초록색 포드 픽업트럭 아래에서 튀어나왔다. 개는 가서 할 일이 생겼다는 걸 알고 있었다. 와

9

이오밍 야생동물 관리국 로고가 그려진 조수석 문을 열자 맥신이 뛰어들어갔다. 조는 차문을 닫기 전, 좌석 뒤에 놓은 총집에서 윈체스터 270구경 라이플과 스코프를 꺼내 뒷유리 앞의 총 걸이에 끼웠다. 그러고는 트럭 바닥에서 돌돌 말린 권총대를 집어 허리에 둘렀다. 규정상 늘 권총을 휴대해야 했지만 조는 총을 차고 운전하는 걸 좋아하지 않았다. 묵직한 권총이 자꾸 허리를 찔러대기 때문이었다.

조가 트럭에 오르는 순간 두 발의 총성이 연달아 들려왔다. 첫 번째 소리는 덤불과 건초 너머로 흩어졌다. 하지만 두 번째는 분명 무언가를 맞힌 소리였다. 조는 최소한 두어 마리가 총을 맞고 쓰러졌을 거라 생각했다.

조는 기어를 사륜구동으로 바꾸고 산이 우뚝 선 서쪽으로 맹렬히 달려나갔다. 최대한 서두르면서도 사고가 나지 않도록 정신을 바짝 차렸다. 도로가 없어 소떼가 지나다니며 만들어놓은 길에 왼쪽 타이어를 바싹 붙여야 했다. 오른쪽 타이어는 허벅지 높이로 자란 산쑥을 우악스럽게 짓이겼다. 큼지막한 앞발을 대시보드에 얹고 앞으로 몸을 기울인 맥신이 위아래로 심하게 요동쳤다. 긴 혀가 좌우로 휘둘리면서 침방울이 튀었다.

"준비해." 조가 말했다. 무엇을 준비해야 하는지는 자신도 몰랐다.

차는 말라버린 강바닥에 빠졌다가 힘겹게 다시 올라왔다. 타이어 네개가 제각기 땅을 움켜쥐면서 뒤쪽으로 거세게 흙먼지를 뿌려댔다. 핸들이 심하게 흔들려 하마터면 놓칠 뻔했다. 조는 페달을 힘껏 밟아 덤불진

경사지를 올라갔다. 입안이 바짝 말랐다. 솔직히 그는 두려웠다.

수렵감시관이 현장에서 무장하지 않은 사람과 맞닥뜨리는 일은 거의 없었다. 사냥꾼은 라이플, 산탄총, 휴대 무기를 지니고 다녔다. 하이커, 낚시꾼, 야영객 중에도 무장한 이가 적지 않았다. 사냥에 쓰는 날카로운 브로드헤드 화살은 조의 트럭 유리창을 거뜬히 깨고 들어올 수 있다. 하지만 그런 건 사냥철에만 조심하면 됐다. 지금은 사냥이 금지된 한여름이다. 사냥 금지기간에 총을 들고 설치는 건 밀렵꾼이나 소도둑뿐이었다. 현장에서 마주치는 건 매우 위험했다.

조 피킷은 작은 언덕에 올라 상황을 살폈다. 아래쪽에 커다란 수컷 뮬[•] 세 마리가 옆으로 쓰러진 채 죽어 있었다. 목은 칼로 그었지만 해체는 되지 않은 상태였다. 티셔츠와 청바지 차림에 턱수염을 기르고 킹로프스 모자를 쓴 남자가 가장 큰 수사슴에 올라타 있었다. 팔뚝이 굵고 가슴이 떡 벌어진 건장한 남자였다. 그의 티셔츠에 적힌 문구가 눈에 들어왔다. **수북이 쌓인 따끈한 내장이 진짜 행복이다.** 조보다 적어도 20킬로그램은 더 나갈 것 같았지만 다행히 위협적으로 보이지는 않았다. 그저 현행범으로 잡혀 화가 난 모양이었다. 손에 쥔 칼에서는 피가 뚝뚝 떨어졌다. 라이플은

• 귀가 길고 꼬리 끝이 검은 북미산 사슴.

11

남자에게서 15미터쯤 떨어진 산쑥에 기대놓았고, 권총은 지니지 않은 듯했다. 남자의 낡은 GMC 픽업트럭은 반대편 언덕의 수목 뒤에 세워져 있었다.

남자는 눈을 가늘게 뜨고 조의 트럭을 확인하더니 인상을 썼다. "아, 빌어먹을." 그가 엔진 소음에도 똑똑히 들릴 만큼 큰 소리로 말했다.

조가 빠르게 언덕을 내려가 남자와 라이플 사이에 트럭을 세웠다. 밀렵꾼이 무기를 챙기지 못하게 하기 위해서였다. 조는 맥신에게 차에서 기다리라고 한 후 밖으로 나와 남자와 죽은 사슴 앞으로 다가갔다.

"칼 내려놓으십시오." 조가 사슴과 밀렵꾼을 번갈아 보며 말했다. 밀렵꾼이 칼을 한쪽으로 휙 던졌다. 다행히 권총을 뽑을 이유가 사라졌다. 조는 굳이 총을 써야 하는 상황에 처해본 적이 거의 없었다. 설령 그런 상황에 처했다 해도 총으로 무얼 맞히지는 못했을 것이다. 조의 형편없는 사격 실력은 이미 동료 사이에서 유명했다.

"사슴 사냥 시즌까지는 넉 달이나 남았습니다." 조가 말했다. 그제야 남자를 알아보았다. 캠핑 장비점 주인 오티 킬리였다. 조는 첫 출근날 책상에 놓인 오티의 사진과 캠핑 장비점 영업 허가 신청서를 보았다.

오티가 한숨을 쉬었다. "고기가 필요했어, 감시관 나리. 정말로 고기 때문이었다고. 식구를 굶기는 일은 없어야 하잖아." 오티가 남부 악센트로 말했다. 조는 그게 어느 주 말투인지 구분할 수 없었다.

조는 가장 가까운 수사슴 앞에 쪼그리고 앉아 벨벳으로 덮인 사슴뿔을 살살 만져보았다.

"냉동고를 채울 거였으면 굳이 수놈만 골라 죽일 필요가 없지 않습니까." 조가 매서운 눈빛으로 오티 킬리를 보았다. "고기가 필요하면 암놈 한두 마리 잡으면 되잖습니까."

조는 사슴뿔 암시장이 존재한다는 걸 알았다. 이 정도 크기라면 사슴뿔을 최고의 정력제로 치는 아시아에서 수천 달러에 거래될 만했다.

"딱지 끊겠습니다. 오티 킬리 씨, 맞죠?"

오티는 깜짝 놀라 얼굴이 벌겋게 달아올랐다.

"빌어먹을. 지금 농담하는 거지?" 오티가 말했다. 거친 반응이 딱지를 면하게 해줄 거라 믿는 듯이.

조가 일어나 뒷주머니에서 티켓북을 꺼내 펼쳤다. "아뇨. 농담하는 거 아닙니다."

오티가 죽은 사슴을 넘어 조의 앞으로 다가왔다. "이봐, 난 당신을 알아. 새로 온 수렵감시관 아뇨?"

조가 고개를 끄덕이며 딱지에 내용을 기입했다.

"당신 얘기는 들었어. 모르는 사람이 없지. 허가 없이 낚시했다고 와이오밍 주지사를 체포한 그 멍청이, 맞지?"

조는 목이 화끈 달아오르는 걸 느꼈다.

"주지사인지 몰랐습니다." 조가 말했다. 하지만 이내 괜한 말을 했다고 후회했다.

오티 킬리가 허벅지를 치며 웃음을 터뜨렸다.

"몰랐다고?" 오티가 말했다. "신문에서 봤어. 아마 못 본 사람이 없을 걸. '신참 수렵감시관이 버드 주지사 체포.'"

오티가 갑자기 진지한 표정을 지어 보였다. "이봐, 정말로 딱지 끊을 건 아니겠지? 난 사냥 장비를 파는 사람이오. 면허가 취소되면 식구를 먹여 살릴 수 없다고. 농담하는 거 아뇨. 그냥 말로 합시다."

조가 고개를 들어 오티 킬리를 보았다. "저도 농담하는 거 아닙니다. 운전면허증 주시죠."

오티 킬리는 그제야 상황의 심각성을 깨달은 모양이었다. 조는 오티 킬리가 믿기지 않을 만큼 우둔한 인간이라는 생각을 했다. 오티의 시선이 한쪽에 기대놓은 라이플 쪽으로 놀아갔다.

"와이오밍에는 사람보다 짐승이 더 많지 않나." 오티가 말했다. "내가 몇 마리 잡았다고 뭐가 달라지겠어. 이놈들도 서른 마리가 넘는 무리에서 잡은 거요. 번 더네건은 이렇게 깐깐하게 굴지 않았는데."

"저는 번 더네건이 아닙니다." 오티가 전임자이자 멘토의 이름을 언급해 흠칫 놀란 걸 감추며 조가 말했다.

"내 말이 그 말이오." 오티 킬리가 씁쓸하다는 듯 말했다. 그러고는 청바지 주머니에서 지갑을 꺼내 내밀었다. 조가 지갑을 받으려 손을 뻗는 순간, 오티가 그의 팔뚝을 움켜쥐더니 힘껏 잡아당겼다. 조는 중심을 잃고 쓰러졌다. 오티는 재빨리 조의 권총집에서 총을 뽑았다.

둘은 놀라 잠시 서로 바라보았다. 이윽고 오티가 권총을 들어 조의 얼굴을 똑바로 겨눴다.

"그러게 적당히 좀 하지." 오티가 살짝 긴장한 듯한 얼굴로 말했다.

"총 돌려주십시오." 조가 얼굴에서 일어나는 경련을 진정시키려 애쓰며 말했다. 그는 큰 충격에 빠져 있었다. "제 말대로 하면 없던 일로 해드리겠습니다."

오티 킬리가 권총의 공이치기를 천천히 당겼다. 조는 실린더가 돌아가는 걸 똑똑히 보았다. 약실은 탄두가 둥근 납 총알로 채워져 있고 총구는 크고 새까맸다. 오티는 양손으로 권총을 쥔 채 흔들림 없이 조를 겨눴다.

"일이 **제대로** 꼬여버렸군." 오티가 말했다. 혼잣말에 가까웠다.

조는 집 뒤뜰에서 신나게 놀고 있을 두 딸, 셰리든과 루시를 떠올렸다. 이런 일이 벌어질까 봐 늘 두려워하는 아내, 메리베스도 떠올렸다.

조의 모든 의식은 오직 한 가지 간단한 질문에 집중됐다. 나는 눈을 뜨고 죽게 될까 감고 죽게 될까?

open season

●

결과, 목적, 그리고 방침

(b) 목적 : 이 법률의 목적은 멸종위기종을 위한 생태계 보존 방법을 강구하고, 멸종위기

종 보호를 위한 프로그램을 제공하며 이 부문의 세부항목(들)에 규정된 조약과 협약의

목적을 달성할 수 있도록 적의 조치를 취하는 데 있다.

_멸종위기종 보호법 수정 조항, 1982년

상원 환경 및 공공사업 위원회의 요청에 따라 제출

미국 정부 간행물 인쇄국

워싱턴, 1983년

1

조는 목숨을 부지했지만 떳떳할 수 없었다. 가을의 어느 일요일 아침, 하늘은 푸르스름한 회색을 띠었고 날씨는 쌀쌀했다. 그는 간밤에 산에서 피투성이 괴물이 내려와 집으로 쳐들어오려 했다는 딸의 이야기에 귀를 기울이며 팬케이크를 만들고 있었다.

일곱 살 셰리든 피킷은 곰 인형에게 자기 꿈 얘기를 신나게 들려주는 중이었다. 세 살배기 루시도 겁에 질린 얼굴로 언니 이야기를 들었다. 텔레비전은 켜놓았지만 늘 그랬듯 위성 안테나 수신 상태가 안 좋아 봐줄 수가 없었다.

셰리든은 간밤에 산에 사는 괴물이 집 뒤편의 어둡고 깊은 협곡으로 내려왔다고 했다. 침대에서 몇 센티미터 떨어진 창문의 커튼 틈으로 보았다고 했다. 셰리든은 항상 협곡에 괴물이 산다고 의심했다. 아이는 자기 말이 맞았다고 뿌듯해하면서도 살짝 겁에 질린 모습이었다. 지난 밤, 빛이라고는 미루나무 잎 사이로 스미는 달빛뿐이었다. 괴물은 뒷문을 달가닥거리다가 간신히 걸쇠를 풀고 미라같이 굼뜬 걸음으로 뒤뜰을 가로질러왔다. 놈의 눈과 이는 노랗게 번뜩였다. 고개를 돌려 좌우를 살피던 괴물의 눈이 셰리든과 마주쳤다. 순간 아이는 감전된 것처럼 움찔했다. 물에 젖은 듯 번들거리는 털북숭이 괴물은 잽싸게 도망쳤다. 놈의 몸에는 잔가지와 나뭇잎이 덕지덕지 달라붙었고, 한 손에는 하얀 부대인지 상자 같은 커다란 물건이 달랑거렸다.

"셰리든, 괴물 얘기는 그만 좀 하지 그러니." 조가 큰 소리로 말했다. 상세하고 구체적인 꿈의 묘사가 그를 불편하게 했다. 셰리든은 보통 훨씬 환상적인 꿈을 꾸었다. 말하는 애완동물이나 온갖 것이 마법처럼 날아다니는 꿈. "동생이 무섭다고 하잖아."

"이미 무서워요." 루시가 담요를 입까지 끌어 올리며 말했다.

"남자가 천천히 뒤뜰을 가로지르더니 장작더미 앞으로 다가가 커다란 그림자 속에 숨어버렸어요. **아직도 밖에 있다고요.**" 셰리든이 휘둥그레진 눈으로 동생을 홱 돌아보았다.

"잠깐, 셰리든." 조가 주걱을 쥔 채 거실로 들어서며 불쑥 말했다. 조는 올이 다 풀린 목욕 가운 차림이었다. 십 년 전, 신혼여행지인 잭슨홀에서 재미 삼아 사 온 것이었다. 발에는 커다란 플리스* 슬리퍼를 신었다. "방금 '남자'라고 했지? '괴물'이 아니라? 분명 '남자'라고 했어."

셰리든이 커다란 눈으로 아버지를 빤히 올려다보았다. "사람이었는지도 몰라요. 어쩌면 꿈이 아니었는지도 모르고요."

• 양털같이 부드러운 직물의 일종.

차 한 대가 자갈로 덮인 빅혼 가를 빠르게 오르는 중이었다. 조는 거실 전망창으로 다가가 색 바랜 커튼을 걷어보았다. 차인지 트럭인지는 이미 사라져버린 후였다. 길에서 뽀얗게 먼지가 일었다.

창밖으로 앞뜰이 펼쳐졌다. 아직 파릇파릇한 잔디에는 플라스틱 장난감이 어지럽게 널려 있었다. 최근에 새로 덧칠한 하얀 울타리 너머에는 길이 뻗었고, 그 건너에는 버드나무가 우거졌다. 숲으로 들어가면 트웰브슬립 강이 나타났다. 여섯 줄기로 갈라져 힘차게 흐르는 강 주변 연못에는 비버와 모기가 득실거렸다. 새들스트링이라는 마을을 지나면 나타나는 아치 모양 골짜기는 트웰브슬립 산맥에서 가장 높은 울프 산의 깎아지른 듯한 암벽으로 이어졌다.

피킷 가족은 마을에서 13킬로미터 떨어진 곳에 살았다. 앞으로는 울프 산이 우뚝했고, 뒤로는 작은 언덕과 협곡이 버티고 있었다.

현관문이 벌컥 열리더니 맥신이 뛰어 들어왔다. 그 뒤쪽으로 메리베스가 보였다. 메리베스의 볼은 벌겋게 상기된 상태였다. 쌀쌀한 아침 공기 때문인지, 개를 끌고 다녀온 긴 산책 탓인지 조는 알 길이 없었다. 그녀의 얼굴에 짜증 섞인 표정이 떠올랐다. 그녀는 겨울용 산책 복장이었다. 가벼운 등산화, 치노 팬츠, 방한용 파카, 그리고 털모자. 임신으로 배가 불러 파카가 팽팽했다.

"밖에 엄청 추워." 메리베스가 말했다. 모자를 벗자 금발이 어깨까지 흘러내렸다. "방금 트럭 하나 지나가는 거 못 봤어? 바넘 보안관이 산쪽으로 급히 올라가던데."

"바넘?" 조가 어리둥절한 표정으로 말했다.

"집에 돌아오니 당신 개가 갑자기 미쳐 날뛰는 거 있지? 하마터면 팔이 빠질 뻔했다니까." 메리베스가 맥신의 목줄을 풀어주었다. 맥신은 곧장 물그릇으로 다가가 게걸스럽게 목을 축였다.

조는 멍한 얼굴로 머리를 굴렸다. 메리베스는 남편의 그 표정을 좋아하지 않았다. 사람들이 단순한 사람으로 오해할 것 같았다. 수습 시절, 허가 없이 낚시한 와이오밍 주지사를 체포했을 때 연합통신사가 찍어 각지로 뿌려댄 사진 속에서도 조는 지금 같은 표정을 짓고 있었다.

"맥신이 어디로 가고 싶어 했는데?" 그가 물었다.

"집 뒤편." 그녀가 말했다. "장작더미 쪽으로."

조는 홱 돌아섰다. 셰리든과 루시가 아침을 먹다 말고 그를 보았다. 루시는 이내 접시로 시선을 돌려버렸고, 셰리든은 아버지를 응시하며 의기양양하게 고개를 끄덕였다.

"총을 챙겨 가시는 게 좋을 거예요." 셰리든이 말했다.

조가 씩 웃었다. "넌 아침이나 먹어." 그가 말했다.

"저게 무슨 소리야?" 메리베스가 물었다.

"피투성이 괴물요." 셰리든이 눈을 크게 뜨고 말했다. "장작더미 안에 괴물이 숨어 있어요."

그때 빅혼 가에서 요란한 모터 소리가 들려왔다. 새들스트링 쪽이었다. "무슨 일이 벌어진 것 같은데. 왜 당신에게 연락이 안 오는 거지?" 메리베스가 말했다. 사실 조도 그걸 궁금해하고 있었다.

조가 수화기를 들어 제대로 작동하는지 확인했다. 발신음이 똑똑히 들렸다.

"당신이 신참이라 그런가? 여기 사람들은 아직도 번 더네건이 은퇴했다는 사실에 익숙해지지 않은 것 같아." 메리베스가 말했다. 조는 아내가 방금 한 말을 주워 담고 싶어 한다는 걸 대번에 눈치챘다.

"아빠, 그 괴물 때문이에요?" 셰리든이 미안해하는 표정으로 말했다.

조는 목욕 가운 위로 권총집을 차고 검은 스테트슨*을 눌러쓴 후 뒤편 포치로 나갔다. 초가을이지만 바깥 공기가 꽤 쌀쌀했다. 플리스 슬리퍼 사이로 말라붙은 핏자국이 보이자 등골이 오싹해졌다. 조는 권총을 뽑고 실린더를 열어 장전 상태를 확인했다. 그러고는 어깨 너머를 돌아보았다.

셰리든과 루시가 다이닝룸 창문으로 내다보고 있었다. 그 뒤편에 선 메리베스도 보였다. 세 여자 모두 아름다운 금발에 호리호리한 체형이었다. 그들의 초록색 눈은 조에게 단단히 고정돼 있었다. 그는 자신의 몰골이 얼마나 우스워 보일지 알았다. 식구들이 자신이 발견한 것을 볼 수 없기를 바랐다. 뜰을 반으로 가르는 콘크리트 보도에는 피가 흩뿌려졌고 얼어붙은 잔디에는 누군가가, 아니 무언가가 짓이긴 흔적이 남아 있었다. 잔디와 낙엽이 납작하게 눌린 걸 보니 커다란 사슴이나 엘크가 쉬었다 긴 모양이었다.

조는 두 손으로 쥔 권총을 앞으로 내민 채 어린 소나무를 멀리 돌아 나아갔다. 울타리의 낡은 문을 나서자 높이 쌓인 장작더미가 나타났다.

조는 깊은 숨을 들이쉬고는 저도 모르게 뒤로 주춤 물러났다. 귓속에서 **맥박 뛰는** 소리가 요란하게 들렸다.

턱수염을 기른 육중한 남자가 장작더미 위에 누워 있었다. 큼직한 두 손을 배 위에 가지런히 포갠 채 한쪽 다리는 나무 그루터기에 얹은 상태였다. 머리 밑에는 통나무가 끼워졌고, 살짝 벌어진 입안으로는 옥수수처럼 누런 치아가 들여다보였다. 눈꺼풀은 완전히 닫히지 않았고, 촉촉해야 할 눈은 바짝 말라서 구겨진 셀로판 같았다. 긴 머리와 텁수

---

* 흔히 '카우보이모자'라고 칭하는 형태의 모자.

룩한 턱수염에는 피가 덕지덕지 말라붙었다. 남자의 두꺼운 베이지색 새미 셔츠와 청바지에도 검은 핏자국이 남아 있었다. 오티 킬리였다. 그리고 죽은 것 같아 보였다.

조가 손을 뻗어 오티의 두툼하고 창백한 손을 만져보았다. 피부는 차갑고 딱딱했다. 머리와 옷과 밀랍 같은 피부에 묻은 핏자국을 빼면 오티는 무척 평온해 보였다. 안락의자에 누워 텔레비전으로 브롱코스의 풋볼 경기를 보는 사람 같았다. 맥주까지 홀짝이면서.

오티 킬리가 한 손에 쥔 건 뚜껑 없는 작은 플라스틱 아이스박스의 손잡이였다. 조는 무릎을 꿇고 앉아 아이스박스를 살폈다. 눈물방울 모양의 동물 배설물이 들어 있었다. 내벽에는 짐승 발톱에 긁힌 자국이 선명했다. 안에 갇혔던 무언가가 필사적으로 바둥거린 끝에 탈출에 성공한 모양이었다.

조는 몸을 일으키고는 울타리 근처에 선 말 한 마리를 보았다. 안장을 얹었고, 굴레 밑으로 고삐가 축 늘어졌다. 얼마나 부려먹었는지 안장이 제대로 고정되지 않을 만큼 앙상했다.

조는 오티의 멍한 얼굴을 내려다보며 지난 7월의 악몽 같은 기억을 떠올렸다. 오티가 권총을 빼앗아 얼굴에 겨누고 공이치기를 당겼던 순간을. 오티는 길게 한숨을 내쉬며 방아쇠울에 손가락을 걸어 권총을 휙 돌렸다. 그러고는 자기가 무슨 론 레인저라도 되는 듯 손잡이를 불쑥 내밀었다. 비록 방아쇠가 당겨지지는 않았지만 그날 이후 조는 달라졌다. 당시 그는 자신이 죽은 목숨이라고 생각했다. 아니, 그토록 허무하게 무기를 빼앗겨버렸으니 죽어 마땅했다. 하지만 방아쇠는 당겨지지 않았다. 조는 돌려받은 무기를 덜덜 떨리는 손으로 겨우 권총집에 꽂았다. 그리고 다리가 풀려버리기 전에 잽싸게 트럭을 붙들었다. 오티는 어리병병한 표정으로 그를 지켜보았다. 조는 말없이 딱지를 끊어 오티 킬리에게 내밀었다. 오티는 그것을 받아 주머니에 쑤셔 넣었다.

"오늘 일에 대해 함구한다면 나도 그렇게 하지." 오티는 말했다.

조는 그 제안을 받아들이지도, 오티를 체포하지도 않았다. 두 사람의 약속은 그렇게 굳어졌다. 조는 오티의 침묵 덕분에 목숨을 부지하고 오점 없는 경력을 유지할 수 있게 된 것이었다. 그 후로 조는 밤마다 약속을 떠올리며 괴로워했다. 오티 킬리는 그에게서 무언가를 앗아갔고, 그걸 되찾아올 방법이 없었다. 어찌 보면 오티 킬리는 조를 죽인 것이나 다름없었다. 그날 일에 대해 아는 사람은 메리베스뿐이었지만 오티를 향한 조의 증오는 조금도 사그라지지 않았다. 그러던 어느 날, 조를 폭발하게 만든 일이 벌어졌다.

지난여름, 술에 취한 오티가 술집 손님들에게 그날의 비밀을 신나게 떠벌린 것이었다. 신참 수렵감시관이 지역 주민에게 무기를 빼앗겼다는 소문은 삽시간에 퍼져나갔다. 〈새들스트링라운드업〉이라는 주간지의 '목장 소식'에는 소문과 관련된 익명의 기고 칼럼까지 실렸다. 지역 주민들은 그런 자극적인 소식을 특히 좋아했다. 괄약근 조절에 실패한 조가 바지에 실례한 채 총을 돌려달라고 싹싹 빌었다는 소문도 돌았다. 샤이엔에 있는 조의 상관도 소문을 듣고 전화를 걸어왔다. 조는 하는 수 없이 모든 걸 털어놓아야 했다. 해명해봤지만 상관은 엄중히 질책했다. 그리고 그 사건은 조의 인사 기록에 영영 오점으로 남게 됐다. 당장 면밀한 조사 명령이 떨어진다 해도 놀랄 일은 아니었다.

오티 킬리의 재판은 이 주 후에 열릴 예정이었다. 하지만 오티는 법정에 출두할 수 없게 됐다.

오티 킬리는 장례식장을 제외하면 조가 태어나서 처음 본 시체였다.

오티의 표정에서는 생기가 엿보이지 않았다. 현실적인 느낌이 전혀 없었다. 행복해 보이지도, 어리둥절해하지도, 슬퍼하지도, 고통스러워하지도 않았다. 딱딱하게 굳은 얼굴만으로는 죽음이 찾아든 순간 무슨 생각을 하고 무엇을 느꼈는지 알 길이 없었다. 조는 오티의 눈과 입을 닫아주고 싶은 충동을 애써 억눌렀다. 지금껏 죽은 짐승을 많이 봐왔지만 오티와 짐승의 공통점은 장엄한 정적과 고약한 냄새뿐이었다. 죽은 짐승을 대할 때 조는 상황에 따라 다양한 감정을 느꼈다. 무심함, 연민, 그리고 경솔한 사냥꾼을 향한 조용한 분노. 이번에는 달랐다. 사람이 죽었고, 조도 언제든 그런 운명을 맞게 될 수 있기 때문이었다. 조는 애써 시선을 돌렸다.

천천히 몸을 일으켰다. 간밤에 괴물이 왔다는 주장이 사실로 확인된 셈이었다.

갑자기 인기척이 느껴져 조가 뒤를 휙 돌아보았다.

뒷문이 거칠게 닫히더니 잠옷 차림의 셰리든이 걸어 나왔다. 두 손을 번쩍 든 아이는 호기심에 찬 얼굴이었다.

"들어가 있어!" 조가 소리쳤다. 예상치 못한 반응에 놀란 셰리든이 돌아서서 집을 향해 내달렸다.

집으로 들어온 조는 아내에게 무엇을 보았는지 설명한 후 전화기 쪽으로 다가갔다.

2

조가 새들스트링 상황실에 전화를 걸었을 때 카운티 보안관 O. R.
'버드' 바넘은 자리를 비운 상태였다. 줄담배와 음모론을 즐기는 상황
실 직원 웬디에 의하면, 보안관 대리 매클라너핸도 함께 나갔다. 둘 다
아침 일찍 비상 호출을 받고 산림청 캠프장으로 갔다고 했다.

"어젯밤 크게 다친 남자가 말을 타고 캠프장을 지나갔다는 신고가
들어왔어요." 웬디가 조에게 말했다. "목격자 주장에 따르면, 용의자는
무기를 지니고 있었대요. 들어보니 그 무기를 휘두르며 야영객을 협박
했다더군요."

늘 사건의 중심에 서고 싶어 하는 웬디는 한껏 들뜬 듯했다. 그녀는
"주장한 바에 따르면" "앞서 언급한" 등 트웰브슬립 카운티에서는 좀
처럼 쓸 기회가 없는 표현에 집착하는 경향이 있었다.

"정확히 오늘 오전 7시 12분에 보안관 사무실과 비상 대응 센터에

내용을 전달했어요."

"말 탄 남자의 인상착의는요?" 조가 물었다.

웬디는 접수 내용을 읊어나갔다. "삼십대 후반, 턱수염을 길렀고 피 묻은 셔츠 차림이었답니다. 건장한 체구에 광기 어린 눈빛. 목격자 주장으로는, 용의자가 플라스틱 상자인지 아이스박스인지를 마구 휘둘러댔다는군요."

조는 앉은 채로 몸을 젖히고 사무실 밖을 살폈다. 두 딸은 아직도 뒷창에 달라붙어 있었다. 메리베스는 프레츨 상자를 살살 흔들며 아이들의 관심을 끌어보려 애쓰는 중이었다. 집 나간 맥신을 개 비스킷으로 유인할 때처럼.

"왜 나한테는 아무 연락이 없었죠?" 조가 차분한 목소리로 물었다. "내가 빅혼 가에 산다는 거 알잖아요."

잠시 머뭇거리던 웬디가 말했다. "거기까지는 미처 생각 못 했어요."

조는 번 너네건에 대해 메리베스가 했던 얘기를 떠올렸다.

"바넘 보안관님도 별 말씀 없으셨고요." 웬디가 방어적으로 말했다.

"그러니까 부상당한 남자가 한 손에는 무기를, 다른 손에는 플라스틱 상자를 쥐고 있었단 말이죠?" 조가 물었다. "그럼 말은 어떻게 몰았다는 겁니까?"

"신고는 그렇게 접수됐어요." 웬디가 코를 훌쩍이며 말했다. "야영객들이 분명 그렇게 말했다니까요. 다른 주에서 온 사람들이었어요. 매사추세츠인지 보스턴인지, 뭐 그런 데서 왔다나 봐요." 그녀가 일관성 없는 내용을 해명하듯 말했다.

"정확히 어느 캠프장입니까?" 조가 물었다.

"크레이지우먼 크리크라고 기록돼 있네요."

크레이지우먼은 빅혼 가에서 가장 늦게 개발된 캠프장으로, 산에 오르는 하이커의 출발점으로 유명했다.

"바넘 보안관님과는 무전 가능합니까?" 조가 물었다.

"아마 그럴걸요."

"그럼 무전을 한번 넣어봐요. 연결되면 말을 탄 용의자는 오티 킬리이고, 지금 우리 집 뒤편 장작더미에 숨진 채 누워 있다고 전해줘요."

웬디는 숨이 턱 막혀버린 듯 잠시 말이 없었다.

"방금 뭐라고 하셨죠?" 그녀가 물었다.

조는 전화를 끊고 뒷문으로 향했다.

"또 가보시려고요?" 셰리든이 속삭였다.

"잠깐 다녀올게." 조가 애써 태연하게 말했다.

그는 문을 닫고 나와 오티 킬리가 누워 있는 쪽으로 천천히 다가갔다. 조의 시선이 뒤뜰, 핏자국이 남은 보도, 장작더미, 그리고 협곡 입구를 차례로 훑어나갔다. 보안관과 보안관 대리가 들이닥치기 전에 상황을 완벽하게 파악해두고 싶었다. 이번만큼은 실수가 없어야 했다.

플라스틱 아이스박스 앞에 웅크리고 앉은 조는 가운 주머니에서 빈 봉투와 연필을 꺼냈다. 그러고는 연필의 지우개 부분을 이용해 자그마한 배설물 몇 알을 봉투에 담았다. 본부로 보내 분석을 의뢰할 생각이었다. 또 다른 봉투에도 몇 알을 담아 보관하기로 했다. 그는 두 봉투를 잘 봉해 주머니에 집어넣었다. 나머지는 보안관을 위해 남겨놓았다.

다시 집으로 들어온 조는 제복으로 갈아입었다. 청바지와 소매에 가지뿔영양 패치가 붙은 빨간 섀미 셔츠. 가슴주머니에는 '수렵감시관'과 'J. 피킷'이라고 적힌 명찰이 달려 있었다.

조는 아래층으로 내려갔다. 뿌연 텔레비전 화면 앞에 늘어진 두 아이, 치우지 않은 식탁 앞에 앉은 메리베스가 눈에 들어왔다. 한 손에 커피잔을 든 그녀가 천천히 시선을 들어 조를 보았다.

"너무 걱정 마." 조가 애써 미소 지으며 말했다. 그는 메리베스에게 아이들을 데리고 새들스트링에 가 있으라고 했다. 수사가 끝나고 뒤뜰이 원상복구될 때까지 모텔에서 지내는 게 낫겠다는 말도 덧붙였다. 그는 아이들이 시체를 보는 걸 원치 않았다. 셰리든의 생생한 꿈 얘기만으로 충분한 악몽이었다.

"조, 숙박비는 누가 내주는데? 주 정부에서 처리해주는 거야?" 메리베스가 아이들이 듣지 못하도록 속삭였다.

"집에 그 정도 돈도 없어?" 조는 믿을 수 없다는 표정으로 말했다. 그녀는 고개를 저었다. 메리베스는 넉넉지 않은 형편에서 간신히 살림을 꾸려가는 중이었다. 월말이었고, 돈은 바닥나기 직전이었다. 순간 조의 얼굴이 화끈 달아올랐다. 어디 잠깐 가 있을 데 없을까? 하지만 조는 이내 그 생각을 머릿속에서 떨쳐냈다. 신세를 지기에는 아직 마을 사람들과 친분이 두텁지 않았다.

"신용카드를 쓰면 되잖아." 그가 말했다.

"한도액에 거의 다다랐는데." 그녀가 말했다. "하루나 이틀 정도는 괜찮을 것도 같아."

조는 목에서 또 다시 후끈한 열기를 느꼈다.

"미안해, 여보." 조가 웅얼거렸다. 그는 먼지투성이 검은 모자를 눌러쓴 다음 보안관을 맞으러 밖으로 나갔다.

3

측정과 표시와 촬영을 마친 보안관 대리들이 장작더미 주변을 노란 출입금지 테이프로 봉쇄해놓은 후 땅바닥에 보디백[•]을 펼쳐놓았다.

조는 오티 킬리를 보디백에 넣는 광경을 내다보지 못하도록 창문을 등진 채 서 있었다. 대리들은 오티의 뻣뻣한 팔다리를 잘 접어 넣고, 묵직해진 보디백을 번쩍 들었다. 밑으로 늘어진 중간 부분이 잔디에 스쳤다. 그들은 집을 돌아 대기중인 구급차로 향했다.

가장 먼저 모습을 드러낸 O. R. '버드' 바넘 보안관은 도착하자마자 조에게 시체가 있는 곳으로 안내하라고 지시했다. 지긋한 나이에도 바넘은 빠르고 정력적이었다. 핼쑥한 얼굴에 깊숙이 박힌 담청색 눈 주변은 종잇장처럼 얇은 피부로 덮여 있었다. 조는 파란 눈으로 현장을 꼼

• 시체 운반용 부대.

31

꼼히 살피는 바넘을 말없이 지켜보았다.

조는 불편한 질문에 대한 답을 이미 준비해둔 상태였다. 바넘에게 본부에 보낼 배설물을 챙겨놓았다고 알렸지만 그는 관심 없다는 듯 손을 흔들 뿐이었다.

"그래, 오티가 틀림없어." 자신의 블레이저*로 돌아가기 전, 바넘은 말했다. "자네가 보고서 올릴 텐가?" 조는 그러겠다고 고개를 끄덕였다. 그 이상의 질문도 지시도 없었다. 조는 자신이 쓸모없게 느껴졌다.

조는 집 옆에 서서 보안관을 지켜보았다. 무전기를 입에 갖다 붙인 바넘은 한 손으로 허공을 휘저어댔다. 누군가가 또는 무언가가 그를 언짢게 하는 모양이었다. 조 역시 언짢기는 마찬가지였지만 내색하지 않으려 애썼다.

조는 집으로 들어갔다. 긴 소파에 앉은 메리베스가 걱정스러운 얼굴로 그를 보았다.

"치워갔어?" 그녀가 물었다. 시체 애기였다. 그녀는 오티의 이름을 굳이 입에 담고 싶어 하지 않았다.

조는 그렇다고 대답했다.

그녀의 창백한 피부는 얼굴뼈에 바짝 달라붙어 있었다. 메리베스가 볼록한 자신의 배를 문질렀다. 무의식적으로 하는 행동이었다. 셰리든과 루시를 임신했을 때도 대혼란의 문턱에서 늘 그런 반응을 보였다. 그녀는 바깥세상의 불길한 일에서 배 속 아이를 보호하려는 듯 두 팔로 배를 감쌌다. 메리베스는 아이들을 끔찍이 챙기는 좋은 어머니였다. 그녀는 집 밖의 사건에 가족이 휘둘리는 걸 무엇보다 싫어했다.

• 쉐보레 사의 SUV 차량.

"저번에 당신 총을 빼앗은 그 사람이지?" 메리베스가 그제야 깨달은 듯 말했다. "산부인과에서 그 사람 부인을 만났어. 그 여자도 임신 오 개월쯤 됐을 거야." 그녀가 얼굴을 찌푸렸다. "셰리든만 한 애랑 그보다 더 어린 애도 있는 것 같던데. 가여워라……."

조가 고개를 끄덕이며 바넘 보안관에게 가져갈 커피를 머그잔에 따랐다.

"왜 하필 여기서 죽은 거지?" 메리베스가 말했다. "사람이 죽는 건 어쩔 수 없지만 굳이 우리 집까지 와서 죽을 필요는 없잖아. 왜 **우리 집**이야?"

이건 우리 집이 아니야. 조는 속으로 말했다. **이 집은 와이오밍 주 소유야. 우리는 여기 살고 있을 뿐이고.** 조는 머그잔을 들고 현관문을 나섰다. "잠깐 나갔다 올게."

바넘은 씩씩대며 대시보드 위 거치대에 무전기를 거칠게 걸쳐놓았다. 조가 커피를 내밀자 말없이 받았다.

"킬리가 지난 목요일에 가이드 두 명을 데리고 산으로 올라갔다는군. 캠프를 차려놓고 엘크를 찾으러 다녔다나 봐." 바넘이 조와 눈을 맞추지 않은 채 말했다. "거기 어딘가에 아웃피터 캠프가 있어. 내일 돌아오기로 돼 있어서 아직 그들이 실종됐다는 사실을 모르는 것 같아."

"그 가이드가 누굽니까?" 조가 물었다.

"카일 렌스그라브와 캘빈 멘디스." 바넘이 돌아보며 대답했다. "아는 사이인가?"

조가 고개를 끄덕였다. "몇 번 마주친 적 있습니다. 오티 킬리의 밀렵 조직과 관련해서 꾸준히 오르내리는 이름이죠. 하지만 현행범으로 체포된 적은 없는 것으로 압니다." 언젠가 조는 스톡먼스 바에서 그들과 맥주를 마신 적이 있었다. 두 사람 모두 삼십대 중반의 산사람이었다. 렌스그라브는 호리호리한 체구에 키가 컸고, 매부리코에 알이 두꺼운 안경을 걸치고 다녔다. 얼굴은 텁수룩한 금빛 수염으로 덮였다. 멘디스는 키가 작고 통통했다. 새까만 눈과 환한 미소에는 묘한 매력이 있었다. 피킷은 멘디스와 오티 킬리가 군대 동기이며 함께 사막의 폭풍 작전에서 활약했다는 얘기를 들은 기억이 났다.

"아무도 렌스그라브와 멘디스를 보지 못했네." 바넘이 말을 이어나갔다. "보나마나 그놈들이 오티 킬리를 죽였을 거야. 이유는 모르겠지만. 지금쯤 다른 주로 달아났을걸."

"어쩌면 아직 산에 있는지도 모르고요." 조가 말했다.

"그래." 바넘이 입술을 오므렸다. "그럴 수도 있겠지. 고속도로 순찰대가 눈에 불을 켜고 찾는 중이야. 문제는 차가 무엇인지 모른다는 거지. 킬리의 트럭과 말 운반용 트레일러는 크레이지우먼 크리크에 세워져 있어. 둘 중 하나가 차를 끌고 갔는지 알아보고 있네."

조가 고개를 끄덕이며 말했다. "흠." 잠시 어색한 침묵이 흘렀다.

무려 이십사 년간 보안관 자리를 지켜온 바넘은 트웰브슬립 카운티의 유명 인사였다. 변변한 대항마가 없어 선거에 출마할 때마다 70퍼센트가 넘는 압도적인 득표율을 기록했다. 실천적인 보안관으로, 여러 시민 단체에서 활동했고 고등학교 풋볼과 농구 경기에서 심판을 보기도 했다. 카운티 내에서 그가 모르는 사람은 없었고, 주민 모두 그를 존경했다. 바넘 보안관이 놓치고 흘려보내는 건 거의 없었다. 덕분에 카운티에서 가장 유명하고 이채로운 인물로 거듭났다. 그에 대한 전설도 여럿이었다. 어머니와 동생과 멕시코인 농장 일꾼을 삽으로 때려죽인 목장 감독의 머리에 357구경 매그넘 총알을 박아 넣은 일. 시가 모양

UFO를 타고 지구에 온 외계인이 잔인하게 죽인 암소를 폴라로이드 카메라로 촬영한 일. 분홍색으로 털을 염색당한 마리아라는 암양을 압수하고 그런 짓을 벌인 바스크인 양치기를 체포한 일. 또 한번은 고속도로 입구에 버티고 서서 24인치 전기톱을 휘둘러 사우스다코타 스터지스로 향하는 폭주족 스무 명을 쫓아낸 적도 있다고 했다.

"아침에 사무실에서 연락을 받지 못했습니다." 조가 불쑥 말했다. "제가 현장 가장 가까이 있는데도 말입니다."

바넘이 커피를 홀짝이며 가늘게 뜬 눈으로 조의 얼굴을 뜯어보았다. "맞아. 연락하지 않았어." 바넘이 말했다. "딱지 끊다가 오티 킬리에게 총을 빼앗긴 적 있지?"

"그렇습니다." 조가 말했다. 귀가 화끈 달아올랐다.

"오티가 여기로 왔다는 게 이상하지 않나?" 바넘이 물었다.

조는 고개를 끄덕였다.

"어쩌면 또 자네 총을 빼앗으러 오는지도 모르지." 바넘이 장난기 어린 미소를 지었다. 바넘은 교활한 늙은 여우였다. 조는 보안관에 대해 아는 게 별로 없었지만 바넘은 그의 약점을 완벽히 파악한 듯했다. 조는 잠시 망설이다가 엘크 사냥 캠프를 조사할 건지 물었다.

"해야지. 하지만 당장은 못 해." 바넘이 주먹으로 대시보드를 내리치며 말했다. "그 캠프는 길이 없는 곳에 있어. 찾아가는 것 자체가 불가능해. 헬리콥터는 메디신보 산불 진화 작업 때문에 산림청에 빌려주었고. 빨리 돌려받아도 내일 밤일 거야. 기마 추적대 놈들은 이미 산에서 사냥을 준비하고 있고."

바넘이 성난 얼굴로 조를 보았다. "말이 없으면 올라갈 길이 없어. 걸어 올라가는 건 상상도 할 수 없고."

조는 잠시 머리를 굴려보았다. "그 캠프의 위치를 아는 사람이 있습니다. 마침 제게는 말도 있고요."

바넘이 이의를 제기하려다 멈칫했다.

"자진해서 나서준다면 반대할 이유가 없지. 언제 출발할 수 있나?"

조가 턱을 문질렀다. "오후에요. 트레일러를 끌고 와 말을 준비시키려면 시간이 좀 걸릴 겁니다. 늦어도 두세 시면 출발할 수 있습니다."

"매클라너핸을 데려가게." 바넘이 말했다. "그 친구에게 무전으로 말과 무기를 가져오라고 할 테니까. 올라가서 누구랑 맞닥뜨리게 될지 모르지 않나. 상대가 누구든 우리가 화력으로 밀리면 안 되지."

다시 무전기를 집은 바넘이 멈칫했다.

"그런데 캠프 위치를 안다는 사람은 누군가?" 바넘이 물었다.

"웨이시 헤데먼입니다." 조가 대답했다.

"웨이시 헤데먼?" 바넘이 한숨을 내쉬었다. "그 자식, 다음 선거 때 내 상대로 출마한다던데."

조는 어깨를 으쓱였다. 웨이시는 옆 지구 수렵감시관으로, 번 더네건이 은퇴한 후 조가 배정될 때까지 임시로 트웰브슬립 지역을 맡아 관리한 적이 있었다. 웨이시는 그때 크레이지우먼 유역 주변 엘크 사냥 캠프의 위치를 모두 파악했다.

"젠장." 바넘이 투덜거렸다. "일이 복잡해지게 생겼군."

바넘은 씩씩대며 상황실로 무전을 넣기 시작했다.

웨이시는 전화를 받지 않았다. 무전에도 응답이 없었다. 하지만 조는 그가 어디 있을지 대략 짐작됐다. 웨이시를 찾으러 떠나기 전, 조는 메리베스와 두 딸에게 키스를 해주었다. 루시의 입맞춤은 무성의했다. 아이는 아버지가 어떤 이유로든 집을 나서는 걸 못마땅해했다. 하지만 철부지 언니와 달리 루시는 나이에 비해 성숙한 편이었다. 그래서 조는 루시를 점점 자아가 강해져가는 셰리든에 함께 맞서는 성인 동지인 양 대했다.

셰리든과 루시는 잠시 집을 떠나 있어야 한다는 사실에 혼란스러워했다. 메리베스가 모텔에서 보내게 될 시간이 무척 즐거울 거라 말했지만 못미더워하는 것 같았다.

조는 현관에 멈춰 서서 뒤를 돌아보았다. 셰리든이 그를 유심히 보고 있었다.

"정말 괜찮은 거야?" 조가 물었다.

"괜찮아요, 아빠."

"다음에 또 괴물을 봤다고 하면 그때는 아빠가 믿어줄게."

"알았어요, 아빠."

"내일 밤 누가 오는지 알지?" 메리베스가 물었다.

조는 미처 그 생각을 하지 못했다. 오전 내내 대혼란 속에 정신이 쏙 빠진 상태였다.

"당신 어머니."

"우리 어머니." 메리베스가 말했다. "시간 맞춰 집에 돌아올 거야. 당신도 그래주었으면 좋겠어."

조가 얼굴을 찌푸렸다.

4

어머니가 침실에서 여행가방을 꾸리는 동안 셰리든은 부모의 당부를 무시한 채 다이닝룸 창문에 달라붙어 밖을 내다보았다. 루시가 여전히 담요에 파묻힌 채 바닥에 앉아 텔레비전을 보는지는 미리 확인했다. 루시가 보았다면 어머니에게 고자질을 했을 것이다.

아버지가 바넘 보안관이라 부른 남자는 경찰 제복 차림의 남자와 상작더미 근처 뜰에 서 있었다. 두 번째 남자는 아버지만큼 나이 들기는 했지만 바넘 보안관보다 젊어 보였다. 보안관은 장작더미를 등지고 서서 산 쪽을 가리켰다. 그의 손끝과 젊은 남자의 시선이 산과 도로를 찬찬히 훑어나갔다. 보안관이 무슨 말을 하는지는 들리지 않았다. 잠시 후, 보안관이 집 쪽으로 다가와 셰리든이 내다보고 있는 창문 앞에 멈춰 섰다. 셰리든은 겁에 질려 움직일 수 없었다. 보안관이 어깨 너머로 또 다른 남자에게 몇 걸음인지 큰 소리로 알려주었다. 그는 돌아서기 전 셰리든을 향해 살짝 미소를 지어 보였다. 그 미소에는 엿보지 말라는 경고의 메시지가 담겨 있는 듯했다. 셰리든은 바넘 보안관이 무서웠다. 그의 창백한 눈이 싫었다. 담배도, 창문 방충망으로 새어드는 그의 제복에 밴 담배 냄새도 싫었다.

바넘 보안관은 장작더미로 돌아갔다. 셰리든은 아직도 어리둥절했다. 소녀의 어머니가 '못 말리는 상상력'이라고 부르는 것이 빚어낸 괴물을 현실에서 보게 될 줄이야. 꿈속 세상과 현실 속 세상이 하나로 합쳐진 듯한 기분이었다. 갑자기 어른들이 우르르 몰려들었다. 순간 의문 하나가 뇌리를 스쳤다. 내 상상력이 너무 강해서 무슨 꿈이든 다 현실이 되는 걸까?

하지만 소녀는 그럴 리 없다고 생각했다. 그게 사실이라면 이런 끔찍한 상황보다 훨씬 기분 좋은 것이 튀어나왔을 테니까. **진짜** 애완동물 같은 것들.

바넘 보안관이 셔츠 주머니에서 담뱃갑을 꺼내 흔들었고 한 개비가 뽑히자 입에 물었다. 멋진 트릭이라고 소녀는 생각했다. 지금껏 그렇게 담배를 꺼내 무는 사람을 본 적이 없었다. 또 다른 남자가 손을 뻗어 불을 붙여주었다. 보안관의 머리 위로 하얀 연기가 피어올랐다.

셰리든은 안경을 썼다. 전날 밤 안경을 쓰지 않은 자신을 질책했다. 안경을 썼더라면 창문을 들여다보던 남자의 얼굴을 똑똑히 보았을 것이다. 그랬다면 악몽이 아니라는 걸 깨닫고 곧장 부모님 침실로 내달렸을 것이다.

안경을 쓰면 세상을 선명히 볼 수 있어 좋았다. 하지만 반에서 유일한 안경잡이라는 사실은 영 못마땅했다. 소녀는 트웰브슬립 초등학교로 전학 온 첫날부터 안경을 썼다. 밑을 내려다보면 그새 키가 자란 것처럼 느껴졌고, 걸을 때는 어색한 기분이 들었다. 칠판 글씨가 어찌나 선명하던지 눈이 아플 지경이었다. 못된 아이들은 전학생인 데다 마을 밖에 산다는 이유로 소녀를 따돌렸다. 벌써 책을 술술 읽고 시를 암송하는 모습이 눈에 거슬렸는지도 모른다. 하지만 무엇보다 안경을 썼다는 사실이 한몫했을 것이다.

게다가 소녀는 새로 온 수렵감시관의 딸이다. 마을에서 수렵감시관의 존재는 무척 특별했다. 아이들 아버지는 대부분 사냥을 하기 때문이었다. 아이들은 셰리든의 아버지가 언제든 자기 아버지를 감옥에 보낼 수 있다는 걸 알았다. 개학한 지 이 주가 지났지만 셰리든은 아직도 친구가 없었다.

셰리든의 친구는 애완동물뿐이었다. 아니, 한때는 그랬다. 키우던 고양이 재스민이 사라졌을 때 소녀는 큰 충격에 빠졌다. 며칠이나 울고불고하며 기도했지만 재스민은 돌아오지 않았다. 소녀는 다른 애완동물을 사달라고 졸랐고, 부모는 조금 더 자라면 사주겠노라고 했다. 그것도 물고기나 새가 아니면 곤란하다고 했다. 적어도 고양이처럼 뒤편 언덕으로 도망치는 일은 없을 테니까. 소녀는 부모님이 코요테에 대해 얘기하는 걸 몰래 엿들은 적이 있었다. 그 뒤로는 재스민이 코요테에게 잡아먹힌 거라 믿게 됐다. 고양이 전에 키운 강아지가 그랬던 것처럼. 그런 애완동물도 좋았지만 소녀가 원하는 건 따로 있었다. 소녀는 껴안을 수 있는 애완동물을 원했다. 부모님도, 학교의 못된 아이들도, 산속 코요테도 모르는 자신만의 비밀 애완동물. 오직 자기만 차지할 수 있는 비밀 애완동물. 사랑받는 만큼 소녀를 사랑해주는 애완동물. 친구가 없는 소녀는 외로웠다. 동생은 많이 어렸고, 곧 태어날 아기가 부모님의 관심과 사랑을 독차지할 게 뻔했다. 아마도 영원히……

그때 자그마한 형체 하나가 소녀의 눈에 띄었다. 황갈색의 무언가가 번개같이 빠르게 장작더미 쪽으로 달려갔다. 그러고는 장작더미 아래 작은 틈으로 쏙 들어가버렸다.

보안관과 젊은 남자는 울타리와 장작더미를 등진 채 서서 대화를 나눴다. 바로 몇 발자국 뒤인데 둘은 재빠르게 스쳐 지나간 형체를 보지 못한 듯했다. 고개조차 돌리지 않았다. 그 무언가는 이제 소녀의 시야에서도 사라져버렸다. 얼룩다람쥐? 너무 컸어. 마멋? 너무 매끄럽고 날렵했잖아. 뒤뜰에서 보이는 동물에 관해서는 척척박사인 소녀조차 본 적 없는 종이었다. 언젠가 소녀는 자그마한 들쥐의 보금자리를 찾아 눈도 뜨지 못한 분홍빛 새끼들을 유심히 관찰한 적도 있었다. 하지만 방금 본 것은 들쥐로 보기에는 길고 가늘고 민첩했다.

뒤에서 어머니 목소리가 들려오자 셰리든이 깜짝 놀라며 몸을 틀었다. 소녀의 어머니는 창밖 장작더미가 아닌, 셰리든을 매섭게 노려보았다. 셰리든은 말없이 어머니에게 이끌려 차로 향했다.

차가 진입로를 빠져나가는 동안 루시는 말도 안 되는 가사의 노래를 큰 소리로 불러댔다. 셰리든은 어깨 너머로 점점 작아져가는 집을 바라보았다. 마을로 향하는 첫 번째 언덕에 올랐을 때 집은 성냥갑만 하게 작아져 있었다.

성냥갑 집 뒤편의 장작더미, 그 안에는 내 상상력이 보내준 선물이 숨어 있다고 셰리든은 생각했다.

open season

1
2
3
4
5
6
7

●

멸종위기종 결정

섹션 4. (a)일반

(1) 아래 요인에 적용되는 경우, 장관이 규정과 세부 항목 (b)에 따라 특정 종이 멸종위기종인지 결정할 수 있다.

(A) 말실이나 변형 또는 서식지 축소가 우려되는 경우.

(B) 상업, (스포츠,) 오락, 과학 또는 교육 목적으로 과용되는 경우.

(C) 질병이나 포식.

(D) 현존하는 규제 메커니즘의 불충분함.

또는

(E) 존속에 영향을 미치는 다른 자연적 또는 인공적 요인.

_멸종위기종 보호법 수정 조항, 1982년

5

와이오밍에서는 총 쉰다섯 명의 수렵감시관이 활동했다. 그리고 그 엘리트 집단에는 조 피킷과 웨이시도 포함돼 있었다. 조는 대학에서 천연자원 관리를 공부했고, 웨이시는 로데오에서 황소를 타며 야생동물 관리를 공부했다. 두 사람은 삼 년의 간격을 두고 더글러스에 있는 와이오밍 법집행 아카데미를 수료했고, 면접과 인성 검사를 거쳐 각각 제프리 시티와 질레트 지구에서 연수를 받았다. 현재는 채 2만6000달러도 되지 않는 연봉을 받으며 수렵감시관으로 활동중이었다.

이글마운틴 클럽을 향해 2차선 고속도로를 달려가는 동안 조는 오전에 있던 일을 곱씹어보았다. 말을 타고 산에서 내려온 오티 킬리는 피킷 가족의 일요일을 망쳐놓았다. 조는 와이오밍 남부의 백스에 살았을 때도, 새들스트링에서 번 더네건의 조수로 일했을 때도, 수렵감시관이 돼 버펄로에서 본격적으로 활동을 시작했을 때도 일요일 루틴을 깨

본 적이 없었다. 지난 구 년간 피킷 가족은 다섯 마을을 돌며 살았고, 이사도 여섯 번이나 했다. 이전에 산 집은 전부 작고 수수했다. 주 정부는 절대 직원에게 크고 좋은 집을 내주지 않았다. 납세자에게 수렵면허료가 엉뚱한 데 쓰인다는 인상을 줄지 모른다는 우려 때문이었다. 작은 협곡 입구에 자리한 피킷의 집은 헛간과 울타리와 별도의 차고를 갖췄다. 번이 갑자기 은퇴를 선언하면서 조와 메리베스는 자신이 가장 좋아하는 곳에서 가장 원하던 일을 할 수 있게 됐다. 덕분에 새들스트링으로 가족 루틴을 고스란히 가져올 수 있었다.

조는 하마터면 이 꿈의 직장을 놓칠 뻔했다. 번은 후임으로 조를 강력히 추천했고 직접 본부에 압력을 넣어 국장과 면접 약속도 잡아주었다. 하지만 조는 날짜를 달력에 잘못 적었고, 면접 기회를 날리고 말았다. 조와 메리베스는 아직도 그때 일을 '돌대가리 같은 짓'이라 불렀다. 조는 일을 망칠 때 아주 제대로, 공개적으로 망쳤다. 졸지에 바람을 맞은 국장이 노발대발했고 번은 이번에도 직접 나서서 그를 달랬다. 기적적으로 마지막 기회가 주어진 덕분에 조는 간신히 번의 후임으로 뽑혔다.

번 부부가 살았을 때 메리베스와 조는 그들의 집을 꽤 크게 보았다. 둘은 그늘진 뒤뜰에 앉아 칵테일을 홀짝이던 때를 생생히 기억했다. 그들이 찾아오면 번은 스테이크를 구웠고, 매력적인 아내 조지아는 안에서 음료와 샐러드를 만들었다. (부부에게는 아이가 없었다.) 조와 메리베스는 우아함이 풍기는 그 집을 무척 부러워했다. 당시만 해도 미래는 장밋빛이었다. 하지만 두 아이와 래브라도가 생기자 방이 꽉 찼다. 이사한 지 넉 달쯤 지나자 집이 점점 작아지는 기분이었다. 셋째까지 태어나면 더 좁고 답답하게 느껴질 게 뻔했다. 게다가 이미 모든 것이 무너져내리는 중이었다. 주 정부 소유의 집은 품질 수명이 길지 않았다.

조는 앞으로 석 달 이상 일요일마다 아이들에게 아침을 만들어 먹이고 한가하게 신문을 훑는 여유를 누리지 못할 거라는 걸 알았다. 심지어 오늘도 그랬다. 목요일은 와이오밍 트웰브슬립 카운티에 사냥철이 본격적으로 시작되는 날이었다. 가장 먼저 영양 사냥이 허용될 것이고, 사슴과 엘크와 무스가 그 뒤를 이을 것이다. 사냥철이 시작되면 조는 온종일 산과 언덕에 나가 순찰을 해야 했다. 학교에서는 가족과 사냥하러 산에 가는 아이들을 위해 '엘크 데이'까지 만들어놓았다.

사냥은 주로 동이 트기도 전에 시작됐다. 조 역시 그 이른 시간에 집을 나서야 했다. 사냥꾼은 일몰 삼십 분 후까지 산을 누빌 수 있었고, 조는 그때까지 현장에 남아 허가증과 면허증을 체크했다. 사냥물에 꼬리표를 잘 붙였는지, 범법행위는 없었는지, 사유지 무단침입은 없었는지 확인하는 것도 그의 일이었다. 와이오밍에서 사냥물은 사냥꾼 소유였고, 그들은 그 권리를 가벼이 여기지 않았다. 조 역시 자신의 임무를 사냥꾼만큼이나 진지하게 여겼다.

조는 셰리든이 한 말을 떠올렸다. "총을 챙겨 가시는 게 좋을 거예요." 순간 불길한 기운이 들었다. 매일 밤 일을 마치고 귀가할 때면 셰리든은 조의 샘브라운 벨트와 거기 꽂힌 권총을 유심히 보았다. 270구경 원체스터 라이플은 초록색 포드 픽업트럭의 총 걸이에 단단히 고정돼 있었다. 그의 일에서 총기 소지는 기본이지만 아이 입에서 일터에 나가 무언가 쏘라는 말이 나온 건 처음이었다. 셰리든은 아버지가 온종일 밖에서 무슨 일을 하는지 모르는 모양이었다. 언젠가 셰리든이 지나가는 말로 아버지가 '동물 구하는 일'을 한다고 얘기하는 걸 들은 적이 있었다. 비록 일부분만 사실이었지만 조는 그 설명이 좋았다.

고속도로를 달려나가던 조는 속도를 줄이고 가지뿔영양 떼가 길을 마저 건너가기를 기다렸다. 놈들은 가시철조망 울타리 밑으로 기어 들어가더니 웨이시 헤데먼의 구역인 작은 언덕 쪽으로 계속 나아갔다.

웨이시와 조는 서로 다른 때에 번 더네건 밑에서 실무를 배웠다. 번은 그들이 자신의 '수제자'라고 공공연히 밝히고 다녔다. 새들스트링 지구 감시관 조와 배신 지구 감시관 웨이시는 활동 지역이 인접해서 종종 함께 작업했다. 함께 건초 울타리를 세웠고 말과 제설기를 공유했으며 필요에 따라 정보를 나누고 서로 지원했다. 함께 트럭을 몰고 새벽을 누벼온 둘은 서로 누구보다 잘 알았다. 단순 동료를 넘어 절친한 친구가 돼버렸다. 조는 웨이시를 대체로 마음에 들어 했지만 한편으로는 못마땅한 구석도 있었다. 웨이시는 카운티 구석구석을 손바닥 들여다보듯 했고, 목장주는 물론 밀렵꾼과도 친밀한 관계를 유지했다. 전직 로데오 카우보이 웨이시는 조를 포함한 거의 모든 이를 홀리는 묘한 매력의 소유자였다. 메리베스마저 웨이시에게 호감을 가졌다. 하지만 언젠가 웨이시는 신뢰할 수 없다는 말로 조를 놀라게 하기도 했다.

조는 웨이시에 대한 몇 가지 불편한 사실을 알았다. 메리베스의 의견을 더욱 확고히 굳혀줄 사실을. 하지만 당분간은 자신만의 비밀로 간직해두기로 했다.

고속도로를 벗어난 조는 이글마운틴 클럽 입구로 들어섰다. 하얀 미늘벽으로 된 경비실에서 제복 차림의 남자가 들어가라고 손짓했다. 하지만 막상 철문이 열리자 쪼르르 달려 나와 조의 트럭으로 다가왔다.

경비는 오십대 후반이었고, 제복에는 얼룩이 남아 있었다.

"다른 사람인 줄 알았습니다." 경비가 몸을 기울이고 트럭 안을 살피며 말했다.

"제가 웨이시 헤데먼인 줄 아셨습니까?" 조가 말했다. "그도 이런 트럭을 몰고 다니죠. 웨이시를 만나러 왔습니다."

경비가 잠시 조를 빤히 보았다. "여기 온 적 있어요?"

"웨이시와 한 번 왔습니다." 조가 목소리를 낮추고 말했다. "들여보내주십시오. 새들스트링에서 살인사건이 발생했어요. 웨이시의 도움이 필요합니다."

뒤로 물러선 경비가 잠시 뜸을 들이다가 들어가보라고 손짓했다. 조는 백미러로 경비가 주머니에서 꺼낸 수첩에 트럭 번호를 기록하는 모습을 지켜보았다.

이글마운틴 클럽은 빅혼 강이 내려다보이는 언덕 꼭대기에 있는 회원 전용 사설 리조트였다. 웨이시에 따르면 초대받은 사람만 가입할 수 있고 가입비는 25만 달러라고 했다. 클럽 회원은 총 이백오십 명이며 기존 회원이 죽거나 탈퇴하거나 다수 회원에 의해 특권을 박탈당했을 때만 신규로 가입할 수 있었다. 지금껏 불명예스럽게 쫓겨난 회원은 두 명뿐이었다. 세례를 준다며 가정부에게 보드카 병을 쑤셔 넣고 송어 양식지에 빠뜨린 유명 텔레비전 전도사. 그리고 청동제 달착륙선 모형으로 아내를 때려죽인 전직 우주비행사. 빅혼 산의 작은 언덕에는 36홀짜리 회원 전용 골프장이 마련돼 있었다. 클럽에는 양어장, 사격장, 간이 활주로를 갖추었고, 100만 달러가 터무니없이 엄청난 액수였을 때 수백만 달러를 들여 지은 저택도 60채나 있었다. 회원은 모두 프라이버시에 집착했다. 주에서도 이글마운틴 클럽의 존재를 아는 주민은 거의 없었다. 설령 안다 해도 쉽게 접근할 수 없었다. 가장 가까운 도시인 몬태나의 빌링스에서는 300킬로미터, 덴버에서는 무려 800킬로미터 이상 떨어진 곳이었다.

이글마운틴 클럽은 가을에 특히 한산했다. 도로에는 자동차나 골프 카트가 한 대도 보이지 않았다. 클럽에서 겨울을 보내는 몇몇 거주자를 빼고 이미 전부 떠난 상태였다. 텅 빈 도로 너머로 깔끔하게 손질된 잔디밭이 펼쳐졌고, 어느 곳에 눈을 두어도 우뚝 선 빅혼 산을 피할 수 없었다. 클럽은 와이오밍 산꼭대기에 숨겨진 오아시스 같았다. 완벽한 관개 시설로 잔디를 키우고, 사성급 레스토랑에서 배달된 고급 음식으로 넘쳐나는 높고 건조한 곳. 모든 면에서 와이오밍과 어울리지 않는 곳이었다. 보나마나 그런 이유로 이곳에 지었을 것이다. 이글마운틴 클럽은 로키산맥이 부유한 유명 인사들의 휴가지로 각광받기 삼십여 년 전부터 이곳을 지켜왔다.

도로에서 멀리 떨어진 집은 대부분 나무에 가려져 잘 안 보였다. 도로명 표지판은 보이지 않았고 진입로마다 주인의 이름을 새긴 황동 명판이 붙어 있었다. 켄싱어라는 이름이 눈에 띄자 조가 방향을 틀었다.

진흙으로 뒤덮인 웨이시의 초록색 픽업트럭이 거대한 이층집 옆에 비스듬히 세워져 있었다. 조는 그 뒤에 차를 세우고 내렸다. 들리는 것이라고는 보도를 디디는 그의 발소리뿐이었다. 조는 현관으로 올라가 문을 두드렸다.

커다란 오크나무 문이 열리고 웨이시가 모습을 드러냈다. 눈을 가늘게 뜬 그가 일그러진 표정으로 조를 보았다. 로데오에서 황소를 타며 만든 몸은 여전히 호리호리하고 다부져 보였다. 입은 적갈색 총잡이 콧수염 뒤에 감춰져 있고 빨간 셔미 셔츠만 걸친 상태였다.

"바지 벗고 들어와, 조." 웨이시가 속삭였다. "나도 그랬거든." 그의 파란 눈 주변으로 서서히 미소가 번졌다.

어두운 실내 어딘가에서 누구인지 묻는 여자 목소리가 들려왔다.

"새들스트링 감시관 조 피킷이 왔어요." 웨이시가 어깨 너머로 말했다. "금방 들어갈게요."

창백한 알몸의 여자가 웨이시 뒤로 휙 지나갔다. 조는 그녀의 맨발이 대리석 바닥에 착착 달라붙는 소리를 똑똑히 들을 수 있었다.

웨이시가 조를 보며 입모양으로만 말했다. "에이미 켄싱어." 그리고 덧붙였다. "우리 같은 감시관을 좋아하더라고."

조는 자신도 모르게 피식 웃음을 터뜨렸다. 웨이시는 역시 괴짜였다. 언젠가 웨이시는 켄싱어 커뮤니케이션 오너, 도널드 켄싱어의 트로피 와이프*가 제복 차림의 카우보이 타입을 특히 좋아한다고 귀띔해주었다. 조는 웨이시가 이글마운틴 클럽에서 보내는 시간이 최근 들어 부쩍 늘었다는 걸 알았다. 웨이시의 방문과 도널드 켄싱어의 출장 타이밍이 교묘히 겹친다는 사실 또한 알았다.

웨이시가 살며시 문을 닫고 포치로 나왔다.

"무슨 일이야?" 웨이시가 물었다. "한창 달아올랐는데."

조는 그게 무슨 뜻인지 알고 있었다. 발기된 물건이 텐트 기둥처럼 솟아 불룩한 헤데먼의 셔츠 앞섶은 살짝 젖어 있었다. 헤데먼의 눈이 조의 시선을 따라 움직였다.

"이거 창피한데." 웨이시가 말했다. "물건이 좀 샜어. 이게 다 저 여자 때문이야. 별걸 다 시키잖아."

조 피킷은 웨이시에게 오전에 벌어진 일에 대해 들려주었다. 예상대로 웨이시는 트웰브슬립 유역에 자리한 오티 킬리의 엘크 캠프를 알고 있었다. 조가 아이스박스 이야기를 들려주자 웨이시가 흥미를 보였다.

---

* 나이 많은 남자의 젊고 매력적인 아내.

"오티 킬리. 그 친구 혹시······."

"**맞아.**" 조가 말했다.

"언제 출발해야 하지?" 웨이시가 물었다.

"지금." 조가 대답했다. "당장."

"알린에게 연락해야 하는데." 알린은 웨이시의 아내였다.

"트럭에서 하면 되잖아."

웨이시의 얼굴에 다시 특유의 느리고 환한 미소가 떠올랐다. 그가 조에게 윙크한 후 고개를 끄덕이며 현관문 쪽으로 돌아섰다.

"저 여자가 보안관 선거 때 자금을 대주기로 했어." 웨이시가 공모하는 듯한 목소리로 말했다. "섹스에 대한 집착이 장난 아니야. 오늘 아침에는 거기까지 깨끗하게 밀어버리더군. 그런 여자랑 해본 적 있어? 기분이 얼마나 묘한지 알아? 꼭 어린애랑 하는 느낌이야. 무슨 말인지 이해돼? 털을 다 밀어버리니 거기가 얼마나 크고 숙성했는지도 한눈에 확인할 수 있다고."

조는 불편해하는 얼굴로 고개를 끄덕였다.

그때 에이미 켄싱어가 흰색의 두꺼운 가운 차림으로 걸어 나왔다.

조가 먼저 인사를 건넸다. 메리베스와 참석한 박물관 모금 행사에서 그녀를 만난 적이 있었다. 조는 그녀가 제복 차림의 자신을 알아볼 리 없을 거라 생각했다.

"어서 와요, 감시관님." 에이미 켄싱어가 말했다. 고양이가 가르랑거리는 소리 같았다. 조는 살짝 흥분됐다.

에이미 켄싱어의 생기 넘치는 얼굴은 종 모양의 검은 머리로 덮여 있었다. 맨발이었고 종아리가 늘씬했다. 화장기 없는 얼굴은 상기되어 벌겠다. 웨이시와 무슨 짓을 벌였는지는 알 수 없었지만.

"포기해요." 웨이시가 장난스레 그녀의 팔뚝을 툭 치며 말했다. "이 친구는 결혼했으니까."

"그건 당신도 마찬가지잖아요, 허니." 그녀가 말했다.

"조는 나랑은 전혀 다른 타입이에요." 웨이시가 자신도 이해가 안 된다는 듯이 어깨를 으쓱이며 말했다.

"대단하군요." 그녀가 말했다. 조는 켄싱어의 말이 진심인지 알 수 없었다.

6

크레이지우먼 크리크 캠프장에 차려진 지휘소는 금세 대혼란에 빠졌다. 오티 킬리 살인사건과 용의자들 캠프의 무장 가능성이 골짜기 전체의 상상력에 불을 당겨놓았다. 캠프장은 구름처럼 몰려든 사람들로 북적거렸다. 비번인 새들스트링의 경관과 소방관이 지원을 자청했고, 시장과 지역 주간지 〈새들스트링라운드업〉의 편집장도 모습을 드러냈다. 한 재향군인은 한국전쟁에서나 썼을 법한 M-1 카빈으로 무장한 채 나타났고, 전투복 차림의 생존주의자 두 명은 특별 개조된 중국제 SKS 라이플과 진탕 수류탄을 챙겨왔다. 바넘 보안관은 그들을 별로 거슬려 하지 않았다. 오히려 그런 분위기를 즐기는 듯했다. 바넘의 임시 사무실은 카벨라스 아웃피터 텐트 안에 마련됐다. 카드게임용 탁자가 책상을 대신했다. 한국전쟁 참전 용사는 테이블에 앉아 담배를 피우는 바넘의 모습이 꼭 실로에서의 율리시스 S. 그랜트 장군을 보는 듯하다고 했다. 바넘은 비유가 마음에 들었는지 맞닥뜨리는 모든 이에게 그 얘기를 자랑스레 들려주었다.

조 피킷과 웨이시 헤데먼은 말에 안장을 얹고 행운을 비는 사람들과 차례로 악수를 나누었다. 매클라너핸이 도착하기를 기다리는 중이었다. 조는 리지라는 여섯 살 암말을 데려왔다. 조와 웨이시는 꼭 지역 풋볼팀의 스타 선수가 된 기분이었다. 남자들은 어깨를 토닥이며 같이 떠나지 못해 아쉽다고 입을 모았다.

매클라너핸은 전장에 나가는 사람처럼 중무장한 채 나타났다. 그가 가져온 장비를 전부 챙겨가려면 사륜구동 트럭이 필요했다. 불행하게도 도로가 없는 국유림에서는 걷거나 말을 타고 이동할 수밖에 없었다. 매클라너핸이 자신의 블레이저와 말 운반용 트레일러에 싣고 온 장비는 실로 엄청났다. 대형 아웃피터 텐트, 침낭, 프로판스토브, 담요, 무쇠 냄비, 철제 압력솥, 프라이팬, 무전기, 그리고 무려 70킬로그램에 달하는 접시와 조리기구가 담긴 척박스. 블레이저 뒷좌석에는 무기가 수북이 쌓여 있었다. 보안관 사무실 무기고를 싹 털어온 모양이었다. 암시 스코프가 달린 고성능 저격총, 철갑탄으로 장전된 반자동식 카빈, MAC-10 자동 권총, M-16 자동 소총, 그리고 반자동식 산탄총. "바넘답게 오버하는군." 웨이시가 비웃듯이 말했다. 그 말을 들은 몇몇 남자가 웃음을 터뜨렸다. "지지자가 많지?" 웨이시가 조에게 속삭였다.

바넘은 세 남자에게 무기를 최대한 많이 챙겨가라고 했다. 조와 웨이시가 어리둥절한 얼굴로 마주 보는 동안 매클라너핸은 캔버스 짐바구니에 부지런히 총을 쑤셔 담았다. 바넘은 자신에게 지휘권이 있으며, 두 수렵감시관이 카운티 보안관에게 종속돼 있음을 분명히 못 박았다. 또 두 감시관에게 화력을 더 갖추는 게 좋겠다고 '강력히 충고'했다. 그들에게는 이미 휴대 무기가 있었다. 조는 오티 킬리에게 빼앗겼다 되찾은 357구경 스미스앤드웨슨 매그넘 리볼버, 웨이시는 9밀리미터 반자동식 베레타로 무장한 상태였다. 보안관의 끈질긴 당부에 못 이긴 웨이시는 카빈 한 정을 집어 안장에 꽂았다. 두 사람이 달려들어 학군단 장교 출신 매클라너핸이 짐바구니 꾸리는 걸 도와주었다.

조가 준비된 무기 대신 새 사냥에나 어울리는 자신의 12게이지 레밍턴 윙마스터 산탄총을 챙기자 바넘이 피식 웃었다. 바넘은 굳이 산탄총을 챙겨가겠다면 트럭에 있는 쇼트배럴 폭동 진압용 산탄총을 가져가라고 했다. 하지만 조는 십대 시절부터 사용해온 자신의 산탄총이 편하다며 거절했다. 조는 윙샷*에 꽤 재능이 있었다. 신기하게도 멈춰 있는 표적은 잘 맞히지 못했고, 움직이거나 덤불에서 푸드덕 날아오르는 표적은 쉽게 명중시켰다. 그는 총을 제대로 겨누지 않고도 본능과 반응 능력만으로 빠르게 움직이는 표적을 맞혔다. 오히려 작정하고 표적을 겨누면 빗나가는 경우가 많았다. 첫 번째 권총 시험을 통과하지 못한 조는 두 번째이자 마지막 기회에서 간신히 턱걸이로 합격했다. 단 세 발로 움직이는 꿩 모양 표적 세 개를 명중시킨 그였지만 사격장의 움직임 없는 인간 모양 표적은 끝내 맞히지 못했다. 바넘은 조에게 최소한 매그넘 산탄을 장전해놓으라고 제안했다. 그 정도 화력이 필요한 상황이 벌어질 수도 있다면서. 조는 어릴 적부터 오리나 뇌조 따위를 잡던 총으로 사람을 죽여야 하는 상황을 상상하고 싶지 않았다. 하지만 그는 순순히 보안관의 제안에 따랐다. 안장 주머니에는 여분의 탄환을 챙겨 넣었다.

* 하늘을 나는 새나 클레이 표적을 쏘는 사격.

매클라너핸 보안관 대리가 짐을 마저 꾸리는 동안 바넘은 조와 웨이시를 한쪽으로 불러냈다.

"누가 이 로데오를 구경하러 온다는 줄 알아?" 바넘이 물었다. 조와 웨이시는 서로 얼굴만 빤히 볼 뿐이었다.

"번 더네건!" 바넘이 조와 웨이시의 어깨를 탁 치며 말했다. "자네들 멘토 말이야. 상황실에 전화해 메시지를 남겨놓았더군."

"번이 여긴 웬일이지?" 조가 물었다. 웨이시는 어깨를 으쓱였다.

"근처를 지나다가 무전 내용을 들은 모양이지 뭐." 바넘이 말했다. "그러니까 제대로 해야 돼. 마을 전체가 자네들만 지켜볼 테니까. 번도 마찬가지고." 바넘의 목소리에서 빈정거림이 묻어나왔다.

척박스를 포함한 장비 대부분은 바넘과 마을 사람들에게 맡겨두기로 했다. 그들이 말에 올라 기점으로 향하자 한국전쟁 참전 용사 두 명에게 에워싸인 바넘 보안관은 무전기로 헬리콥터의 위치를 확인하기 시작했다.

"얼마나 가야 하지?" 적막한 사시나무 숲을 헤쳐 나가던 조가 웨이시에게 물었다. 우거진 숲 속에서는 리지에게 알아서 길을 찾아가도록 하는 게 현명했다. 조는 대충 방향만 잡아주면 됐다. 몇 미터 앞서나가는 웨이시가 고삐를 당기며 한쪽으로 몸을 기울였다.

"두어 시간 더 가야 해." 웨이시가 웅얼거림에 가까운 목소리로 대답했다.

"그럴까 봐 걱정했는데."

헤데먼이 고개를 끄덕였다. 날이 저물기 전 아웃피터의 엘크 사냥 캠프에 도착하겠다는 목표는 물 건너 간 셈이었다.

조는 자신의 말을 웨이시의 팔로미노* 옆으로 붙였다. 그들 사이에
선 사시나무 두 그루는 가늘고 둥글었다. 숲은 심하게 우거졌고, 레몬
색 잎으로 덮인 땅에는 검은 뿌리들이 얽혀 있었다.

"저게 바로 그 이유지." 웨이시가 툴툴대며 말했다.

고요한 숲 속으로는 햇빛도 잘 스며들지 않았다. 숲 밖에서 짤랑거
리는 소리가 아득하게 들려왔다. 매클라너핸 보안관 대리와 그의 말들
이 숲을 빙 둘러가는 소리였다. 매클라너핸은 잔뜩 챙겨온 사냥 주머니
와 불룩한 캔버스가방 때문에 숲 속으로 따라 들어올 수 없었다. 조와
헤데먼이 나무 틈으로 보안관 대리를 바라보았다. 매클라너핸은 말과
도 별로 친하지 않아 보였다.

"내가 당선되면 명함 만들기 전에 저 친구부터 잘라버릴 거야." 헤데
먼이 매클라너핸이 방금 지나간 나무 틈을 응시하며 속삭였다. 조는 대
꾸하지 않았다. 그럴 필요가 없기 때문이었다.

둘은 향나무가 둘러선 경사지에 멈춰 매클라너핸을 기다렸다. 땅은
아침에 내린 눈으로 덮였고, 그 위로 바위와 나무 그림자가 길게 드리
웠다. 사시나무 숲의 밝은 노란빛 속으로 진홍색 얼룩이 엿보였다. 석
양을 머금은 숲은 눈이 시릴 만큼 강렬한 색채를 띠었다.

조는 지난 몇 시간 동안 확 달라진 분위기를 생각해보았다. 크레이
지우먼 크리크에서 '팬'들에게 에워싸여 있을 때는 대단한 집단의 일
원이 된 듯한 기분이었다. 하지만 어둑해지는 빅혼 산의 서늘한 정적
속에서는 자신이 한없이 작고 하찮게만 느껴질 뿐이었다.

---

* 몸통은 황금색에 갈기와 꼬리는 흰색인 말의 품종.

"자고 일어나면 엄청 욱신거릴 것 같은데." 어느새 다가온 매클라너핸이 큰 소리로 말했다.

안장 위에서 웨이시의 몸이 움찔했다. 그는 단단히 짜증이 난 표정이었다.

"몰래 다가올 거면 목소리라도 좀 낮추든가." 웨이시가 매클라너핸에게 말했다. "인디언 트릭도 몰라? 깜짝 놀래줄 상대에게도 귀가 붙어 있다는 걸 알아야지."

매클라너핸 대리는 씩씩대며 한마디 받아치려다가 꾹 참았다. 웨이시는 만만한 언쟁 상대가 아니었다.

"너무 굼뜬 거 아니야? 이미 많이 늦었다고." 웨이시가 투덜거렸다. "당신 때문에 저물기 전에 도착할 수 없게 됐잖아. 어쩔 수 없지 뭐. 여기서 대충 밤을 보내고 새벽에 아웃피터 캠프로 가볼 수밖에."

이를 악문 매클라너핸의 눈이 번뜩였다. 조는 보안관 대리가 측은했다. 지체의 원인이 그에게 있기는 했지만 적당한 선에서 멈추지 않은 헤데먼도 문제였다.

"출발이 늦어진 건 내 탓이 아니야. 바넘이 꼭 챙겨가야 할 물자라며 한도 끝도 없는 목록을 줄줄 읊어대는 거 못 봤어?" 매클라너핸은 목이 메는 모양이었다.

"당신이 아니라면 아닌 거야?" 웨이시가 쏘아붙이고는 말을 돌려세웠다.

"됐어." 조가 매클라너핸에게 말했다. "이제 그만하자고."

"그래도 이건 너무하잖아." 매클라너핸이 말했다. 아랫입술이 가볍게 떨리고 있었다. "꼭 저렇게까지 얘기해야 돼?"

제발 울지 마, 빌어먹을. 조는 생각했다. 그가 혀를 한 번 차자 말이 움직이기 시작했다. 매클라너핸은 심란한 마음을 가라앉힐 시간이 조금 필요해 보였다. 조는 필요 이상으로 짜증을 내는 웨이시를 이해할 수 없었다. 평소와는 너무 다른 모습이었다. 어쩌면 그는 사건 해결에 사활을 거는 것인지도 몰랐다. 바넘에 맞서 출마하게 될 보안관 선거가 코앞으로 다가왔다.

그들은 푸른빛을 뿜는 형광램프 옆에 말을 묶고 화강암 절벽 아래 침낭을 깔았다. 웨이시는 엘크 캠프가 멀지 않아 불을 피우면 안 된다고 했다.

어둠에 파묻힌 채 메리베스가 싸준 햄샌드위치로 배를 채웠다. 매클라너핸은 두 남자에게 차례로 짐빔을 건넸다. 술이 들어가자 헤데먼의 기분이 살짝 풀렸다.

"오늘 밤에 우리 아들 풋볼 훈련이 있는데." 매클라너핸이 불쑥 말했다. "내가 수비 라인 코치거든."

"아들이 있어?" 조가 물었다. 그러기에는 너무 젊어 보인다고 생각했다.

"엄밀히 말하면 내 아들은 아니야." 매클라너핸이 멋쩍어하며 말했다. "약혼녀의 아들이거든. 내 집에서 같이 살아. 그녀는 두 번 결혼에 실패했고 나이가 좀 많아."

"오."

웨이시가 코웃음을 쳤다. "그게 무슨 상관이야?"

"훈련에 빠진 건 이번이 처음이야." 매클라너핸이 말했다. "금요일에 트웰브슬립이 버펄로와 맞붙거든. 시즌 첫 홈 경기야."

"위대한 버펄로 바이슨. 우리의 숙적이지." 헤데먼이 비꼬는 투로 말했다. "가서 무전이나 쳐. 바넘에게 우리 위치나 알려주라고. 밑에서 기다리는 사람들에게도 밤새 씹어댈 얘깃거리를 던져줘야지. 내일 새벽에 엘크 캠프로 갈 거라고 보고해."

매클라너핸이 고개를 끄덕이고 무전기를 꺼내러 갔다.

"맙소사." 매클라너핸이 사라지자 웨이시가 툴툴거렸다. "저런 놈을 채용해 쓰는 건 쓸 만한 놈을 둘 잃는 거나 다름없어."

"이제 좀 그만해." 조가 말했다.

웨이시는 투덜거리며 샌드위치를 씹었다. "오티가 가져왔다는 아이스박스에 뭐가 들어 있었는지 궁금한데."

"나도."

"하긴 뭐든 무슨 상관이겠어?" 웨이시가 말을 이었다. "결국 아무 의미도 없을 텐데."

조가 고개를 끄덕였다. 웨이시는 크레이지우먼 크리크와 피킷의 집 사이의 목장주 주택을 차례로 읊었다. 오티 킬리가 찾아가 도움을 요청할 수도 있었던 곳들이다.

"굳이 우리 집에 와야 했던 이유가 있을 거야." 조가 말했다. "그게 뭔지는 아직 모르겠지만."

"아이스박스와 배설물을 샤이엔에 보낼 거야?"

"응."

"거기서 분석해보면 답이 나오겠군." 웨이시가 말했다.

"그렇겠지." 조가 말했다.

"결과가 허무할 수도 있고." 웨이시가 말했다. "어쩌면 죽은 오티만 아는 비밀일 수도 있잖아."

"오티가 맥주를 가져왔는지도 모르지." 어둠 속에서 불쑥 튀어나온 매클라너핸 보안관 대리가 말했다. "그 아이스박스에 담아서 말이야. 화해도 할 겸 한잔하러 왔던 건 아닐까?"

"이봐, 매클라너핸." 웨이시가 말했다. "바넘에게 보고는 했어?"

매클라너핸은 조와 웨이시에게 바넘 보안관과 무전을 나누었으며, 현재 위치와 상황을 보고했다고 알려주었다. 또 바넘이 내일 오후 새들 스트링으로 헬리콥터를 불러들일 것이며, 카일 렌스그라브와 캘빈 멘디스의 흔적을 아직 찾지 못했다는 정보도 전달했다.

"지휘소에 누가 왔는지 알아?" 매클라너핸이 물었다. 어둠 속에서 그의 이가 번뜩였다.

두 남자는 말이 없었다.

"번 더네건!" 매클라너핸의 목소리에 흥분과 경외감이 섞여 있었다.

웨이시가 매서운 눈으로 조의 반응을 살폈다. 조는 움찔하지 않았다.

"번이 그랬지 '조심들 해. 날 뿌듯하게 만들어줘.'"

"바넘은 뭐라고 했지?" 조가 물었다.

"바넘은 이랬어. '제대로 해. 쪽팔리게 만들지 말고.'" 매클라너핸이 웃음을 터뜨렸다.

바넘과 마찬가지로 번 역시 전설이었다. 그는 이 지역의 역대 수렵 감시관 중 가장 인기 많고 영향력 있는 인물이었다. 지역 사회에서 그가 갖는 무게감은 실로 대단했다. 번은 매일 아침 10시, 알파인 카페에서 시의회 의원과 커피를 나눌 수 있는 사람이었다. 밀렵꾼과 위법자에게는 가차 없었지만 선량한 지역 주민에게는 한없이 관대했다. 공무원 신분이었는데도 번은 항상 자신을 사업가로 여겼다. 그는 삼십일 년간의 비즈니스 경험을 무척 자랑스러워했다. 지역 쿠폰 잡지, 비디오 가게, 위성 안테나, 지역 라디오 방송국 등 번은 마을의 여러 사업체에 지분이 있었다. 몇몇 사업에서는 파트너로 이름을 올려놓기까지 했다. 하지만 어떤 이유에서인지 그의 파트너는 속속 마을을 떠났고, 사업체는 고스란히 번의 차지가 됐다. 손에 넣은 사업체는 예외 없이 매각 처리한 뒤 곧장 다른 사업으로 눈을 돌렸다. 어떤 이는 번을 재능 있는 사업가라고 불렀다. 하지만 대부분 그의 노골적인 탐욕을 문제 삼았다. 그는 자신과 엮인 사업체를 체계적으로 약탈했고, 파트너들이 역겹거나 두려워서 제 발로 떠나도록 유도했다. 번 더네건은 마을에 엄청난 그림자를 드리우고 있었다. 언젠가 메리베스는 조에게 트웰브슬립에서 마지막으로 햇빛 구경을 한 게 언제인지 기억나지 않는다고 했다. 번은 웨이시와 조를 현장에서 가르쳤다. 밀렵꾼과 위법자에 대해, 그리고 야외 활동가들의 끔찍한 면에 대해 번 더네건보다 잘 아는 이는 없었다.

조는 크레이지우먼 크리크 캠프장 사건이 벌어진 날 아침에 아무 연락도 받지 못한 것 역시 번 때문일 거라 생각했다. 번은 반년 전에 사직한 뒤, 한 에너지 회사에서 '지역 관계'를 담당하는 현장 간부로 일하고 있었다. 소문에 따르면 세 배가 넘는 연봉을 보장받았다고 했다.

그들은 여러 가능성을 열어두고 계획을 짜나갔다. 동이 트기 전 세 방향에서 엘크 캠프로 접근할 생각이었다. 웨이시는 나머지 두 명과 수신호로 소통하기로 했다. 캠프에 사람이 있다면 신속하게 포위해 무장 해제시켜야 했다.

"두 사람이 오티의 죽음과 관련 있는지는 알 수 없어." 웨이시가 말했다. "어쩌면 오티는 자발적으로 캠프에서 나왔다가 변을 당했는지도 몰라. 그러고는 그 꼴로 피킷의 집에 갔을 테지. 저 둘은 오티가 어디 있는지, 산 아래서 무슨 일이 벌어졌는지 모를 가능성도 있어."

"그게 아니면……" 매클라너핸이 끼어들었다. 그는 갑자기 긴박하게 돌아가는 상황에 무척 흥분한 상태였다.

"아니면 오티와 진탕 술을 마시고 나서 싸움을 벌였는지도 모르지. 그 과정에서 총이 몇 번 발사됐을 수도 있고." 헤데먼이 말했다. "그러니까 정신 바짝 차리고 접근해야 돼."

"범인이라면 아직까지 캠프에 남아 있을 리 없잖아." 조가 말했다. "지금쯤 몬태나로 넘어갔을 거라고."

조는 침낭에 몸을 뉘었지만 잠을 이루지 못했다. 웨이시와 매클라너핸도 마찬가지일 거라 생각했다. 밤하늘에서는 별이 쏟아졌고 기온은 예상보다 훨씬 낮았다. 별빛 아래서 그는 자신의 입김을 똑똑히 볼 수 있었다.

조는 손을 뻗어 침낭 옆에 놓아둔 리볼버의 오톨도톨한 손잡이를 만져보았다.

두 딸을 생각했다. 9시 30분. 생각보다 밤은 깊지 않았다. 아이들은 잠자리에 들었겠지만 잠에 빠져들지는 않았을 것이다. 어쩌면 생소한 모텔방의 분위기에 잔뜩 흥분했을 지도 몰랐다. 셰리든은 책을 읽거나 곰 인형을 붙잡고 수다 떠는 중일 것이다. 아이는 새끼 고양이나 강아지를 끌어안고서 밤마다 그래왔다. 메리베스는 루시에게 책을 읽어주거나 아이가 잠들 때까지 꼭 껴안고 있을 것이다. 셰리든은 모텔방 창밖을 내다보며 또 어떤 괴물이 몰려올지 감시할 것이고.

조는 이번 사건이 두 딸, 특히 셰리든에게 어떤 영향을 미칠지 궁금했다. 괴물을 찾는 것과 두 눈으로 직접 확인하는 것에는 큰 차이가 있었다. 메리베스 역시 오티의 갑작스러운 출현이 아이에게 어떤 영향을 미쳤을지 궁금해하고 있을 것이다. 조의 가족에게는 잊고 싶은 악몽이었다. 오티의 피는 앞으로 몇 개월간 보도에서 지워지지 않을 것이다. 그날의 끔찍한 일은 가족의 기억에 영원히 남을 것이고. 조는 어떤 약품을 써야 콘크리트에서 혈흔을 깨끗이 지울 수 있을지 알고 싶었다. 루시는 그날을 어떻게 기억할까? 더 조심스럽고, 더 수상쩍어하게 될까? 셰리든이 더는 부모를, 특히 아버지를 든든한 보호막으로 여기지 않는다면? 조와 두 딸의 관계는 무척 끈끈했다. 아이들은 아버지를 한없이 위대한 인물로 우러러보았다. 하지만 결국에는 별로 위대하지 않은 모습을 보며 실망할 것이다. 조는 언제쯤 셰리든과 루시에게 그 순간이 찾아들지 궁금했다. 그 순간 모두 얼마나 고통스러울지도.

조 피킷이 집착하는 건 두 가지뿐이었다. 자기 가족과 직업. 지금껏 둘을 분리하려 무던히 애를 썼다. 하지만 그날 아침, 오티 킬리가 불쑥 나타나 둘을 하나로 합쳐버렸다. 조의 태도 역시 바뀔 수밖에 없었다. 실로 암담한 상황이었다. 메리베스는 한 번도 조 피킷과 결혼한 걸 후회한 적 없었다. 불만이 있을 때는 한숨을 내쉬거나 얼굴을 살짝 찌푸릴 뿐이었다. 그녀는 무의식적으로 내보인 반응이었지만 조는 불만의 표현을 똑똑히 알아볼 수 있었다. 똑똑하고 매력적인 메리베스는 대학 시절 조와 결혼해 두 아이를 낳고 그를 따라 주 구석구석을 돌아다니느라 자신의 원대한 꿈을 제대로 펼쳐보지 못했다. 딸에게 큰 기대를 걸어온 그녀의 어머니 또한 크게 실망하긴 마찬가지였다. 조는 메리베스에게 최소한 안심하고 뿌리내릴 수 있는 집을 선물하고 싶었지만 현실은 녹록지 않았다. 그 생각만 하면 마음이 무거워졌다. 메리베스는 여행을 다니고 사업체를 운영하고 아이들을 사립학교에 보낸다는 대학 동창들과 통화하고 나면 몇 주 동안 우울함을 떨쳐내지 못했다. 자연이 친숙한 조는 자신의 직업을 무척 사랑했다. 하지만 그날 아침, 자신에게 모텔비조차 댈 능력이 없다는 걸 깨닫고 극심한 죄책감에 시달렸다. 대자연의 품에 안긴 지금도 흥분 대신 후회와 혼란이 찾아들 뿐이었다. 그가 잘할 수 있는 데다 옳다고 믿는 일로는 딸을 대학에 보낼 수도, 아내에게 진정한 휴가를 선물할 수도 없었다.

조는 누운 채로 몸을 뒤척였다. 생각을 딴 데로 돌려보고 싶었지만 잘 되지 않았다. 메리베스가 범인 추적을 위해 중무장한 두 남자와 산으로 들어온 자신을 어떻게 생각할지 궁금했다. 좋은 사람이 돼 나쁜 사람을 쫓고 싶다는 조의 어린 시절 꿈은 이렇게 현실이 되었다. 흥분에 잠을 이루지 못할 정도였다. 하지만 왠지 메리베스는 이런 기분을 이해하지 못할 것 같았다. 아무리 공들여 설명해도.

조와 달리 메리베스는 번과 웨이시를 탐탁지 않아 했다. 번 더네건이 새들스트링으로 돌아왔다는 소식을 메리베스가 어떻게 받아들일지 궁금했다. 조는 번에 대한 분노를 잠시나마 거두어보려 애썼다. 번은 분명 그에게 잘해주었고 새들스트링 지구에서 수렵감시관으로 자리 잡기까지 큰 도움을 주었다. 번이 후배 감시관을 위해 완벽에 가까운 전례를 남겨놓았다는 평가는 부적절했지만 그걸 번의 탓으로 돌릴 수는 없었다.

생각은 많은데 무엇 하나 깔끔한 결론을 이끌어내지 못했다.

조는 팔꿈치로 땅을 딛고 상체를 세웠다. 희미한 별빛 아래로 볼일을 보러 가는 매클라너핸 보안관 대리의 뒷모습이 보였다. 매클라너핸도 잠을 못 이루는 모양이었다.

조는 밤하늘에 박힌 무수한 별을 물끄러미 올려다보았다. 자신이 변하지 않으면 가정의 행복도 없다는 건 알았다. 메리베스와 두 딸을 위해서라도 바뀌어야만 했다. 자신이 사랑하는 걸 미련 없이 포기할 수 있어야만 했다.

하지만 일단은 뒤뜰의 시체와 몇 킬로미터 떨어진 엘크 캠프 문제부터 처리해야 했다.

웨이시 쪽에서 코고는 소리가 들려왔다. 많이 피곤한 모양이었다. 조는 아무 고민 없이 곯아떨어질 수 있는 웨이시가 부러웠다.

7

오전 6시, 그들은 말없이 침낭을 말아 넣고 말에 안장을 얹은 후 웨이시를 따라 나섰다. 산을 넘자 엘크 캠프로 통하는 개울이 나타났다. 아무도 아침으로 먹을 음식을 챙겨오지 않았다.

조는 정신을 바짝 차리려 했지만 잠이 완전히 깨지 않았다. 눈을 붙인 건 분명한데 잠에서 깬 기억은 없었다. 의식과 무의식 상태를 연신 넘나들며 많은 꿈을 꾸었지만 그 내용은 매끄럽게 연결되지 않았다.

조는 웨이시를 따라 캠프를 향해 나아갔다. 어둠 속에서 웨이시의 닳아 해진 데님 재킷이 선명하게 보이지 않았다. 매클라너핸 대리는 조를 뒤따랐다. 세 사람은 아직까지 입을 열지 않았다.

그들은 로지폴 소나무에 말을 묶었다. 웨이시는 말이 먹을 수 있게 땅바닥에 귀리를 수북이 뿌렸다. 걸어서 남은 길을 올라갈 계획이었다. 동이 트기까지 한 시간 남짓 남아 있었다. 산 공기는 상쾌했다. 간밤에 슬그머니 내려온 냉기는 숲을 헤치고 경사지로 되돌아가는 중이었다.

삼십 분도 채 지나지 않아 캠프에 도착했다. 어둠에 묻힌 먼발치 숲에서 회청색 얼룩이 눈에 들어왔다. 캔버스로 된 아웃피터 텐트였다. 웨이시가 잽싸게 몸을 웅크리자 조와 매클라너핸도 따라 엎드렸다. 그들은 1미터 높이의 어린 소나무 생울타리 뒤에 몸을 숨겼다.

웨이시가 조와 매클라너핸 쪽으로 몸을 기울이고 작전을 속삭였다. 매클라너핸은 왼쪽, 조는 오른쪽으로 이동하기로 했다. 웨이시는 눈앞의 좁은 길을 따라 조금 더 나아가다가 캠프 가장자리의 커다란 화강암 덩어리 뒤에 숨기로 했다. 각자 은신처에 숨어 동이 틀 때까지 기다릴 참이었다. 웨이시는 아웃피터들에게 두 손을 높이 들고 나올 것을 명령하겠다고 했다. 몇 명이 왔는지 숨겨야 하기에 그들과는 자신만 대화하겠다고 덧붙였다. 조는 웨이시의 리더십과 지휘 능력에 깊은 인상을 받았다. 지도 없이 엘크 캠프를 찾아낸 것만으로도 혀를 내두를 판인데 완벽한 상황 통제 능력까지 보여주다니. 지금껏 본 적 없는 웨이시의 또 다른 면이었다.

"말을 봤어?" 웨이시가 나지막이 물었다. "울타리 안에 두 마리 있던데." 조가 고개를 저었다. 황급히 몸을 낮추느라 텐트 외에는 아무것도 보지 못했다.

"캠프에 누가 있을 거야." 웨이시가 조와 매클라너핸을 번갈아 보며 말했다. "놈들보다 말이 먼저 우리를 알아차릴 거야. 그러니까 아무 소리 내지 말고 땅바닥에 찰싹 달라붙어 있어."

매클라너핸이 한숨을 쉬며 무의식적으로 산탄총의 개머리판을 만지작거렸다. 긴장한 얼굴에서는 공포가 살짝 묻어나왔다. 전날 밤의 흥분된 표정은 온데간데없었다. 조는 그 심정을 이해할 수 있었다.

조는 몸을 낮추고 캠프 오른편으로 이동했다. 산탄총을 지녔다는 사실에 마음이 놓였다. 쓰러진 소나무의 육중한 몸통을 따라 뿌리까지 내려간 다음 조심스레 고개를 들어 캠프를 살폈다.

텐트 세 개가 반원을 이루며 세워졌고, 각 텐트 입구는 화덕을 향하고 있었다. 텐트 지붕마다 검은 스토브 연통이 하나씩 솟아 있었다. 스토브를 갖춘 텐트 안에는 나무 바닥까지 깔았을 것 같았다. 화덕 근처에는 두꺼운 나무 테이블과 벤치, 엘크 사냥꾼이 걸터앉아 불구경을 할 수 있는 나무 그루터기도 몇 개 보였다.

텐트 주변 땅은 딱딱했고 사냥철마다 드나드는 사냥꾼과 말의 발자국으로 뒤덮였다. 꺼진 모닥불 옆 T자 모양 금속 걸이에는 새까매진 커피포트가 걸려 있었다. 모닥불이 정확히 언제 꺼졌는지는 알 길이 없었다.

텐트 뒤편은 사냥해온 엘크와 사슴을 걸어놓는 공간이었다. 짐승 시체를 걸어놓고 가죽을 벗기는 데 쓰는 가로보 몇 개가 나무 높이 걸쳐졌고, 200킬로그램이 훌쩍 넘는 짐승을 끌어 올리기 위한 녹슨 도르래 장치도 보였다. 조는 로지폴 소나무로 대충 만들어놓은 울타리를 유심히 살펴보았다.

캠프에는 정적이 흘렀다. 들리는 것이라고는 폭 좁은 개울 소리뿐이었다. 크레이지우먼 북부 포크*의 원류였다. 그들의 접근에 놀란 다람쥐도 없었고, 말도 울지 않았다. 조는 손목시계를 보며 때를 기다렸다. 온화한 새벽빛이 산꼭대기로 스며들기 시작했다. 화창한 아침이었고, 캠프에도 눈부신 햇살이 뿌려지기 직전이었다.

조는 편한 자세를 찾아 몸을 뒤척이며 텐트 안에서 누가 무엇을 하

---

* 강의 분기점.

70

고 있을지 상상해보았다. 그때 그의 시야에서 빠른 움직임이 포착됐다.

갑자기 가장 가까운 텐트의 캔버스 측벽이 바르르 떨리기 시작했다. 조는 산탄총을 들고 뿌리 사이로 캠프를 겨누었다. 시선을 진동하는 측벽에 고정했다.

안에서 무언가가 측벽을 잡아끌고 있었다. 조는 숨을 죽인 채 텐트의 양옆과 입구를 유심히 지켜보았다. 텐트 안에서 끙 앓는 소리가 흘러나왔다. 조는 웨이시나 매클라너핸 대리에게 알리기 위해 몸을 세웠지만 두 사람 모두 보이지 않았다. 조는 다시 몸을 숙이고 산탄총의 안전장치를 풀었다. 심장 뛰는 소리가 개울 소리에 뒤지지 않을 만큼 커져 있었다.

캔버스 측벽이 둥글게 부풀어 올랐다. 바닥에서 30센티미터쯤 떨어진 부분이 볼록해졌다가 스르르 내려앉았다. 조는 팽팽히 당겨진 캔버스 벽에 총구를 고정했다. 정지 상태의 표적을 제대로 맞히지 못하는 자신의 무능력이 걱정됐다.

처음 겪어보는 긴장된 순간이었다. 조는 눈앞에서 일이 터졌을 때 자신이 어떻게 반응하게 될지 궁금했다.

측벽에 기대고 있던 무언가가 마침내 밖으로 기어 나왔다. 검은색과 흰색이 섞인 자전거 안장 모양의 머리. 커다란 오소리였다. 오소리는 잠시 좌우를 살피며 킁킁거렸다.

조는 산탄총을 내려놓고 눈을 질끈 감았다. 입에서 안도의 한숨이 터져나왔다. 그는 다시 눈을 뜨고 오소리를 지켜보았다. 놈은 텐트 밑으로 빠져나오려 낑낑대는 중이었다. 조는 지금껏 그토록 큰 오소리를 본 적이 없었다. 텐트에 짓이겨진 놈의 털 밑으로 지방이 출렁거렸다. 땅에 배를 질질 끌며 간신히 텐트를 벗어난 오소리가 개울 쪽 덤불로 들어서려다 말고 조를 홱 돌아보았다. 오소리의 머리와 입 주변은 분홍빛으로 물들었고, 턱 밑에는 시뻘건 고깃덩어리가 달라붙어 있었다. 텐트 안에서 무언가 뜯어먹고 나온 모양이었다. 오소리와 눈이 마주치는 순간 조는 등골이 오싹해지는 걸 느꼈다.

그 후의 일은 빠르게 진행됐다. 중간 텐트의 입구에서 복고풍 속옷 차림의 남자가 튀어나왔다. 매클라너핸과 웨이시 중 한 명이 빽 소리치자 남자는 멈춰 서서 소리가 들려온 쪽을 돌아보았다. 남자 옆에서 라이플 총열이 불쑥 솟아올랐다. 순간 요란한 총성이 연달아 들렸다. 귀청이 터질 듯한 그 소리가 도끼로 멜론을 쪼개듯 아침의 정적을 갈라놓았다.

그때 무언가가 조의 얼굴을 강타했다. 그는 땅바닥에 주저앉아 장갑 낀 손으로 따끔거리는 오른쪽 눈 밑을 더듬어보았다. 황급히 장갑을 벗어 보니 가죽에 피가 묻어 있었다. 총성이 몇 번 더 들렸고, 귀가 심하게 울려댔다. 조는 허둥대며 쓰러진 나무의 뿌리 뒤로 들어갔다. 중간 텐트는 라이플을 든 남자가 몸을 기대면서 무너져 내렸다. 그의 보온 셔츠에는 암적색 꽃이 여럿 생겨나 있었다. 남자는 두 팔을 쭉 뻗은 채 쓰러졌고, 라이플은 그의 발 옆에서 뒹굴었다. 웨이시가 매클라너핸에게 총질을 멈추라고 소리쳤다.

총성이 멎자 웨이시가 캠프 쪽으로 시선을 돌렸다. "텐트에 있는 놈들 잘 들어. 죽고 싶지 않으면 밖으로 무기를 던져. 그런 다음, 두 손 높이 들고 차례로 나와!" 웨이시가 소리쳤다. "너희 캠프는 연방 보안관 열두 명에게 포위됐어. 한 놈은 총에 맞아 죽었고!"

조가 산탄총을 들고 가까운 텐트를 겨누었다. 피 묻은 산탄총 개머리판이 볼에서 미끄러졌다. 얼굴에 감각이 없었지만 한가하게 상처를 살필 때가 아니었다.

캠프는 쥐 죽은 듯 조용했다.

웨이시가 다시 경고 메시지를 외쳤다. 조와 웨이시의 눈이 중간 텐트를 깔고 누운 남자 쪽으로 돌아갔다. 몸의 일부가 무너진 텐트의 두껍고 지저분한 캔버스 천에 덮여 있었다.

바위를 돌아 나온 웨이시가 카빈을 앞세우고 캠프 쪽으로 천천히 움직였다. 레버를 당기자 카빈에서 놋쇠 탄피가 튕겨져 나왔다. 매클라너핸도 숨었던 자리에서 일어나 산탄총을 재장전했다.

네가 날 쐈어. 조는 생각했다. 네가 쏜 총알이 어디 튕겨 내 얼굴에 맞았다고, 매클라너핸.

텐트에 아무도 없다고 확신한 웨이시가 화덕을 지나 남자가 나온 텐트 쪽으로 다가갔다. 그러고는 쪼그려 앉아 총에 맞은 남자가 더는 말썽을 일으키지 않을지 확인했다. 조는 개울을 건너 오소리가 빠져나온 텐트로 다가갔다.

"아무도 없어?" 웨이시가 마지막 텐트를 향해 소리쳤다.

조는 보기도 전에 냄새부터 맡았다. 웨이시가 텐트 입구의 덮개를 걷어 올렸고 조는 헛구역질을 하며 돌아섰다.

카일 렌스그라브와 캘빈 멘디스는 이틀 전 총에 맞아 숨진 상태로 침낭에 누워 있었다. 오소리에게 뜯어 먹힌 창백한 팔뚝과 얼굴에는 하얀 뼈가 드러나 있었다.

8

셰리든은 뒤뜰의 커다란 미루나무 그늘에 앉아 볼에 담긴 마른 시리얼을 집어먹었다. 여전히 파란색 교복 차림이었지만 신발과 양말은 진작에 벗어 던져놓았다. 소녀는 시리얼을 먹으면서 장작더미를 응시했다. 무슨 일이 벌어지기를 바라고 기다리고 있었다.

마을의 누군가가 소녀의 어머니에게 전화를 걸어 아버지는 무사하며 곧 집으로 돌아갈 거라고 알렸다. 어머니는 곧장 셰리든의 할머니에게 좋은 소식을 전했다. 어머니는 미시 할머니와 꽤 오래 통화했다. 다른 할머니와 달리 셰리든의 할머니는 손주들에게 자기 이름을 불러달라고 했다. 미시도 손주들을 그냥 '손주'라고 부르지 않았다. 셰리든은 미시가 할머니라는 호칭을 부끄럽게 여긴다고 생각했다. 소녀는 할머니를 '미시'라고 부를 때마다 어색했다. 할머니 나이에 어울리지 않는 가벼운 이름 같았다.

어머니는 나쁜 사람들이 잡혔고, 아버지가 조금 다치기는 했지만 크게 걱정할 정도는 아니라고 했다. 아버지는 새들스트링의 병원에서 밤새 치료받고 수많은 질문에 답해준 뒤 집에 돌아올 것이다. 그러니 다행이었다.

모텔방도 나쁘지 않았지만 셰리든은 집에 갈 수 있어 기뻤다. 모텔에서는 새우튀김을 실컷 먹을 수 있었고, 텔레비전 채널도 서른 개나 됐다. 오층짜리 건물에는 엘리베이터가 있어서 소녀는 루시와 온종일 오르내리며 놀았다. 어머니를 졸라 오락실에서 핀볼 게임도 했다. 셰리든은 어머니 역시 핀볼 게임을 해봤다는 사실을 알고 놀랐다. 심지어 어머니는 엉덩이로 콘솔을 건드려 쇠공을 원하는 쪽으로 보낼 줄도 알았다. 아침에는 침대 정리를 할 필요가 없었고, 화장실 바닥에 수건을 늘어놔도 괜찮았다. 하지만 셰리든은 학교에 가야 했다. 루시는 모텔에서 더 있고 싶어 했다. 어머니는 루시가 미시 할머니처럼 사치를 좋아한다고 했다.

학교에서는 못된 아이들이 몰려와 죽은 아웃피터, 소녀의 아버지, 산에서 벌어진 사건에 대해 질문을 늘어놓았다. 셰리든은 모처럼 관심의 대상이 됐다는 사실에 만족했다. 단지 소녀가 죽은 사람을 실물로 보았다는 이유만으로 소녀를 괴롭혀온 아이들의 태도는 완전히 바뀌어 있었다. 죽은 사람이 어떻게 생겼는지, 눈은 어때 보였는지 꼬치꼬치 캐물었다. 괴물이 이상한 방식으로 셰리든에게 비밀뿐만 아니라 큰 행운까지 안겨준 셈이었다. 소녀는 비밀이 불러온 새 행운이 마음에 들었다. 학교에서 가장 인기가 많은 멜라니는 셰리든에게 친구가 돼주겠느냐고 묻기까지 했다. 전에는 말도 건 적이 없었다.

모텔에 머무는 동안 셰리든은 어머니에게 자신이 장작더미 안에서 무엇을 보았는지 알려주려다 말았다. 당분간 자신만의 비밀로 간직하고 싶고 동물들을 또 보고 싶기 때문이었다. 소녀는 자신이 장작더미 안에서 본 것이 어른들에게 중요하다는 걸 알았다. 죽은 사람을 보았다는 사실만으로 이렇게 관심의 대상이 됐는데 비밀 애완동물에 대해 알게 되면 친구들이 어떤 반응을 보일까?

방과 후 집에 돌아온 셰리든은 어머니가 인도의 핏자국을 문질러 닦았다는 걸 눈치챘다. 장작더미의 피 묻은 나무토막도 보이지 않았다. 뜰 안 보도에 남은 핏자국은 자세히 봐야 눈에 띄었다.

보도를 물끄러미 내려다보던 소녀는 갑자기 들려온 작은 소리에 귀를 쫑긋 세웠다. 장작더미 안에서 검은 두 눈이 번뜩였다. 소녀는 조금만 움직여도 자그마한 생명체가 달아나버릴 것만 같아 숨까지 참았다. 언제부터 장작 사이로 자신을 지켜봤는지는 알 수 없었다. 그것은 미동도 없어 한눈에 알아보기도 쉽지 않았다.

그 작은 동물은 둥글고 우툴두툴한 머리에 눈이 크고 반짝였다. 머리에 붙은 둥근 귀는 만화 속 미키마우스를 보는 듯했다. 긴 주둥이 끝에 작은 분홍색 코가 붙었고, 연약해 보였다. 털은 옅은 갈색이고 머리부터 흘러내린 검은 줄무늬는 기다란 두 눈 사이로 이어졌다. 머리 뒤로 길고 가는 목이 보였지만 몸뚱이는 어둠에 감춰져 보이지 않았다. 올라선 장작에 긴 발가락과 발톱이 달린 앞발 하나를 얹고 있었다. 작은 물체를 움켜잡는 게 가능할 것 같기도 했다.

그것은 장작더미 속으로 도망치지 않고 계속 셰리든을 보았다. 소녀는 그 크고 검은 눈이 마음에 들었다. 귀엽기도 하지만 꽤 똑똑해 보였다. 반짝거리는 검은 눈 때문이었다.

소녀는 눈을 떼지 않은 채 주머니에서 치리오스 시리얼을 한 줌 꺼냈다. 그리고 급한 동작이 되지 않게 애쓰면서 장작더미 쪽으로 던졌다. 치리오스가 쏟아져 내리자 작은 생명체가 잽싸게 안으로 달아났다.

소녀는 자신의 행동을 후회했다. 겁을 주는 바람에 도망쳤다고 자책하고 있을 때, 다시 장작더미 밖으로 작고 둥근 머리가 나왔다. 셰리든은 숨을 죽인 채 쪼그려 앉았다. 기뻐서 소리라도 지르고 싶었지만 마음을 애써 억눌렀다.

"안녕, 꼬마 친구." 셰리든이 속삭였다.

작은 생명체는 전보다 조금 더 장작더미 밖으로 몸을 내밀었다. 자그마한 어깨와 날카로운 발톱이 달린 앞발이 똑똑히 보였다. 어느새 길고 가느다란 몸이 제법 드러나 있었다. 등을 따라 난 검은 줄무늬가 뚜렷하게 보였다. 작은 생명체는 치리오스에 집중한 상태였다. 잠시 치리오스와 셰리든을 번갈아 보던 동물이 번개처럼 날랜 동작으로 뛰어나와 치리오스를 입에 넣더니 갈색의 작은 회오리바람처럼 돌아서서 장작더미 속으로 사라졌다.

셰리든이 길게 휘파람을 불었다. "우와." 소녀가 말했다. **"우와."**

소녀는 주머니에서 남은 시리얼을 마저 꺼내 장작더미 앞에 뿌렸다. 작은 생명체가 그게 먹이 소리라는 걸 알게 되었으면 했다.

그때 세 마리가 나타났다. 머리가 장작더미 옆으로 불쑥 튀어나왔다. **쏙, 쏙, 쏙.** 소녀가 방금 전 본 것이 가장 크고 검었다. 그보다 몸집이 작은 것은 옅은 갈색이었고, 가장 작은 것은 옅은 노란 빛을 띠고 있었다. 여섯 개의 반짝이는 눈이 자신을 빤히 보자 행복해진 소녀는 웃음이 새어나와 입을 가렸다.

크고 검은 놈이 나머지 둘을 이끌고 장작더미를 나왔다. 그들은 주변에 뿌려진 시리얼을 잽싸게 입에 넣고는 다시 장작더미 속으로 들어갔다. 세 번째 여행 때는 긴장이 많이 풀렸는지 움직임에서 조급함이 엿보이지 않았다. 장작더미에서 가장 멀리 나온 크고 검은 놈이 뒷다리로 몸을 세운 채 앞발로 치리오스를 집어 입에 넣었다. 경계를 늦추지 않고 식사를 이어가는 모습이 우스웠다. 이제 셰리든과의 거리는 채 몇 미터도 되지 않았다.

"뭐해, 셰리?"

루시의 목소리에 셰리든과 동물들이 깜짝 놀랐다. 세 마리의 동물은 황급히 장작더미 속으로 들어가버렸다.

"저거 뭐였어?" 루시가 셰리든 옆 잔디에 앉으며 물었다. 셰리든은 짜증이 났다.

셰리든은 언니답게 손가락으로 장작더미를 가리키며 자신의 비밀 애완동물에 대해 설명해주었다. 그리고 부모님에게는 아무 말도 하지 말라고 했다. 루시는 언니의 설명을 제대로 이해하지 못한 듯했다. 쟤들하고 같이 놀 수는 없느냐고만 물었다.

"엄마랑 아빠에게 얘기하면 쟤들은 죽고 말 거야. 우리도 **큰일 난다고.**" 셰리든이 속삭였다. "지금까지 키운 애완동물이 다 그렇게 죽어버렸잖아!"

"쟤들, 내 애완동물도 되는 거야?" 루시가 물었다.

셰리든은 안 된다고 대답하고 싶은 충동과 싸운 끝에 흥정하기로 결심했다. "우리 애완동물이 될 수 있어." 셰리든이 말했다. "하지만 절대 비밀로 해야 돼."

"이름 지어줘도 돼?" 루시가 물었다. 루시는 늘 모든 것에 이름을 붙이고 싶어 했다. 셰리든은 동의했다.

그러고는 시리얼을 볼에 담아 오라며 루시를 집으로 돌려보냈다.

늦은 오후, 공중 수송이 필요한 산 자와 죽은 자를 트웰브슬립 카운티 메모리얼 병원으로 실어 나르기 위해 아웃피터 캠프에 헬리콥터가 도착했다. 바넘 보안관은 와이오밍 범죄수사국 요원들과 함께 병원에서 조를 기다리고 있었다. 그는 바넘 보안관을 포함해 적어도 다섯 명에게서 심문받았다. 조는 남자가 웨이시나 존 매클라너핸 대리에게 라이플을 겨누는 건 보지 못했지만 무기를 들어 올리는 모습은 똑똑히 보았다고 진술했다. 남자가 항복의 의미로 손을 든 게 아니었느냐는 질문에 조는 그렇게 생각하지 않는다고 대답했다. 수사관들은 더는 같은 질문을 던지지 않았다.

심문이 끝나자 조는 각 수사관에게 같은 진술을 했는지, 답변에 모순되는 내용이 있는 건 아닌지 걱정됐다. 최종 심문 때 질문 내용을 보건대 다행히 캠프에서의 총격은 정당했다고 판단한 듯했다.

놀랍게도 엘크 캠프에서 총을 맞은 남자는 아직 살아 있었고 빌링스의 큰 병원으로 수송돼 긴급 수술을 받았다. 조는 그가 밤을 넘기지 못할 거라는 말을 들었다. 무려 일곱 차례 총에 맞은 것으로 확인됐다. 산탄총 다섯 발(매클라너핸)과 30구경 라이플 두 발(웨이시)도 포함이었다.

총을 맞은 남자는 클라이드 리드가드라는 사람으로, 새들스트링 쓰레기 매립지로 통하는 길목의 허름한 이동주택에 살았다. 정신이 온전치 않아 제재소에서 지급하는 장애 연금으로 생활했고, 산속 여름 별장을 관리해 부수입을 올렸다. 리드가드는 아웃피터가 아니었고, 살해된 세 사람과도 아무 친분이 없었다. 언젠가 조는 다친 뮬 한 마리가 쓰레기 매립지 근처를 절뚝거리며 돌아다닌다는 신고를 접수하고 리드가드의 이동주택을 찾아간 적이 있었다. 사슴을 찾는 데 실패한 조는 혹시 집 주변에서 다친 사슴을 보았는지 물어보기 위해 리드가드의 집으로 향했다. 하지만 클라이드 리드가드는 집 대신 옥외 화장실에 숨어 있었다. 조는 리드가드가 방문객을 좋아하지 않아서 필요할 때마다 옥외 화장실에 숨는다는 이야기를 들은 적이 있었다. 그날 리드가드는 십오 분 만에 우락부락한 잿빛 얼굴을 문밖으로 내밀었다.

"다친 사슴은 못 봤어." 리드가드는 소리쳤다.

"제가 사슴을 찾는 건 어떻게 아셨습니까?" 조가 물었다.

"꺼져." 리드가드가 꺽꺽대며 소리쳤다. "여긴 사유지야!"

리드가드의 주장은 사실이었고 조는 사슴의 흔적도 찾지 못한 채 돌아설 수밖에 없었다. 조는 트럭을 몰고 울퉁불퉁한 길을 달리며 백미러로 밖으로 나온 리드가드를 지켜보았다. 두 번째 만남에서, 리드가드는 엘크 캠프의 텐트에서 나와 산탄총 폭풍 속으로 들어갔다. 워낙 정신이 없는 상황이라 조는 그가 누구인지 알아보지 못했다.

리드가드는 정신이 온전치 않지만 위험인물은 아니었다. 늘 구식 30 구경 레버 액션 라이플로 무장한 채 산을 누빌 뿐이었다. 하지만 그의 코트에서 발견된 반자동식 9밀리미터 권총을 본 사람은 아무도 없었다. 그 권총으로 아웃피터를 살해했는지는 며칠 안에 확인될 것이다. 리드가드가 남자들을 쏴죽이고 나서 캠프를 떠나지 않은 이유에 대해서 벌써 갖가지 추측이 난무했다. 한 수사관은 그가 캠프를 독차지하고 싶었기 때문일 거라 주장했다. 매클라너핸은 그가 공황상태에 빠졌기 때문이라고 했고, 바넘은 그가 누군가를 기다렸을 가능성을 제기했다.

조는 새들스트링 같은 곳에 클라이드 리드가드 같은 사람이 산다는 걸 이상하게 여기지 않았다. 어차피 세상의 모든 산간벽지에는 그런 사람이 득실대고 있을 테니까.

메리베스가 들렀던 날 밤, 웨이시는 조의 상태를 살피기 위해 병원을 찾았다. 웨이시는 조보다 훨씬 지쳐 보였다. 웨이시는 모든 증거가 클라이드 리드가드를 가리킨다면서 수사가 곧 종결될 거라고 했다. 모두 리드가드의 권총이 아웃피터를 살해한 무기라는 범죄수사국의 발표만을 기다린다고 했다. 웨이시는 지역 신문사뿐 아니라 덴버의 방송국 기자들과도 인터뷰했다고 알려주었다. 또 자신과 조와 매클라너핸이 영웅으로 칭송받고 있으며, 모든 통신사가 이번 일을 대단한 사건으로 포장해 보도하고 있다고도 했다. 그리고 웨이시는 CNN 소속 비상근 통신원과의 인터뷰를 곧 TV로 볼 수 있을 거라면서 바넘이 당국 지원도 없이 달랑 세 명만 산으로 보낸 이유와 치명상 입은 용의자를 공중 수송하기까지 시간이 지체된 이유를 추궁받았다고 덧붙였다.

"난 긍정적으로, 바넘은 부정적으로 비치고 있어." 웨이시가 말했다.

"뭐 내가 불평할 이유는 없지만."

"그렇겠지." 조가 말했다. "한 가지 물어볼 게 있어."

"뭔데?"

"클라이드 리드가드가 널 쏘려고 라이플을 들었어?"

웨이시가 고개를 저었다. "날 쏘려고 하진 않았어. 매클라너핸을 겨눴지. 그래서 매클라너핸이 방아쇠를 당겨댄 거야."

"그럼 넌 왜 두 번이나 쐈어? 매클라너핸이 이미 산탄총을 쏘고 있는데 왜 라이플까지 쏜 거야?"

웨이시가 어깨를 으쓱였다. "클라이드 리드가드가 라이플로 널 겨누었다면 내가 그래주기를 바라지 않았겠어?"

웨이시가 병실을 나선 지 얼마 되지 않았을 때, 조는 침대 옆에 누군가가 있음을 느꼈다. 눈을 뜨자 어둠 속에서 누군가의 형체가 보였다. 조는 병실의 불이 꺼져 있다는 사실을 미처 깨닫지 못했다. 의사가 아니라면 그 시간에 병실을 찾을 만한 사람은 없었다. 그는 자신도 모르게 숨을 참았다. 하지만 실루엣의 주인이 번 더네건이라는 사실을 알아차렸다. 번이 침대 옆 램프를 켰다.

"오랜만이야." 그가 나지막이 말했다.

번이 똑똑히 보였다. 원래 뚱뚱했던 번의 몸은 못 본 사이에 더 불었다. 둥근 얼굴은 공들여 다듬은 검은 턱수염으로 덮여 있었다. 코는 뭉툭했고 눈은 새까맸다. 체구는 육중했지만 움직임은 그에 어울리지 않게 민첩했다. 꾸준한 관리가 없으면 불가능한 일이었다. 번은 웃음이 많은 사람이었다. 그의 웃음보가 언제, 어느 상황에 터질지 누구도 예측할 수 없었다. 번은 주로 자신의 속내를 감추는 데 웃음을 이용했다.

메리베스가 그를 좋아하지 않는 이유이기도 했다. 그녀는 조를 은근히 깔보는 듯한 번의 태도를 무척 거슬려했다. 메리베스는 번이 계산적이고 교활하다면서 자기 남편이 그런 사람에게 조종당하는 걸 원치 않는다고 했다. 수렵감시관으로서 번은 높은 평가를 받았다. 카운티와 주에서 그의 영향력은 대단했다. 모두 그를 존경했고, 또 두려워했다. 조는 멘토로서의 번에게 아무 불만이 없었다. 그는 늘 공정했고, 성심을 다해 조를 지원했다. 조가 새들스트링 지구의 감시관이 될 수 있었던 것도 다 번 덕분이었다. 그뿐만 아니라 조는 관리국 내에서도 번의 애제자라는 이유로 적지 않은 특혜를 누려왔다.

번이 조의 무릎 옆에 걸터앉았다. 조는 침대 매트리스가 푹 꺼지는 걸 느꼈다. "방금 웨이시랑 얘기했네." 번이 말했다. "내 제자들이 큰일을 해냈더군. 매클라너핸 대리가 쏜 총에 맞았다지? 볼은 좀 어떤가?"

조는 고개를 끄덕이며 괜찮다고, 그냥 좀 피곤하다고 대답했다. 무의식적으로 얼굴에 덮인 거즈에 손을 얹었다.

"한잔하겠나? 주머니에 플라스크가 있는데. 난 요즘 지겨운 짐빔 대신 메이커스마크를 즐겨 마신다네. 입이 조금 고급스러워졌거든."

조는 고개를 저었다. 번과 술을 마시고 밤늦게 귀가해 '맥주 한두 잔 마셨다'라고 둘러댈 때 화를 내던 메리베스의 모습이 떠올랐다.

번은 그의 생각을 꿰뚫어보는 듯했다.

"애가 몇이지?"

"둘 있습니다. 셰리든과 루시. 메리베스는 셋째를 임신했습니다."

번이 빙그레 웃으며 고개를 저었다. "사랑스러운 아내와 귀여운 두 아이. 말뚝 울타리를 두른 집. 아직도 래브라도를 키우나?"

"맥신요. 네."

번은 계속해서 웃으며 고개를 저었다.

"오티 킬리에 대해 얘기해보게." 번이 말했다.

조는 바넘 보안관이 물은 적 없는 디테일까지 들려주었다. 조가 구급대원의 조치에 대해 말하려 하자 더네건이 손을 내저었다.

"흥미롭구먼." 번이 말했다. "그 배설물을 본부로 보냈다고?"

조가 고개를 끄덕였다.

"뭐 들은 건?"

"아직입니다. 내일 전화를 걸어볼 생각입니다."

"결과가 나오면 알려주게, 응? 나도 그런 문제에 관심이 많거든."

"알겠습니다."

조가 물었다. "조지아는요?"

"잘 있네. 내가 챙겨준 위자료로 잘 먹고살고 있어." 번이 말했다.

"몰랐습니다." 조가 깜짝 놀라며 말했다.

"어느 날 문득 깨달았네, 조. 내가 얼마나 난잡한 사람인지 말이야. 자네도 알다시피 난 조지아가 원하는 건 들어주지도 않으면서 다른 여자만 찾아다녔어. 여덟 달 전 어느 날이었네. 아침에 눈을 뜨고 돌아누우니 아내의 퉁퉁 부은 얼굴이 눈에 확 들어오더군. 그 순간 더는 못하겠다는 생각이 들었네. 매일 아침 다른 여자 옆에서 눈을 뜨고 싶어졌단 말이야. 젊은 여자, 늙은 여자, 입술이 두껍고 가슴이 큰 여자. 다른 여자 목소리도 듣고 싶었고. 그래서 그날로 짐을 챙겨 나와버렸네. 그 후 다시 아내를 본 건 법원에서였지."

더네건이 미소를 흘리며 어깨를 으쓱였다. 뭉툭한 손가락을 쭉 편 그의 두 손이 위로 살짝 들렸다. "누구에게나 일어날 수 있는 일이지." 번이 말을 이었다. "남자는 원래 다 난잡하지 않은가. 안 그래? 다들 안 그런 척하며 살지만 말이야. 아침에 물건이 발딱 서면 옆 사람을 쿡쿡 찔러보고 싶어 하잖아. 누가 누워 있든 간에."

번이 자신의 트레이드마크인 웃음을 터뜨렸지만 두 눈은 조를 응시했다. 번은 병실에 들어온 뒤로 조에게서 눈을 뗀 적이 없었다. 연신 화제를 바꾸면서 무엇이 조를 반응하게 만드는지 유심히 살폈다. 그런 관찰력과 빈정거림이 수렵감시관 시절 번을 훌륭한 심문자로 만들어주었다.

"모두에게 일어날 수 있는 일이지만 조 피킷만은 예외일 거야. 자넨 깨끗하고 순수하고 선하니까." 번이 말했다.

"무슨 말씀인지 모르겠습니다." 조가 답했다.

번이 몸을 앞으로 기울여 침대 트레이를 끌어오더니 팔꿈치를 얹었다. "메리베스가 좋은 사람이라는 거 아네." 번이 말했다. "그래도 다른 여자와 시시덕대고 싶은 마음은 있을 게 아닌가. 에이미 켄싱어를 만나봤지? 그녀 생각을 해본 적 없나? 그 여자는 우리 같은 남자를 좋아한다네. 제복 차림에 총을 차고 밖에서 일하는 남자 말이야."

조는 고개를 돌려버렸다. 그에게는 불편한 화제였다.

"자신을 좀 보게, 조. 키도 크고 팔다리도 길지 않은가. 갈색 눈에는 황금 얼룩이 박혀 있고. 여자들은 자네 같은 남자에게 환장한다고."

"그런 말씀을 하러 온 건 아니시겠죠." 조가 말했다.

번이 웃으며 물그릇 밑에 깔린 종이 냅킨을 뽑아냈다. 조는 냅킨을 접고 또 접어 자그마한 직사각형으로 만들어가는 번을 물끄러미 보았다. 번이 셔츠 주머니에서 펜을 꺼냈다.

"이건 와이오밍 주야." 번이 냅킨에 옐로스톤 공원의 북서쪽 경계와 로키산맥을 그렸다. 그러고는 전동 침대를 조정해 조의 상체를 세웠다.

"조, 현재 이쪽으로 파이프라인* 두 개가 만들어지고 있네." 번이 산맥 동쪽에 두 개의 굵은 선을 그었다. "앨버타의 천연가스 매장지에서 출발해 몬태나와 와이오밍을 가로질러 남부 캘리포니아의 에너지 시스템까지 이어주는 거야. 내가 몸담고 있는 인터웨스트 자원 공사는 좋은 회사네. 우리 경쟁사, 캔캘은 나쁜 놈들이고. 각 파이프라인은 공사비가 마일당 100만 달러네. 목적지에 먼저 도달하는 쪽은 엄청난 이익을 내게 될 거야. 이등은 그냥 허공에 돈만 날리는 거고."

번은 냅킨에 파우더 강 유역과 중부 와이오밍을 차례로 가로질러 윈드리버 산 쪽으로 급하게 꺾이는 캔캘 파이프라인을 그렸다.

"캔캘은 사우스패스를 통과해 로스앤젤레스로 이어지는 파이프라인을 놓기 위해 환경부 승인이 떨어지기를 기다리고 있네." 번은 로스앤젤레스가 자리한 부분에 달러 기호를 그렸다. "파이프라인을 놓기 위해 두 회사가 해결해야 하는 문제는 한둘이 아니야. 환경영향평가 보고서, 연방 정부와 주 정부의 지역권, 사유지 지역권. 골치 아프지. 인터웨스트는 가스관 부설공의 머릿수만큼이나 많은 변호사를 고용해놓은 상태네. 이 정도 규모의 공사에는 상상을 초월하는 돈이 들어간다고."

조는 말없이 고개만 끄덕였다. 캘리포니아를 결승점으로 한 두 회사의 경주는 일 년 넘게 지역 뉴스에 붙박이였다. 번이 인터웨스트 파이프라인 끝부분에 펜을 내려놓았다.

"인터웨스트와는 이 년 전 새들스트링에서 처음 만났지. 내가 이 지역 유지인 걸 알고 연락해왔더군." 번이 빙그레 웃으며 다시 조를 보았다. "인터웨스트 놈들은 오랫동안 지형도를 연구했어. 그리고 빅혼 산

---

* 석유나 가스 등의 수송 목적으로 보통 지하에 매설하는 관로.

을 통과하면 캔캘 놈들보다 반년 정도 앞서 캘리포니아에 도달할 수 있다는 결론을 내렸지. 그놈들은 내게 그게 가능한 일인지 물었어. 난 제대로 된 사람만 전면에 내세우면 지주는 물론 연방 정부와 주 정부의 토지 담당자도 설득할 수 있을 거라고 했네. '제대로 된 놈에게 돈을 쓰면 다 됩니다.' 이렇게 말했단 말일세."

조가 손을 뻗어 냅킨을 돌려놓았다. 파이프라인은 산을 통과해 트웰브슬립 협곡을 가로지르고 있었다.

"물론 그 제대로 된 놈은 바로 나이고." 번이 말했다. "그놈들에게 섭섭지 않은 급여와 회사 주식의 1퍼센트를 요구했네. 그렇게만 해주면 파이프라인 루트를 책임지고 확보해주겠다고 했지."

조가 냅킨에서 눈을 떼고 번을 보았다. "정말 그러셨습니까?"

번이 의기양양하게 뒤로 기대앉았다. 눈이 번뜩였다. "사유지 지역권 문제는 다 해결됐네. 주 정부 지역권은 법적으로 깔끔하게 처리된 상태이고 지금은 산림청의 환경영향평가 보고서를 기다리고 있어. 나머지 몇몇 주민 회의에서도 승인이 떨어지면 곧바로 파이프라인을 놓을 수 있을 걸세." 번이 말했다. "새들스트링은 죽어가고 있어, 조. 이 파이프라인이 카운티 전체를 소생시켜줄 거야. 1980년대에 오일붐이 일었던 것처럼 말이네. 주민들은 급여 좋은 일자리를 얻게 될 거야."

조는 고개를 저었다. 번은 지역 사회와 환경을 걸고 도박을 하려는 것이었다.

"인터웨스트는 그런 인재를 원하네. 그래서 날 찾아온 거고. 사람들에게 신뢰받고 마멋처럼 깨끗한 인재. 자네가 그런 타입이잖아, 조."

"제게 일자리를 제안하시는 겁니까?"

번이 다시 몸을 앞으로 기울이고 나지막이 말했다. "그냥 사정을 좀 알아보고 있을 뿐이네."

"보수는 어느 정도입니까?"

"현재 자네 급여의 세 배야, 조. 물론 프로젝트가 진행되는 동안만. 오 년에서 십 년, 어쩌면 그 이상이 걸릴 일이야. 그 후의 사정은 아무도 알 수 없지." 번이 바지 뒷주머니에서 플라스크를 꺼내 트레이에 놓인 빈 컵에 조금 따랐다. 그가 컵을 내밀자 조가 고개를 저어 거절했다. "스톡옵션도 조금 받을 수 있을 거야."

조는 상체를 다시 침대에 뉘었다. 온몸이 뜨거워졌다. 번이 전날 밤 자신이 산속에서 고민한 내용을 속속들이 꿰뚫어보고 있는 듯했다.

"자네에겐 아내와 아이들이 있지 않은가, 조. 자넨 선하고 건전한 친구야. 이제는 영웅이 됐고. 자네가 전면에 나서면 아무도 자네의 진심을 의심하지 않을 걸세. 언제까지 쥐꼬리만 한 월급에 만족하며 이런 꼴로 살 텐가? 가족, 말뚝 울타리, 그리고 개." 번이 다시 웃음을 터뜨리며 말했다. "자네야말로 멸종위기종이지. 요즘에는 자네 같은 친구를 찾아보기가 너무 힘들어졌네."

번이 펜을 주머니에 넣고 명함을 꺼냈다. 조는 명함을 읽었다.

버논 S. 더네건

토지 관리 담당자

인터웨스트 자원 공사

"연락하게." 번이 일어서며 말했다. "기왕이면 빨리."

10

번 더네건이 다녀간 지 얼마 되지 않았을 때, 조의 고집을 꺾지 못한 의사는 마지못해 그를 퇴원시켜주었다. 병원에서 며칠 더 안정을 취해야 한다고 했지만 조는 충고를 받아들일 마음이 없었다. 난 괜찮아요. 그는 말했다. 메리베스에게 연락해 데리러 오라고 하고 싶었지만 꾹 참았다. 아이들이 잠자리에 들었을 시간이기 때문이었다. 조는 보험 서류에 서명하고 나와 주차장에 세워둔 픽업트럭으로 향했다. 트럭을 몰고 거리로 나오자 한 가지 생각이 반복적으로 뇌리를 스쳤다. **오른쪽으로 13킬로미터만 가면 집이야.** 빅혼 고속도로를 빠져나온 조는 집 근처 자갈길로 들어서며 생각했다. **아내와 아이들, 나의 정신적 지주들이 잠들어 있겠지.** 번의 방문은 그에게 좋지 않은 여운을 남겨놓았다.

헤드라이트를 끄고 열쇠를 뽑고 트럭에서 내리는 단순한 행위가 그날따라 힘들게만 느껴졌다. 탈진 상태의 조는 두 손으로 눈을 비비며 정문으로 들어섰다. 지난 몇 시간 동안 버틸 수 있던 건 가족 생각 덕분이었다. 간신히 집에 도착하니 몸속에서 큰 폭발이 일어나기라도 한 듯기운이 빠졌다. 병원으로 후송된 날, 메리베스는 남편의 상태를 직접 확인하고 돌아갔다. 광대뼈를 부순 산탄은 쉽게 제거됐지만 흉터는 영원히 남을 것이다.

집으로 들어서자 가장 먼저 그의 장모, 미시 밴커런이 보였다. 바닥에 잡지 수십 권을 수북이 쌓아놓은 채 긴 소파에 몸을 웅크리고 앉아있었다. 크림색 캐시미어 스웨터와 검은 고리바지 차림이었다. 검은 머리는 언제나 그렇듯 단발이었고, 얼굴은 나이보다 훨씬 젊어 보였다. 미시가 고개를 들고 잡지 읽듯 조를 보았다. 격한 환영이 불가능할 만큼 지쳐 보이기 때문이었다. 사실 조는 지난 사흘간 미시가 집에 와 있다는 사실도 깜빡 잊은 상태였다.

"집에서는 통 뭘 읽을 짬을 못 냈는데." 미시의 인사말이었다. "그래서 잡지를 잔뜩 챙겨왔어. 얼마 만에 누려보는 여유인지 모르겠네."

"잘됐군요." 조가 말했다. 떠올릴 수 있는 유일한 대꾸였다. 메리베스는 미시가 피닉스에 살며, 부유하고 영향력 큰 케이블 텔레비전 거물과 사귀는 중이리고 귀띔해주었다. 미시의 애인은 애리조나 정계에서도 꽤 유명한 사람이었다. (미시는 종종 〈애리조나리퍼블릭〉과 〈피닉스가제트〉에서 자기 이름이 언급된 기사를 오려 메리베스에게 보냈다.) 보나마나 그런 기사를 찾아보느라 바닥에 널린 〈글래머〉〈고메〉〈서던리빙〉〈코스모폴리탄〉〈베니티페어〉〈콘데나스트트래블러〉 등의 과월호를 훑을 여유가 없었을 것이다.

복도에서 모습을 드러낸 메리베스가 환히 웃으며 남편을 맞이했다.

"애들이 기다릴 거라고 했는데 강제로 들여보냈어. 아직 안 자니까

들어가서 굿나잇키스 해줘."

"당연히 그래야지." 조가 말했다.

그는 메리베스의 손을 한 번 꼭 쥐었다 놓은 후 두 아이의 방으로 들어갔다. 아이들은 불을 켜놓고 책을 읽는 중이었다. 조는 침대 위층의 셰리든과 아래층의 루시에게 차례로 입을 맞추었다.

"얼굴은 어떻게 된 거예요?" 셰리든이 물었다.

"그냥 사고가 좀 있었어." 조가 눈 밑에 붙은 커다란 거즈를 만지작거리며 대답했다.

"제가 들은 얘기랑 다른데요." 셰리든이 베개에 팔꿈치를 딛고 상체를 세웠다. "학교에서는 아빠가 총에 맞았다고 했어요."

"사고였다니까." 조가 말했다.

"어떻게 된 일인지 내일 들려주세요." 셰리든이 말했다.

조는 잠시 머뭇거렸다. "빨리들 자렴." 그가 말했다. 루시가 눈을 굴리며 시트를 끌어 올렸다.

"이 창문으로 밖을 내다봤어요." 셰리든이 말했다. "아무것도 못 봤어요. 괴물도 없었고요."

"더는 우리 집에 오지 않을 거야." 조가 말했다. "다 끝난 일이니까."

루시는 벌써 잠든 척하고 있었다. 아버지의 귀가가 늦을 때마다 보이는 못마땅함의 표현이었다. 다시 입을 맞추며 잘 자라고 했는데도 못들은 척했다. 하지만 입가에 번지는 미소는 감추지 못했다.

조는 주방으로 가 버번위스키에 물을 조금 섞었다. 의사가 처방해준 진통제를 아직 한 알도 먹지 않았다. 왠지 내일 더 필요할 것 같았다.

"이걸 보니 지방 함량에 호들갑 떨 필요가 없대." 미시 밴커런이 다른 방에서 말했다. 조는 메리베스와 대화를 나누는 중일 거라 짐작했다. "그래도 칼로리는 줄일 필요가 있어. 지방 함량이 낮다고 돼지처럼 먹으면 안 돼."

조는 술을 한 모금 마신 후 짐빔을 더 따랐다. 조는 이제 음주를 즐기지 않았다. 적어도 대학 시절이나 번과 함께 일하던 때처럼 마시지는 않았다. 하지만 장모와 함께 있을 때는 자신도 모르게 알코올 섭취량이 늘었다.

조는 거실로 나와 소파에 앉았다. 루시를 재우고 나온 메리베스가 조를 보며 미간을 찌푸렸다가 다시 미소를 지으며 자기 어머니를 돌아보았다. 메리베스는 미시에게 마실 것을 가져오겠다고 했다. 조가 먼저 챙기지 않은 데 대한 불만의 표현이었다.

"레드 와인 없니? 한잔하고 싶은데."

"조, 병 좀 따줄래?" 메리베스가 말했다.

"어디 있지?"

"식료품 저장실에." 메리베스가 말했다. "나도 한 잔 부탁해."

조는 식료품 저장실 선반에서 와인을 찾아냈다. 메리베스가 어머니의 방문을 앞두고 몇 병 사놓은 모양이었다. 평소에는 시리얼만 채워놓는 선반이었다.

조는 코르크 마개를 따며 중얼거렸다. 메리베스는 확고한 의견을 갖고 제 목소리를 낼 줄 아는 강한 여자다…… 어머니와 함께 있을 때를 제외하면. 미시가 방문할 때마다 메리베스는 조의 아내에서 미시의 딸로 되돌아갔다. 메리베스는 미시가 가장 아끼는 자식이었고, 미시는 미실현 상태로 묻혀버린 딸의 잠재력을 두고두고 안타까워했다. 메리베스의 오빠, 롭은 가족과 연락을 끊고 지낸 지 오래됐고, 여동생 엘런은

'피시'라는 얼터너티브록 밴드의 끝도 없는 콘서트 투어를 쫓아다니는 데 일생을 바치다시피 했다. 언젠가 술에 취한 미시가 흐느끼며 그토록 기대를 건 메리베스가 너무 일찍, 너무 부족한 남자와 결혼했다고 푸념한 적이 있었다. (그녀는 잊었는지 모르지만 조는 아직도 생생히 기억했다.) 메리베스는 미시의 바람처럼 옷 잘 입는 부유한 기업 변호사가 되는 대신 연봉 3만 달러도 되지 않는 와이오밍 수렵감시관의 아내가 됐다. 미시는 딸의 팔자를 바꾸기에 **아직 늦지 않았다**고 생각하는 모양이었다. 적어도 조는 미시의 말과 행동에서 그걸 짐작해냈다.

조가 그 얘기를 꺼낼 때마다 메리베스는 어머니를 오해하지 말라고만 했다. 미시와 함께 있을 때 딸 역할을 성실히 하려는 것도 단순히 자신이 어머니의 딸이기 때문일 뿐이라면서. 어머니가 딸을 보며 애틋한 마음을 갖는 게 당연한 세상의 이치가 아니냐면서. 메리베스는 미시가 충실한 남편이자 좋은 아버지인 조를 듬직하게 생각한다고 말했다. 조보다 못한 남자와 엮일 수도 있었다고 느끼는 모양이었다.

조가 혼자 투덜거리고 있을 때 메리베스가 주방으로 들어왔다. 그는 잔 두 개에 와인을 따라 아내에게 건넸다.

"기분 좀 풀어." 메리베스가 말했다. "엄마도 분위기 띄우려 애쓰고 계셔."

조가 앓는 소리를 냈다. "내 태도가 별로였어?"

"뭐 아주 좋아하는 것 같진 않던데." 메리베스가 눈을 반짝이며 말했다. 조는 밖에서 대화를 엿듣지 못하도록 메리베스에게 바짝 다가섰다. 그는 생애 가장 이상한 사흘을 보냈다고 말했다. 오티의 시체를 발견한 것. 아웃피터 캠프에서 총격전을 벌인 것. 그곳에서 심하게 훼손된 시체를 추가로 발견한 것. 그 후 질문 세례를 받은 것. 병원에서 응급치료를 받은 것. 머릿속은 복잡했고 몸은 죽을 만큼 피곤했다. 한때 자신을 '할머니'로 만들었다며 딸에게 역정을 낸 미시 밴커런과 화기애애하게 시간을 보낼 상태가 아니었다.

메리베스의 얼굴이 분노로 벌겋게 달아올랐다.

"당신이 이렇게 된 게 우리 엄마 때문은 아니잖아." 메리베스가 말했다. "손녀가 보고 싶어 오셨을 뿐이라고. 뒤뜰에서 죽은 남자와 엄마가 무슨 상관이야? 딸과 손녀를 보러올 **권리**도 없어? 애들도 할머니를 얼마나 기다렸는데."

"하지만 굳이 지금일 이유는 없잖아." 조가 우물거리며 말했다.

"토머스 조지프 피킷." 메리베스가 차가운 목소리로 말했다. "방에 가서 누워. 당신에겐 휴식이 필요해. 이 얘기는 내일 마저 하고."

조는 대꾸를 하려다 말았다. 메리베스의 목소리는 아이들에게 화를 낼 때 들었던 것과 다르지 않았다. 그녀가 옳아서 다행이었다. 조에게는 언쟁을 벌일 기운 하나 남아 있지 않았다.

조가 거실로 나오자 미시가 잡지에서 눈을 떼고 그를 보았다. 미시가 무언가를 기대하는 사람처럼 눈썹을 치켜세웠다. 조는 짜증이 치밀었다. 미시는 주방 분위기를 내충 짐작하고 있었다.

"이만 들어가보겠습니다." 조가 평범한 톤으로 말했다.

"그게 좋겠어." 미시가 가르랑거리며 말했다. "무척 피곤할 텐데."

"네."

"푹 쉬어, 조. 좋은 꿈 꾸고." 미시는 다시 잡지로 눈을 떨어뜨렸다. 조를 무시하는 제스처였다.

메리베스가 침실로 들어오자 조는 흠칫 놀라며 잠에서 깼다. 그는 꿈에서 산속 엘크 캠프로 되돌아갔다. 총격전의 여진으로 시간은 물처럼 변해버렸고, 조는 뗏목처럼 그 위를 둥둥 떠다녔다. 아웃피터의 시체는 텐트 안에 고스란히 남아 있었고, 클라이드 리드가드는 여전히 텐트에 싸여 있었다. 그는 연신 신음을 토해냈다. 그들이 조에게 담요를 덮었다. 리드가드가 숨을 쉴 때마다 가슴에 난 구멍에서 분홍빛 거품이 일었다. 긴장이 풀려버린 매클라너핸은 덤불 속에 들어가 구역질했다. 텐트 안에서 풍기는 악취가 바람에 실려와 조와 웨이시를 휘감았다.

꿈속에서 그들은 허기를 느끼며 헬리콥터를 기다렸다.

"몇 시나 됐지?" 조가 물었다.

메리베스는 침실에 딸린 작은 화장실에서 화장을 지우는 중이었다. 화가 덜 풀렸는지 얼굴을 문지르는 손에 힘이 잔뜩 들어갔다.

"자정이야." 메리베스가 말했다. "엄마랑 얘기하느라 시간이 이렇게 됐는지도 몰랐어."

"여보, 미안해." 조가 말했다. "잠을 좀 자야겠어."

"그럼 자."

"카운터에서 약병 좀 갖다줄래?"

메리베스는 물잔과 진통제를 건넨 후 다시 세면대로 돌아갔다. 그녀는 브래지어와 팬티만 걸친 상태였다. 조의 눈에 메리베스는 여전히 매력적이었다. 그녀가 발끝으로 서서 거울 앞으로 몸을 최대한 기울였다. 조는 아내의 다리를 한동안 감탄의 눈빛으로 바라보았다. 메리베스는 아주 마른 편은 아니었지만 몸매가 운동선수처럼 탄탄했다. 복부를 제외하면 임산부로 보이는 부분이 없었다. 메리베스는 전에 아이를 가졌을 때도 망가진 몸매를 자랑스럽게 여겼다. 조의 눈에는 오히려 그런 몸매가 완벽해 보였다. 그는 아내가 빨리 침대로 들어와주기를 바랐다.

"무슨 생각해?" 거울에서 눈을 뗀 그녀가 조를 보며 물었다.

"당신이 꽤 매력적이라는 생각."

"그래서?" 메리베스가 말했다. "죽을 만큼 피곤하다며?"

"그래서 당신을 원한다고."

메리베스가 얼굴을 문지르다 말고 돌아보았다. "조……." 그녀가 애원하는 톤으로 말하며 침실 문을 가리켰다.

"밖에서 안 들릴 거야." 조가 태연히 말했다. "소리 지르지 않을게."

메리베스가 살짝 흘겨보았다. "그래서가 아니야. 엄마가 와 있을 땐 좀 예민해지는 거 알잖아."

물론 조는 알고 있었다. 이 문제로 티격태격한 게 한두 번이 아니었다. 하지만 그는 고집을 꺾지 않았다. "미시는 우리 애들이 신의 중재로 태어났다고 생각하나?"

"아니." 메리베스가 말했다. "그냥 엄마가 오셨을 땐 좀 불편해. 그런데 무슨 기분이 나겠어?"

조는 저줄 수밖에 없었다. 매번 그랬던 것처럼.

"알았어." 그가 말했다. "이해해."

"다행이네." 그녀가 말했다. "이해해줘서 고마워. 나도 당신 마음 모르는 거 아니야."

메리베스가 침대로 들어왔을 때 조는 여전히 깨어 있었다.

"어젯밤 병원으로 누가 찾아왔는지 알아?" 아내가 품으로 파고들자 조가 물었다.

"웨이시."

"그 친구도 왔지." 조가 말했다. "웨이시가 떠난 뒤에 번이 왔어."

메리베스가 움찔하는 게 느껴졌다.

"난 병원이 정말 싫어." 조가 말했다.

"알아. 번이 와서 뭐래?"

"그냥 안부를 묻고 웨이시랑 캠프에서 큰일을 해냈다고 칭찬했어. 내 제자들이 자랑스럽다나."

"당신은 내 사람이야. 번의 사람이 아니라." 메리베스가 말했다. "그 사람을 조심해야 돼. 난 번을 못 믿겠어."

조가 빙그레 웃었다. 진통제의 효과가 조금씩 느껴졌다. 온몸의 감각이 서서히 무뎌져갔다. "잠깐 들렀다 간 거야. 이번 주 안에 한번 보자더군. 내 미래에 대해 의논하고 싶대."

"그게 무슨 뜻이야?" 메리베스가 머뭇거리며 물었다.

"인터웨스트 자원 공사에서 같이 일해보자고 했어." 조가 말했다. "큰돈을 벌 수 있다면서."

"농담하는 거지?" 메리베스가 벌떡 일어나 앉으며 말했다.

"농담 아니야." 조가 아내의 몸을 토닥이며 말했다.

"맙소사, 조." 그녀가 말했다. **"맙소사."**

open season

1

2

3

4

5

6

7

●

목록

(c) (1) 내무장관은 공보에 자신이나 상무장관이 멸종위기종으로 결정한 모든 종의 목록을 실을 수 있다. (규정이 수정됐을 때도 가능하다.) 각 목록은 반드시 해당 종의 학명과 통칭을 담아야 하고, 구체적인 해당 지역과 보존 서식지를 명시해야만 한다. 장관은 각 목록에서 달라진 상황과 세부 항목 (a)와 (b)에 의기해 수정된 내용을 이 세부 항목의 관할하에 기록해 실을 수 있다.

_ 멸종위기종 보호법 수정 조항, 1982년

11

죽은 아웃피터 세 명의 합동 장례식은 조 피킷의 상상을 초월하는 경험이었다. 오티 킬리는 자신이 죽으면 1989년형 포드 F-250 XLT 래리엇 터보디젤과 함께 묻어달라는 황당한 유서를 남겨놓았다. 그 때문에 트웰브슬립 카운티 공동묘지 직원들은 엄청난 크기의 구덩이를 파야만 했다. 땅 고르는 기계까지 동원해 구덩이를 파놓으니 5미터 가까운 높이의 흙무더기가 만들어졌다. 장례식 진행은 오티 킬리와 카일 렌스그라브의 미망인과 (캘빈 멘디스는 미혼이었다) 새들스트링 알파인 제일 교회의 B. J. 코브 목사가 맡았다.

얼굴에 거즈를 붙인 조 피킷은 양복과 모자 차림으로 산비탈에 선 채 픽업트럭 보닛에 올라선 목사의 추도 연설을 묵묵히 들었다. 킬리와 렌스그라브의 미망인과 아이들은 문상객과 트럭을 따라 양옆으로 길게 늘어섰다. 그 뒤편에 무언가가 파란 비닐 방수포에 덮여 있었다.

화창한 날이었다. 기분 좋은 산들바람에 미루나무 잎이 살랑였고 햇살은 눈부셨다. 늦가을 잔디에는 이슬이 맺혔고, 오전 내내 강 주변을 맴돌던 안개는 우듬지 너머로 물러가는 중이었다.

코브 목사의 추도 연설은 아웃피터들의 짧은 생애를 전부 커버했다. 어린 시절부터 친구였던 그들은 미시시피에서 사냥을 하다가 함께 육군에 입대했고, 사막의 폭풍 작전에 투입돼 활약한 후 제대했으며, 사냥감이 넘쳐나는 와이오밍의 평원으로 왔다고 했다. 장례식 내내 조는 픽업트럭 앞에 파놓은 커다란 구덩이에서 눈을 뗄 수 없었다. 유족들 뒤로 우뚝 솟은 방수포 안에 무엇이 있을지도 궁금했다.

문상객 중에는 알파인 교회 신자와 아웃피터들의 술친구도 있었다. 다른 아웃피터는 보이지 않았다. 놀랄 일은 아니었다. 킬리, 렌스그라브, 멘디스는 급진적 견해와 잦은 수렵규정 위반을 이유로 오래전에 와이오밍 아웃피터 협회에서 제명된 상태였다.

"그들은 세상의 소금 같은 존재였습니다." 코브 목사가 진지한 톤으로 말했다. 땅딸막한 체구에 스포츠형 머리를 한 그는 생존주의자 기질이 강한 사람이었다. 그가 이끄는 신도는 많지 않지만 무척 열성적이었다. "그들은 트럭을 사랑했습니다. 그들에게 트럭은 평원을 누비며 가족을 부양하던 시절의 소중한 유물이었습니다. 기발한 수렵기술로 무장한 그들은 이 땅 최초의 백인의 원형이었습니다. 개척자. 야외활동 애호가. 가장 뛰어난 역량의 사냥꾼. 그들은 총을 다루는 데 선수였고, 양고기 대신 엘크 고기를, 돼지고기 대신 사슴고기를, 닭고기 대신 들오리 고기를 먹고 살았습니다……."

픽업트럭의 화물칸에는 적갈색 소나무 관이 세 개 실려 있었다. 두 개의 관이 나란히 놓이고 나머지 하나는 그 위에 가로로 얹어두었다.

조는 어느 관에 누가 들었을지 궁금했다. 관 무게 때문에 사륜구동 트럭은 뒤로 살짝 기울어 있었다. 코브 목사는 마침내 아웃피터들이 무얼 먹고 살아왔는지 설명을 끝냈다.

유족 틈에서 유일한 임산부인 오티 킬리의 아내를 짚어내는 건 어렵지 않았다. 평범해 보이는 그녀는 마르고 왜소했다. 평소에도 45킬로그램을 넘지 않을 것 같았다. 금발머리는 짧았고, 초췌한 얼굴은 딱딱하게 굳어 보였다. 입에는 불붙이지 않은 담배를 물고 있었다. 그녀가 꼭 끌어안은 작은 소녀는 커다란 구덩이를 들여다보려 계속 바둥거렸다. 다섯 살배기 에이프릴이었다. 어머니를 쏙 빼닮은 소녀는 귀여우면서도 인상적인 얼굴이었다.

조는 장례식이 시작되기 전, 오티의 아내에게 다가가 먼저 인사를 했다. 그는 깊은 유감을 표한 후 자신도 어린 딸이 둘 있고, 또 하나가 곧 태어날 거라고 알려주었다.

그녀는 눈을 가늘게 뜨고 그를 노려보았다. "오티의 아웃피터면허를 빼앗으려 했던 그 빌어먹을 감시관 놈이죠?" 그녀가 질펀한 남부 악센트로 말했다.

어머니의 거친 말에도 소녀는 움찔하지 않았지만 조는 충격을 받았다. 조는 미안하다는 말을 남기고 픽업트럭 옆으로 늘어선 문상객 틈으로 들어가버렸다.

코브 목사는 유족이 망자를 위해 챙겨주고 싶어 하는 신성한 물건이 있다는 말로 추도 연설을 끝마쳤다. 킬리 부인과 렌스그라브 부인이 파란 방수포를 걷어내자 수북이 쌓인 물건이 드러났다.

"카일 렌스그라브가 천국에서도 행복할 수 있도록……" 목사는 렌스그라브 부인이 무언가를 한 아름 안고 돌아설 때까지 잠시 기다렸다.

"덴버 브롱코스의 재킷을 준비했습니다."

렌스그라브 부인이 픽업트럭으로 다가가 남편의 관에 재킷을 덮어 놓았다.

"카일은 저승에서도 주황색과 파란색의 덴버 브롱코스와 함께하게 될 것입니다. 칠십 년대부터 구십 년대 중반까지 지켜왔던 그 멋진 유니폼은 온데간데없고 이제 흉물스러운 새 유니폼만 남았네요." 목사가 감정에 북받친 목소리로 말했다.

렌스그라브 부인이 카일의 사냥 모자와 스포팅스코프*, 레더맨 공구 가방, 고기 자르는 톱, 고어텍스 부츠, 그리고 칼집 달린 안장을 차례로 관 위에 올려놓았다.

다음은 킬리 부인 차례였다.

"분앤드크로켓 클럽이 북아메리카 최고의 사냥감으로 꼽는 무스는 아무나 잡을 수 없습니다. 그 거대하고 아름다운 사냥감을 잡으려면 기술이 필요하고, 확고한 투지와 수완도 갖춰야 합니다." 목사가 말했다. "바로 오티 킬리처럼 말입니다."

킬리 부인이 커다란 무스 뿔을 낑낑대며 끌고 왔다. 오티가 옐로스톤 공원 안에서 불법으로 잡은 무스의 뿔이었다. 조는 달려가 그녀를 돕고 싶었지만 꾹 참았다. 자칫하면 뿔로 자기를 찌를 수도 있다는 두려움 때문이었다. 그녀는 초인적인 힘으로 커다란 뿔을 끌고 가 남편의 관 위에 올려놓았다.

"이 멋진 뿔은 천국에서 오티가 앉을 안락의자 위에 당당히 걸리게 될 것입니다."

● 삼각대에 연결된 작은 조준망원경.

오티를 위한 물건은 더 있었다. 텔레비전, 비디오카세트 녹화기, 무두질한 가죽, 그가 즐겨 입던 '수북이 쌓인 따끈한 내장이 진짜 행복이다' 티셔츠. 두 동료에 비해 캘빈 멘디스의 차례는 무척 수수했다. 여자들은 〈허슬러〉 잡지 한 묶음과 슈미츠 맥주 한 상자를 관에 올렸다.

코브 목사가 픽업트럭에 시동을 걸고 기어를 넣은 후 잽싸게 뛰어내렸다. 조는 문상객과 유족 틈에서 트럭이 거대한 구덩이로 서서히 나아가는 걸 지켜보았다. 잠시 후 트럭은 요란한 소리를 내며 구덩이 속으로 떨어졌다. 관이 부서져 열렸을지 모른다는 생각에 누구도 안을 들여다보려 하지 않았다.

조는 묘지를 가로질러 걸어가는 내내 픽업트럭의 엔진이 언제까지 돌아갈지, 꺼지기 전에 묘지 직원이 불도저로 구덩이를 메워버리지는 않을지 궁금했다.

12

장례식에서 돌아온 조는 일터로 향했다. 마을과 묘지에서 벗어나니 상쾌했다. 그날 아침, 조는 주방에 들어가 직접 도시락과 커피를 챙겼다. 맥신은 픽업트럭 뒷좌석에서 기다리고 있었다. 집을 나오자 흥분한 개의 커다란 꼬리가 공구상자에 메트로놈처럼 탁탁 부딪혔다.

조는 BLM*이 관리하는 지역과 세들스트링 서부를 순찰했다. 강부터 빅혼 산 기슭의 작은 언덕까지 이어지는, 나무 없는 평지였다. 기만적이고 복잡한 지역이라 조는 이곳을 특히 좋아했다. 멀리서는 골짜기 바닥에서 산까지 이어지는 완만한 오르막으로만 보였다. 하지만 실제로는 크고 작은 언덕과 산쑥 지대로 이루어진, 기복 있는 구릉 지대였다. 그곳의 습곡은 새틴 커튼을 보는 듯했다. 그림자로 덮인 곳은 가지뿔영

•　　Bureau of Land Manager, 토지 관리국.

양과 덩치 큰 뮬로 넘쳐났고, 주변에는 이름 없는 목장길이 거미줄처럼 얽혀 있었다. 사슴과 영양은 지역의 특징을 능숙히 이용할 줄 알았다. 사냥꾼이 나타나면 순식간에 귀신같이 자취를 감춰버렸다. 특히 영양은 황량함을 방어수단으로 적절히 이용해 사냥꾼을 좌절하게 만들었다. 영양 떼는 주로 언덕 꼭대기처럼 트인 공간에 모여 있었다. 그 때문에 어디서도 몰래 접근하기 힘들었다. 그 지역에 나무라고는 백 년 된 농가와 오두막집 몇 채의 표지물뿐이었다.

영양 사냥철이 시작되는 날이었다. 조의 임무는 산에서 맞닥뜨리는 사냥꾼에게서 면허증과 당국 승인 스탬프를 확인하는 것이었다. 그날 아침 검문을 받은 사냥꾼은 대부분 고기를 얻으려 나온 지역 주민이었다. 한 이동주택 캠프장에서는 아웃피터가 술에 취한 미시건 자동차 회사 임원 네 명을 챙기느라 진땀을 빼고 있었다. 최신식 아웃도어 장비로 무장한 그들은 철제 압력솥으로 아침을 짓느라 정신이 없었다. 제대로 된 면허증을 당당히 제시하더니 술이 깨고 나서 본격적으로 사냥을 시작할 계획이라고 했다.

조는 메리베스에게서 인터웨스트 자원 공사의 일자리 제의 소식을 전해들은 미시 밴커런이 어떤 반응을 보였을지 궁금했다. 달콤한 복수의 순간을 직접 지켜보지 못해 못내 아쉬웠다. 인터웨스트 이야기로 메리베스는 한껏 들떴고, 덕분에 부부는 모처럼 특별한 밤을 보냈다. 메리베스는 미시가 와 있는 동안 절대 섹스를 하지 않겠다는 자신과의 약속마저 깨버렸다. 메리베스는 제의를 받아들이는 게 좋겠다 했고, 조는 아직 모르겠다고 얼버무렸다. 하지만 많은 가능성이 두 사람을 흥분시켰다. 조는 세 배 오른 급여가 미시의 냉담한 태도를 바꾸어놓기에 충분할지 궁금했다. 조의 인생 속 여자는 모두 잔인할 정도로 현실적이었다. 어쩌면 미시는 딸이 기대에 부응해주었다고 생각할지도 몰랐다.

조가 캠프를 나서는 순간 멀리서 라이플 소리가 들려왔다. 그는 트럭을 몰고 총성이 들린 쪽으로 달려갔다. 총성은 확 트인 공간이 아닌, 닫힌 공간에서 터져나온 것이었다. 피유우욱. 조는 누가 무언가를 총으로 쏘아 맞혔다는 뜻이라는 걸 알았다. 현장에서 확인해보니 짐작대로였다. 지역 사냥꾼 세 명이 영양 네 마리를 잡아놓고 있었다. 규정에서 한 마리가 초과되었다. 사냥꾼들은 수컷을 겨누고 쏜 총에 암컷이 맞았다고 해명했다. 조는 그 주장을 믿어주기로 했다. 절대 무리를 향해 총을 쏘면 안 된다고 당부한 다음 두 마리를 죽인 사냥꾼에게 딱지를 발부했다. 조는 잡은 사냥물을 해체하고, 나머지 한 마리는 라운드홈으로 가져가라고 지시했다. 라운드홈은 새들스트링에 자리한 사회 복귀 훈련 시설로, 단기 체류자와 지역 내 알코올 및 마약 중독자를 재워주고 먹여주는 곳이었다. 라운드홈에서 신세 지는 사람 중 절반 이상이 지역 보호구역 출신 인디언이었다. 그리고 그들은 사냥해 삶아온 고기를 무척 좋아했다.

조는 오전 내내 이 캠프 저 캠프를 쏘다니며 사냥꾼을 검문했다. 그리고 틈틈이 스포팅스코프를 꺼내 주변을 살폈다. 그는 밖에서, 습곡과 산속에서 일하는 게 좋았다. 일을 마치고 집에 돌아가 샤워하고 저녁을 먹는 평범한 일상이 좋았다. 거의 매일 밤 그는 녹초가 된 상태로 잠이 들었다. 조는 세상에 이런 직업이 많이 남지 않았음을 알고 있었다.

조는 열 살 때 이미 수렵감시관이 되기로 결심했다. 어느 무더운 여름날 밤, 그와 동생 빅터는 여느 때처럼 뒤뜰 트램펄린에 침낭을 깔고 누웠다. 하늘에서는 별이 반짝였고 기분 좋은 산들바람이 불어왔다. 집 안에서는 술에 취한 부모님이 고함을 지르며 싸우고 있었다. 금요일 밤마다 볼 수 있는 풍경이었다. 침낭에 파묻힌 어린 조 피킷은 손전등을 켜놓고 〈모피, 낚시, 그리고 사냥〉 최신호를 읽었다. 그는 매달 잡지가 배달되는 날만 기다렸다. 손에 들어온 최신호는 처음부터 끝까지 한 글자도 빠뜨리지 않고 읽었다. 뒤표지의 덫과 소변 미끼와 자작 보트 광고도 예외는 아니었다. 빅터는 그런 조 옆에서 곤히 잠들었다. 그날 밤, 조의 부모님은 평소보다 훨씬 격렬하게 싸웠다. 집 안에서 유리 깨지는 소리와 아버지의 고함이 터져나왔다. "빌어먹을 년!" 어머니는 울음을 터뜨렸고, 당황한 아버지는 어머니를 달래기 시작했다. 그날 밤은 유난히 더 요란했지만 늘 그런 식이었다. 조는 책을 읽으며 칵테일셰이커 안에서 딸그락거리는 얼음 소리를 들었다. 그의 아버지는 마티니를 즐겨 마셨다. 그리고 그날 밤, 셰이커는 무려 여덟 차례에 걸쳐 마티니를 만들어냈다. 고함과 물건 부서지는 소리, 그리고 침묵과 셰이커 속 얼음 소리는 일정한 패턴으로 들려왔다. 부모님이 재충전하는 동안 작전 타임을 갖기로 합의라도 한 것 같았다. 조는 이웃 역시 그 소리에 시달렸을 거라 생각했다.

잡지를 다 읽지도 않았는데 손전등 불빛이 점점 약해졌다. 새 건전지는 조의 방에 있었다. 그는 트램펄린에서 내려와 집으로 몰래 들어가보려 했다. 부모님을 보고 싶지도, 발각되고 싶지도 않았다. 맨발로 유리 파편이 널린 주방 바닥을 디뎠다. 방으로 통하는 복도 카펫에는 피 묻은 발자국이 찍혔다. D 사이즈 건전지 두 개를 잠옷 주머니에 넣고 방을 나온 조는 복도에서 어머니와 맞닥뜨렸다. 술에 취한 몰골은 말이 아니었다. 그녀는 조를 끌어안고 키스 세례를 퍼부은 후 화장실로 아들을 이끌었다. (어머니가 술에 취해서 다행이었다. 맨 정신이었다면 카펫에 피 묻혀놓

109

은 것을 보고 분노의 손찌검을 했을 것이다.) 그러고는 유리를 깨 미안하다며 아들의 발바닥에 박힌 유리조각을 뽑아주었다. 그는 움찔하며 어머니를 내려다보았다. 눈물 때문에 화장이 엉망이었고, 말할 때마다 입에 물린 담배가 춤을 추었다. 1960년대 초 힙스터를 보는 듯했다. 그녀는 만취 상태로 핀셋을 놀리며 유리조각을 뽑기는커녕 더 깊이 쑤셔 넣었다. 조는 전혀 괜찮지 않았지만 괜찮다 말하고는 직접 발에 붕대를 감았다. 어머니는 거실로 나가 아버지와 마티니를 마셨다.

새 건전지를 끼우자 손전등 불빛이 눈부셔졌다. 조는 다시 침낭 위에 엎드렸다. 산속 깊숙이 들어가버리고 싶은 마음이 굴뚝같았다. 집만 아니라면 어디로 사라지든 상관없었다. 바로 그때 〈모피, 낚시, 그리고 사냥〉 뒤표지에 실린 광고 하나가 시선을 사로잡았다.

수렵감시관 되는 법

더는 책상, 기계, 판매대에 매이지 마십시오.
자택 학습 교재로 자원 관리와 생태계 보존 분야 취업을 도와드립니다.
삼림과 야생동물 관리인이 돼 퓨마를 사냥하고
고립된 동물을 구하기 위해 비행기에서 낙하하고
부상당한 야영객을 돕고 싶지 않으십니까?
당신이 사랑하는 야외 생활을 마음껏 즐기십시오.
소나무 아래서 잠들고
얼음같이 찬 개울에서 아침거리를 낚을 수 있습니다.
꿈에 그리던 삶을 살 수 있습니다!

광고 문구 밑에는 강인하게 생긴 수렵감시관이 환히 웃는 사진이 있었다. 육각 모자를 쓴 그는 보브캣* 같아 보이는 동물을 번쩍 들고 있었다. 광고 문구대로, 꿈에 그리던 삶을 사는 것 같았다.

"난 수렵감시관이 될 거야." 조가 큰 소리로 말했다.

"나도." 빅티가 침낭에 파묻힌 채 말했다. 갑자기 들려온 동생의 목소리에 조는 흠칫 놀랐다. "형이 가는 데 나도 갈 거야."

조는 빅터의 침낭 안으로 손을 넣어 동생과 악수했다. 다음 날 아침, 조는 그곳으로 5달러를 보냈다. 그렇게 꿈을 향해 조금씩 나아가기 시작했다.

약속과 달리 빅터는 형을 따라오지 않았다. 그로부터 십 년 후, 조가 대학교 2학년일 때 고등학교 졸업반이던 빅터 피킷은 여자친구와 헤어지고 만취 상태로 차를 몰다 옐로스톤 국립공원 북쪽 입구의 거대한 스톤아치를 들이받았다. 새벽 3시였고, 시속 180킬로미터로 달리던 중이었다.

빅터가 두 시간이나 걸리는 옐로스톤까지 달려가 사고를 낸 이유는 아직도 미스터리였다. 조는 술과 폭력이 동생을 거기로 내몰았을 거라 짐작했다. 거기서 해방될 수 있는 곳이 바로 옐로스톤이었다.

조는 습곡이 훤히 내려다보이는 언덕 꼭대기에 트럭을 세우고 커피를 곁들여 점심을 먹었다. 스포팅스코프를 유리창에 고정해놓고 라디오를 켰다. 따스한 햇볕이 이른 아침의 눅눅함을 태워 없애주었다. 구름 한 점 보이지 않는 화창하고 온화한 날이었다.

●　살쾡이와 유사한, 고양잇과 동물.

조는 아래에서 벌어지는 일을 묵묵히 지켜보았다. 여든 마리에 달하는 가지뿔영양이 고원에 흩어져 풀을 뜯었다. 영양 떼는 동쪽에서 서쪽으로 서서히 이동중이었다. 서쪽으로는 사륜구동 차량으로만 이동 가능한 구불구불한 길이 내려다보였다. 그 길 한쪽에 하얀 자동차 한 대가 서 있었다. 사냥꾼들은 영양 떼의 시야가 미치지 않는 고원 가장자리에 자리 잡은 상태였다. 영양 떼의 움직임을 보니 아직 하얀 자동차의 출현을 알아채지 못한 듯했다.

조는 치킨샐러드 샌드위치를 우적거리며 스포팅스코프로 하얀 트럭을 지켜보았다. 클래식 인터내셔널 스카우트와 그것을 몰고 온 나이든 사냥꾼들을 알아볼 수 있었다. 두 사냥꾼은 차에서 내려 고원의 측면을 오르기 시작했다. 다 오르기까지는 삼십 분 가까이 걸렸다. 둘은 높이 자란 산쑥 뒤에 쪼그려 앉아 총으로 영양 떼를 겨누었다.

조는 스코프에서 눈을 떼고 영양 떼의 움직임을 확인했다. 하나로 뭉친 영양 떼가 갑자기 고원을 따라 동쪽으로 내달리기 시작했다. 그들이 일제히 움직이자 뽀얀 먼지구름이 피어올랐다. 두 번의 총성이 들렸다. 한 발이 영양에 명중했다. 조는 다시 스코프로 상황을 살폈다. 영양 한 마리가 쓰러졌다. 사냥꾼 한 명이 그쪽으로 다가갔다. 나머지 한 명은 밑에 세워놓은 스카우트로 돌아갔다.

조는 남은 커피를 들이켜고 자신의 픽업트럭에 시동을 걸었다. 자욱한 먼지구름에 파묻힌 영양 떼는 어느새 까마득하게 멀어졌다. 가지뿔영양은 지구상에서 둘째로 빠른 포유동물이었다. 영양보다 빠른 건 치타뿐이었다.

조가 트럭을 몰고 고원 가장자리에 도착했을 때는 이미 영양을 해체한 후였다. 사냥꾼들은 뜯어낸 뒷다리를 나무에 걸고 있었다. 조가 아는 사람이었다. 한스와 잭. 한스는 은퇴한 목장 노동자였고 잭은 은퇴한 교사였다. 파트타임 건물 관리인인 한스는 약국이나 비디오 대여점 같은 다운타운의 상업용 건물을 청소했다. 한스와 잭은 지난 삼십 년간 함께 사냥해온 사이였고, 한 해도 빠짐없이 시즌이 되면 영양 사냥을 나왔다. 득별히 주문 제작된 그들의 스카우트는 움직이는 고기 가공처리 공장이나 다름없었다. 둘은 나이를 먹어가면서, 그리고 사냥물 고기에 대한 집착이 늘어가면서 트럭도 필요에 맞춰 조금씩 개조했다. 처음에는 그저 얼음으로 채운 낡은 냉동고를 화물칸에 싣고 다니는 정도였다. 하지만 경험이 늘자 9월의 더운 날씨에도 고기가 상하지 않도록 신속히 온도를 낮추는 방법을 터득했다. 그다음에는 트럭에 윈치와 크레인을 장착해 무거운 사냥물을 들어 올리고 즉석에서 가죽을 벗겨내는 노련함까지 갖추게 됐다.

둘은 조에게 새로 발명한 장치를 보여주었다. 약 20리터짜리 중력식 물탱크에 호스가 연결돼 있어 가죽을 벗겨낸 사냥물을 현장에서 문질러 씻을 수 있다고 했다. 사등분한 영양은 윈치로 들어 냉동고에 실었다. 한스의 손놀림은 해가 갈수록 엉성해졌다. 파트너가 덜덜 떨리는 손으로 칼을 놀릴 때마다 잭은 멀찌감치 물러났다.

한스가 조에게 이상한 질문을 던졌다.

"혹시 산에서 멸종위기종이 발견됐다는 소식 못 들었소, 피킷 씨?"

"네?" 순간 정신이 번쩍 든 조가 물었다.

"**한스.**" 잭이 파트너를 흘끔 보며 말했다.

"뭐 어때?" 한스가 고고한 척 과장된 표정을 지어 보였다. 한스와 잭이 잠시 눈빛을 교환하다가 다시 하던 작업으로 돌아갔다. 조는 한스의 설명이 이어지기를 기다렸다.

"아무것도 발견되지 않는 게 모두에게 좋을 텐데 말이오." 한스가 조를 올려다보며 말했다. "여기서 멸종위기종이 발견되면 더는 사냥을 할 수 없게 되겠죠."

"당연하지." 잭이 말했다.

"왜 신고하지 않으셨습니까?" 조가 물었다. "뭔가 알고 계시는 것 같은데요."

"뭐 특별한 이유는 없었소." 잭이 말했다.

"그냥 농담한 거요." 한스가 덧붙였다.

"뭔가 알고 계신다면 반드시 신고하셔야 합니다." 조가 두 사냥꾼을 번갈아 보며 말했다. 정말 농담일지 궁금했다.

"당연히 그래야지." 잭이 말했다. "당연히 그래야 하고말고."

"당연하지." 한스도 거들었다.

조는 뭔가 수상하다고 생각했다.

잭과 한스는 해체한 고기를 씻고 나서 조에게 차가운 맥주를 권했다. 그는 정중히 사양하고 돌아섰다. 오늘 두 번째 영양을 잡지 못한다면 한스와 잭은 사냥철이 끝날 때까지 매일 이 습곡에 나와 사냥할 것이나. 은퇴한 두 사람은 시간적 여유가 많았다. 그리고 노련한 사냥꾼이자 요리사였다.

조는 고기를 얻으려 사냥하는 사람은 문제 삼지 않았다. 적어도 슈퍼마켓에서 포장된 고기를 사먹는 것보다는 훨씬 정직하다고 생각했다. 오히려 아무렇지도 않게 치즈버거를 먹으면서 사냥을 반대하는 사람을 이해하지 못했다. 자신들이 먹을 고기 때문에 수많은 동물을 죽여야 한다는 사실을 모르는 듯했다. 사냥감을 스토킹하고 뒤쫓고 해체하고 먹는 것은, 고기 가공처리 공장에서 무시무시한 망치로 소를 때려죽이는 것보다 훨씬 납득할 만한 행동이었다. 조는 차라리 한스와 잭 같은 사람이 고마웠다.

사냥은 한스와 잭에게 단순히 스포츠가 아닌, 삶의 방식이었다. "엘크 잡았어요?" 작은 산골 마을에서는 아직도 흔히 들을 수 있는 인사말이었다. 그런 곳에서는 사냥감 떼의 건강 상태와 수가 중요한 공적 관심사이자 토론거리였다.

그래서 엘크 캠프에서 벌어진 살인사건이 마을에서 가장 뜨거운 화젯거리로 떠오른 것이었다. 아웃피터의 죽음은 모든 사냥꾼이 가장 두려워하는 악몽이었다. 누군가 **그들**을 사냥할지 모른다는 것. 지금껏 이런 사건은 한 번도 발생하지 않았다. 실수로 방아쇠가 당겨졌다든가 주먹다짐이나 욕설이 오간 정도의 사건은 종종 있었다. 사냥을 위해 한두 주 휴가를 받아 찾아온 남자들 사이에서 필연적으로 벌어지는 일이었다. (엘크 캠프를 찾는 여성은 거의 없었다.) 총과 술로 넘쳐나는 사냥철에 산에서 살인사건이 발생했다는 건 새들스트링 주민에게 큰 충격으로 와닿았다.

이 불가해한 사건으로 조가 받은 충격 역시 적지 않았다.

기분 좋게 하루 일을 마친 조는 마을로 통하는 길을 향해 습곡을 달려나갔다. 그날 아침 장례식에 참석하기 전, 번 더네건이 전화를 걸어와 다섯 시에 스톡먼스 바에서 만나자고 했다. 예전 습관이 아직 남아 있다면 번은 보나마나 오른편 당구대 너머 마지막 부스를 지키고 있을 것이다. 모두가 번의 부스로 아는 그 자리를.

13

위스키와 맥주를 파는 스톡먼스 바는 어둑했다. 벽마다 인근에서 잡은 사냥물의 머리와 1940년대부터 1950년대까지 지역을 대표해 로데오에 참가한 남자의 흑백 사진이 걸려 있었다. 어느 날이 됐든 몇 시가 됐든 손님 수에는 큰 변화가 없었다. 조는 바에 줄지어 앉은 남자들을 지나 뒤편 당구대 쪽으로 향했다. 초록색 펠트가 깔린 당구대 위의 쿠어스 맥주 램프가 번의 얼굴을 밝혀주었다. 조의 예상대로 번은 자신의 지정석에 앉아 있었다. 그는 혼자가 아니었다.

"일찍 왔군." 번이 조에게 한 손을 내밀며 말했다. "조 피킷, 이쪽은 에이미 켄싱어야." 그녀는 그림자에 묻혀 있었다. 조의 눈은 아직 어둠에 완전히 적응되지 않은 상태였다.

조가 모자를 벗었다. "만난 적 있습니다."

"봐요. 내가 뭐랬어요?" 에이미가 번에게 말했다.

번이 웃음을 터뜨리며 조에게 맞은편 자리에 앉으라고 손짓했다.

"나랑 맥주 한잔할 텐가?" 번이 물었다. 하지만 질문보다 명령에 가깝게 들렸다. "에이미는 이만 가봐야 해서 말이야."

"오, 그렇지. 깜빡했네요." 에이미가 비꼬는 듯한 말투로 말했다. 조는 에이미의 목소리가 마음에 들었다. 눈이 어둠에 적응되자 그녀의 옷차림을 제대로 확인할 수 있었다. 솜털이 보송보송한 검은 스웨터와 가느다란 금목걸이. 에이미는 조를 보며 미소 짓고 있었다. "나중에 또 봐요, 조 피킷."

번이 일어나 나갈 길을 터주었다. 에이미는 조의 머리를 살짝 헝클어뜨리고 부스를 나갔다. 조는 얼굴이 화끈 달아올랐다. 아름다운 여자라는 건 의심할 여지가 없었다. 번은 바가 있는 곳까지 배웅한 뒤 자리로 돌아왔다. 손에는 버번위스키 네 잔과 맥주 네 잔이 놓인 쟁반이 들려 있었다.

"해피아워*야." 번이 말했다. "한 잔 값으로 두 잔을 마실 수 있다고." 그가 위스키와 맥주를 차례로 들이켰다. "좋아 보이는군, 조. 다친 곳은 좀 어떤가?"

조는 괜찮다고 대답한 후 천천히 맥주를 마셨다. 시원한 맥주 맛이 아주 좋았다. 번의 옆자리에는 에이미 켄싱어의 잔상이 남았다.

"저 여자는 아직도 날 좋아해." 번이 미소를 흘리며 말했다. "더는 제복을 걸치지 않는데도 말이야."

번이 또 한 잔을 입으로 털어 넣었다. "자네도 좋다고 했어." 그가 손등으로 입을 훔쳤다. 조는 아무 대꾸도 하지 않았다. 이야기가 흘러가

•   술집에서 정상가보다 싸게 술을 파는, 이른 저녁 시간대.

는 방향을 바꾸고 싶은 마음뿐이었다.

조는 번이 과연 몇 잔이나 마셨을지 궁금했다. 꽤나 벌겋게 상기된 얼굴을 보면 이번이 첫 잔이 아님은 분명했다. 번은 알아주는 대주가였다. 함께 일하던 시절, 매일 근무를 마치면 그는 습관적으로 한잔하러 가자며 후배들을 괴롭혀댔다. 지금도 번은 자리에 돌아온 후로 손에서 위스키를 놓지 못하고 있었다.

"저번에 한 얘기, 생각 좀 해봤나?" 번이 물었다.

조는 고개를 끄덕였다.

"그래?"

"메리베스와 의논해봐야 할 것 같습니다." 조가 말했다. "아직 얘기할 기회가 없었습니다."

번이 조의 눈을 빤히 보았다. "똑똑한 여자야." 번이 말했다. "자네를 옳은 방향으로 이끌어줄 걸세. 내가 직접 설득해볼까?"

"그러실 것까진 없습니다." 조는 예전 상관의 그런 점이 마음에 들지 않았다. 번은 자신이 설득하면 메리베스가 마음을 열 거라 믿는 것 같았다. 뭐든지 가능하다 여기는 듯했다. 어느 정도는 사실이었다. 번은 머리가 좋고 설득력도 남달랐다. 하지만 어떤 이유에서인지 조는 일자리 제의를 선뜻 받아들일 수 없었다.

"한 가지는 분명히 말씀드릴 수 있습니다." 조가 맥주를 한 모금 넘긴 후 말했다. "아웃피터 살인사건이 해결되기 전까지는 이 문제를 숙고할 여유가 없을 겁니다."

번은 미동도 없이 앉아 조를 보았다. 얼굴에 믿을 수 없다는 듯한 표정이 떠올라 있었다.

"해결되고 말고 할 게 뭐 있나, 조?" 번이 나지막하고 진지한 목소리로 말했다. "클라이드 리드가드가 아웃피터에게 총질을 했고, 자네들에게 붙잡혔고. 그렇게 종결된 거 아닌가?"

"아직 풀리지 않은 의문이 많습니다." 조가 말했다. "클라이드 리드가드가 왜 그런 짓을 벌였는지. 왜 하필 그곳에서였는지. 왜 죽이고 나서 바로 캠프를 떠나지 않았는지. 오티 킬리는 왜 저희 집으로 왔는지. 그 아이스박스 안에는 무엇이 들어 있었는지. 이런 의문에 대한 답을 구해야죠."

번은 경멸의 표정을 지으며 꼼짝 않고 앉아 있었다. 그의 눈은 조의 얼굴에 구멍이라도 뚫을 것처럼 이글거렸다. 조는 단호한 의지가 조금씩 허물어져가기 시작했지만 움찔하는 모습을 보이지 않으려 애썼다. 번의 방해로 수사를 중단하는 일은 없어야 했다.

"조." 번이 속삭임에 가까운 목소리로 말했다. "우리 잠시 이 **빌어먹을 현실 세계**에 대해 얘기해보세나." 번은 '빌어먹을 현실 세계'를 특히 힘주어 말했다. 조는 갑자기 불안해졌다.

"난 그 문제에 대한 답을 모르네. 알고 싶지도 않고." 번이 말했다. "살인사건은 원래 좀 지저분하네. 킬러가 해명도 못 하고 죽어버렸으니 당연히 미진한 부분이 많이 남았을 수밖에. 이건 정밀과학이 아니네. 그건 자네도 잘 알고 있을 거야. 이런 사건은 깔끔하게 정리되는 경우가 매우 드물다네. 너무 깔끔하게 종결되면 무고한 사람이 교도소로 갈 수도 있고. 모든 퍼즐 조각을 맞추려들지 말게나. 잊어버리게. 이제 미래를 생각할 때 아닌가, 조."

조는 번의 말을 잠시 곱씹었다. 왠지 번은 무척 서둘렀다.

"그럼 오티가 저희 집으로 가져온 아이스박스는요?" 조가 물었다. "그 안에 뭐가 있었던 겁니까?"

번이 손바닥으로 테이블을 내리쳤다.

"그게 뭐가 중요해?" 번이 조의 위스키 잔을 향해 손을 뻗으며 말했다. "그냥 잊어버리게."

"오늘 사냥꾼 두 명과 얘기를 나눴습니다. 산에서 멸종위기종이 발견된 걸 아는지 묻더군요." 조가 말했다. "상세한 설명은 듣지 못했습니다. 농담인지 아닌지 구분도 안 되더군요."

"누가 그런 소리를 하던가?" 번이 물었다. 이 지역에서 그가 모르는 사람은 없었다.

"한스와 잭입니다."

"미친놈들." 번이 말했다. "그놈들 말은 믿을 게 못 돼."

"글쎄요." 조가 말했다. "나쁜 사람들은 아닙니다."

"**조**······" 번이 한숨을 쉬었다.

"제게는 진상을 조사해 보고할 의무가 있습니다." 조가 말했다. "아시잖습니까."

번이 피식 웃었다. "의무? 누구에게?" 그가 물었다. "와이오밍 야생동물 관리국? 야생생물 보호청? 빌어먹을 시에라클럽*? 대통령?"

"번." 조가 말했다. "멸종위기종이 발견되면 반드시 보고해야 하지 않습니까. 의심만 돼도 그래야 하고요. 아웃피터의 죽음과 관련이 있을 수도 있잖아요."

번이 눈을 굴렸다. 조가 순진해빠진 모습을 보일 때마다 보이는 반응이었다.

"조, 내가 충격적인 얘기를 하나 들려주지." 번이 말했다. "지인 중에

●   미국의 환경보호 단체.

자기 땅에서 멸종위기종을 발견한 사람이 있었네. 그걸 총으로 쏴 죽이고 땅에 묻어버렸지. 당국에 신고도 하지 않고 말이야. 코디에 사는 한 목장주는 울버린*과 비슷한 짐승을 죽여 개에게 먹였네. 그게 멸종위기종이라는 걸 **알고 있었는데도** 말이야. 당국에 알렸다면 자기 땅에서 쫓겨났을 길세. 선문가라는 놈들이 우르르 몰려와 세상을 구한다며 난리를 쳐댔을 거고."

바에 앉아 있던 한 남자가 화장실로 향하다 알은척을 하려는지 그들을 향해 손을 흔들었다. 번이 테이블 위로 몸을 기울이고 목소리를 낮추었다.

"산에서 멸종위기종이 발견됐다는 소문이 퍼지면 이 골짜기가 어떻게 될 것 같은가? 그게 두 얼간이가 지어낸 얘기라 할지라도 말일세. 치매 환자끼리 횡설수설해댄 얘기더라도, 수렵감시관인 자네가 산에 뭔가 있는 것 같다고 하면 여기는 어떻게 될까.

제재소에서 일하는 사람을 생각해보게나. 목재운반트럭 운전사, 카우보이, 아웃피터, 낚시 가이드. 모두 하루아침에 실업자가 돼버릴걸세. 당국은 골짜기 전체를 봉쇄해버릴 테고 말이야. 이 땅의 환경운동가가 죄다 둥근 안경과 샌들로 무장한 채 몰려와 기자회견을 열겠지. 무지한 **지역 주민**에게서 무고한 생명체를 구하러 왔다면서. 산에서 멸종위기종이 발견되든 아니든 달라질 건 없네. 어차피 그놈들은 결과와 상관없이 법을 앞세워 몇십 년 동안 그 짓을 해댈 테니까.

삼대째 땅을 지켜온 농장주는 농장을 잃을걸세. 교사, 소매업자, 식당 주인, 죄다 실업자가 돼 쫓겨나듯 여길 떠나게 될 테고. 단지 정의로

● 북미산 족제빗과에 속하는 오소리.

운 감시관, 조 피킷이 멸종위기종이 살고 있을지 모른다는 의심을 품었다는 이유만으로 말이야.

이 마을 주민 절반이 자네를 증오하게 될 걸세. 많은 이가 졸지에 일자리를 잃을 거고, 그 자녀들은 자네의 어린 딸들에게 해코지할지도 모르네. 다 자네 때문인 게 되겠지, 조."

조는 번에게서 눈을 떼고 테이블을 내려다보며 생각했다. **인터웨스트 자원 공사와 파이프라인은 좀 나을 것 같습니까?**

번이 말을 이었다. "멸종위기종 보호법이 생물학적으로 이치에 닿는다든가 정치적 심리전이 아니라면 얘기가 달라질 거야. 하지만 둘 다 아니잖나. 잘 듣게."

번은 현재 동식물 950종이 멸종위기종으로 지정돼 있고, 약 4000종이 추가로 포함될 예정이라고 했다. 그리고 앞으로 이십 년간 수십억 달러를 쏟아부어도 그중 30종 정도만이 목록에서 삭제될 수 있을 거라고 덧붙였다. 번은 멸종위기종 보호법이 위선적이라면서, 결국 늑대나 회색곰처럼 인간이 귀엽다고 여기는 동물에게만 적용될 거라고 했다. 게다가 보호법에는 합리적이고 과학적인 근거조차 없다고 강조했다. 번의 주장에 따르면 흰머리독수리, 점박이올빼미, 붉은벼슬딱따구리, 회색곰, 서인도제도 매너티, 플로리다 덤불어치, 그리고 미국 흰두루미 관리에만 무려 1억9000만 달러 이상이 쓰였다. 번은 지구에 살았던 동식물 가운데 99퍼센트 이상은 인간의 '간섭'이 없었는데도 자연적으로 멸종했으며, 대량 멸종은 천지개벽 이래 숱하게 있어왔다고 했다. 그리고 달팽이시어, 콜로라도 잉어, 반점올빼미, 그레이엄 산 붉은날다람쥐가 사라졌지만 아무도 그리워하지 않는다고 덧붙였다.

"동물은 죽게 돼 있네, 조." 번이 말했다. "모든 종은 결국 멸종할 운명이고. 물고기가 뭍으로 올라와 폐로 숨을 쉬기 시작하기 전부터 그래 왔잖나. 앞으로도 계속 그럴 거고 말이야. 무엇을 살리고 무엇을 죽일지, 우리가 어떻게 조정할 수 있겠나. 우리는 현실 세계와 자연계에 영향을 미칠 만큼 전능하지 않다네. 지구상에 있는 핵폭탄을 모두 합쳐도 파괴력은 공룡을 멸종시킨 소행성의 만분의 일에도 못 미쳐. 인간은 그렇게 작고 연약한 존재야. 인간에게는 보호할 능력도 창조할 능력도 없네. 그저 그게 가능하다는 착각에 빠져 살 뿐이지. 멸종 위기에 처한 새를 보호하는 건 진화를 막는 거나 다름없네. 한낱 인간으로서 그런 짓을 하면 되겠나?" 번이 말했다. "그건 **신의 영역** 아닌가."

조는 등받이에 몸을 기댔다. 온몸을 흠씬 두들겨 맞은 기분이었다.

번은 조의 반응을 유심히 살피며 마지막 남은 버번위스키를 들이켰다. 그의 얼굴에 서서히 미소가 떠올랐다.

"신 얘기가 나와서 말이네만……" 번이 말했다. "혹시 갓스쿼드라고 들어봤나?"

조는 고개를 저었다.

"이건 농담이 아니네. 내가 지어낸 게 아니야. 내무장관, 육군성 장관, 농무부 장관, 그리고 몇 명이 의기투합해 만든 조직이네. 그들이 국익을 위해 어떤 종을 살리고 죽일지 결정하는 거야. 정말 황당하지 않은가?"

조와 번은 잠시 침묵을 지키며 남은 맥주를 마셨다. 조가 일어서자 번이 손을 뻗어 그의 팔뚝을 잡았다. 둘의 시선이 상대에게 고정됐다.

"일자리 제안은 아직 유효하네, 조. 하지만 기회의 창은 조금씩 닫히고 있어. 거절한다면 자네 인생 최대의 실수가 될 걸세."

조는 그것이 충고인지 협박인지 구분할 수 없었다.

"결정되면 알려드리겠습니다." 조가 말했다. "고민해야 할 게 한둘이 아니네요."

"자네가 옳은 결정을 내릴 거라 믿네." 번이 조의 손을 토닥이며 말했다. "자네는 좋은 놈이야. 알아서 잘 판단해 결정하겠지."

14.

셰리든과 루시는 가장 큰 놈에게 럭키라는 이름을 붙여주었다. 작고 갈색을 띤 놈은 히피티-홉. 그리고 길고 가느다란 놈은 엘웨이. 셋이 가족, 그것도 아주 행복한 가족일 거라 생각했다. 럭키는 아빠, 히피티-홉은 엄마, 엘웨이는 아들. 두 아이는 성격을 유심히 관찰한 후 어울리는 이름을 지어 붙였다. 셋 다 식욕이 엄청났다.

못 먹는 게 없었다. 치리오스 시리얼에 겁 없이 장작더미에서 나오더니 핫도그는 물론, 런천미트*와 각종 채소까지 싹 먹어치웠다. 하지만 젤리빈**을 잘 먹지 않아 루시가 무척 언짢아했다. 루시의 비닐가방에 젤리빈이 가득 담겨 있기 때문이었다.

셰리든은 저녁을 먹으면서 몰래 음식을 떼어내 냅킨에 숨겼다. 나중

---

* 양념하여 뭉친 다진 고기로, 보통 통조림으로 만듦.
** 콩 모양의 젤리 과자.

에 뒤뜰로 가지고 나가기 위해서였다. 루시는 아무것도 남기지 않고 깨끗하게 접시를 비웠다. 하지만 원래 단것을 별로 좋아하지 않기 때문에 간식은 기꺼이 내주었다. 어머니가 설거지를 하거나 통화하거나 미시 할머니와 함께 있을 때, 셰리든과 루시는 뒤뜰에서 놀겠다며 집을 빠져나왔다.

럭키, 히피티-홉, 엘웨이는 조용한 놈들이 아니었다. 짜증 날 때나 장난칠 때면 쩍쩍대며 수다를 떨었다. 아기의 딸랑이 장난감 소리와도 흡사했다. 가끔은 그 소리가 너무 커 셰리든은 어머니나 미시 할머니에게 들킬까 봐 걱정되기도 했다.

언젠가는 루시가 다 얘기해버릴 거라고 셰리든은 생각했다. 루시는 비밀을 지키기에는 어렸다. 그날 저녁, 저녁을 먹고 난 루시는 '럭키에게 밥을 주러' 밖에 나가겠다고 했다. 당황한 셰리든은 럭키와 엘웨이와 히피티-홉이 상상 속 애완동물이라고 설명했다. 어머니는 동생을 잘 챙긴다며 셰리든을 칭찬했고, 미시 할머니는 두 아이를 지켜보며 흐뭇한 표정을 지었다.

작은 친구들이 식사를 마치고 들어가버리거나 아예 장작더미에서 나오지 않으면 루시는 셰리든에게 '동물 놀이'를 하자고 졸랐다. 루시는 비밀 애완동물을 연기했고, 셰리든은 동생에게 먹이를 주었다. 셰리든이 잔디 위로 음식을 던지는 척하면 루시는 쪼르르 달려가 그걸 입에 넣는 척했다.

셰리든은 이런 행복이 오래가지 않을 거라는 걸 알고 있었다. 머지않아 무슨 일이 일어날 것이다. 언제나 그랬다.

하지만 셰리든은 애완동물이 살아 있고, 이곳 생활을 만족해한다는 사실만으로 좋았다. 비밀이 있다는 것, 장작더미 밖으로 나오는 작고

126

귀여운 얼굴을 볼 수 있다는 것은 큰 행운이었다. 셰리든은 매일 스쿨
버스를 타고 집으로 돌아올 때면 기대에 한껏 부풀었다.

소녀는 이런 행복이 영원히 깨지지 않기를 간절히 바랐다.

13

동이 트기 전, 조는 다시 습곡으로 돌아갔다. 산은 자욱하고 축축한 안개로 덮여 있었다. 이런 날 언덕을 오를 때는 사륜구동이 필수였다. 날이 밝아오면서 빗줄기도 점점 굵어졌다. 하늘을 완전히 뒤덮은 구름이 낮게 걸렸다. 벤토나이트*로 된 고원은 질퍽거렸고, 자연적으로 생긴 물길마다 초콜릿색 연못과 개울이 만들어졌나. 조는 스포팅스코프로 안개에 파묻힌 골짜기를 살폈다. 영양 사냥꾼은 캠프에 틀어박혔다. 길이 대리석 바닥처럼 미끄럽고 질척거려서 도저히 차로 다닐 수 없는 상태였다. 조는 상황이 더 악화되기 전에 산을 내려가기로 했다. 돌아오는 길에 배수로에 빠진 사냥꾼의 차를 꺼내주었고, 그들을 앞세우고 큰길로 나왔다.

● 　화산재의 풍화로 생긴, 점토의 일종.

간신히 집에 도착한 조는 부츠와 노란 슬리커*를 머드룸에 벗어두고 모자는 책상에 놓았다. 그러고는 샤이엔의 야생동물 관리국에 전화를 걸어 야생동물 생물학 섹션으로 연결해달라고 요청했다. 조는 연구원에게 자신이 보낸 상자의 내용물을 분석했는지 물었다. 남자는 잠시 기다려달라고 했다.

주방에서 커피 향기가 풍겨왔다. 식탁에서는 메리베스와 그녀의 어머니가 수다를 떨고 있었다.

한참 후, 책임 연구원이라는 사람이 전화를 받았다. 조는 그의 이름을 들어본 적이 있었다. 대답을 들은 조는 가슴이 철렁 내려앉았다.

"없다뇨? 그게 무슨 뜻입니까?" 조가 물었다.

"없다고요." 생물학자가 짜증 섞인 목소리로 말했다. "본 사람도, 받은 사람도 없습니다. 그걸 어떻게 보냈습니까?"

조는 갈색 종이와 테이프로 포장한 작은 상자였다고 설명했다.

"일반 우편으로 보낸 겁니까? UPS나 페덱스로 보내지 않고요? 등기 우편도 아니고요?" 생물학자가 조에게 다그치듯 말했다. "영수증이 없으니 추적도 못 하겠군요."

조는 화가 치밀었지만 참았다. "보내기 전에 그쪽과 통화했습니다. 그쪽에서 일반 우편으로 보내라고 했단 말입니다." 조가 말했다. "주 예산이 부족해서 페덱스 같은 사치는 꿈도 못 꾼다고 했다고요."

"누가 그런 소리를 했죠?" 생물학자가 심드렁하게 물었다.

"당신이었던 것 같은데요." 조가 말했다. 통화한 상대의 목소리를 분명히 기억하고 있었다. "발견한 날에 당신과 통화했습니다."

• 길고 품이 넉넉한 레인코트.

수화기에서 남자의 긴 한숨이 흘러나왔다. "어쨌든 여기 없습니다."

"다시 찾아봐주세요. 아주 중요한 겁니다." 조가 말했다. "지금껏 숱한 샘플을 보내봤지만 이렇게 증발해버린 적은 한 번도 없었습니다."

남자는 한동안 침묵했다. "알겠습니다. 다시 찾아보죠. 하지만 누구도 받은 기억이 없다고 합니다."

그는 주소를 정확히 적었는지, 우표는 충분히 붙였는지 물었다.

조가 대답하려는 찰나, 생물학자가 물건을 찾은 것 같다면서 다시 기다리라고 했다. 조는 회전의자에 편한 자세로 앉아 수화기에 귀를 기울였다. 그는 샤이엔 소속 직원이 현장에서 뛰는 감시관을 어떻게 생각하는지 잘 알았다. 감시관 역시 그들을 못마땅하게 여기는 건 마찬가지였다. 오래전 번이 조에게 경고한 적 있었다. 본부 소속 직원은 공무원의 본분을 잊고, 지역 농장주나 사냥꾼이나 후원자 편에 서는 현장 감시관에게 적지 않은 반감이 있다고 했다. 샤이엔의 고급 간부는 현장 감시관을 멋진 트럭과 총과 배지로 무장한 허세꾼으로 여긴다고도 했다. 부하가 지역에서 유명 인사로 떠올랐으니 간부 입장에서는 속이 쓰릴 만도 했다. 하지만 감시관이라고 불만이 없는 건 아니었다. 조는 지금껏 한 번도 오전 8시 이전, 그리고 오후 5시 이후에 본부로 전화를 걸어본 적이 없었다. 담당자가 출근 시간보다 일찍 나오거나 퇴근 시간을 넘겨 일하는 걸 보지 못했기 때문이다. 그가 오전 5시에 집에서 나와 빅혼의 습곡을 순찰하고 있을 때도 샤이엔 놈들은 단잠에 빠져 허우적댈 뿐이었다. 생물학자 역시 조가 보낸 상자를 찾든 말든 똑같은 급여를 받게 될 것이다.

조는 거실에서 노는 셰리든과 루시를 곁눈질로 흘끔 보았다. 루시는 개 흉내를 내는지 뒷다리로 서서 셰리든이 내주는 투명 먹이를 받아먹고 있었다. **정말 귀엽더라.** 전날 밤, 메리베스는 아이들이 오티 킬리 사건의 충격을 완전히 떨쳐낸 것 같다면서 그렇게 말했다. 메리베스는 지난 이틀간 두 아이가 뒤뜰 장작더미 근처에서 신나게 놀았으며, 그곳에서 벌어진 끔찍한 사건에 대해서는 한 번도 언급하지 않았다고 했다. 지나치게 감정적인 셰리든이 온종일 웃고 떠드는 걸 보니 더는 걱정할 필요가 없을 것 같다고도 덧붙였다.

"없습니다. 미안해요." 생물학자가 돌아와 말했다. "개봉된 상자가 있어서 봤는데 란체스터의 감시관이 보내온 독수리 시체였습니다. 총에 맞아 죽은 건지 확인해달라는군요."

조는 소리 없이 이를 갈았다. 생물학자는 상자를 찾으면 연락하겠노라 약속했다.

조는 커피를 마시러 주방으로 갔다. 그가 들어서자 식탁에 앉아 신나게 수다를 떨던 메리베스와 미시가 동시에 말을 멈췄다. 조 얘기를 하고 있었을 것이다. 조는 컵에 커피를 따르고 카운터에 몸을 기대섰다. 메리베스가 환히 미소를 지었다. 미소를 머금은 미시도 본 적 없는 온화한 표정을 짓고 있었다. 두 사람 모두 적어도 아직까지는 일자리 제안에 대해 묻지 않았다. 그저 조의 심기를 유심히 관찰할 뿐이었다.

엉금엉금 기어 주방으로 들어온 루시가 식탁 앞에 멈춰 서서 입을 쩍 벌렸다. 미시가 접시에서 와플 한 조각을 떼어 손녀의 입에 넣어주었다. 아침마다 이런 놀이가 벌어지는 모양이라고 조는 생각했다.

"먹었으니 이만 가봐, 강아지야." 미시가 말했다.

"강아지가 아니라니까요." 루시가 어깨 너머로 대꾸하고 다시 언니가 기다리는 거실로 기어나갔다.

"어떻게 된 일인지 모르겠지만 애들이 착하고 순해졌어." 메리베스가 조에게 말했다. "할머니랑 함께 지내서 그런 것 같아."

조는 웃음을 터뜨렸고 미시는 메리베스를 살짝 흘겨보았다.

사무실에서 전화벨이 울렸다. 조는 재빨리 돌아가 전화를 받았다. 자신의 신원을 밝히자 상대는 잠시 침묵을 지켰다. 들릴락 말락 한 쉭쉭 소리가 장거리 전화임을 짐작하게 했다.

"당신은 날 모를 거예요." 여자 목소리였다. "난 샤이엔 본부에서 일하는 사람이에요." 흔들림 없는 목소리에서 긴장이 묻어나왔다. 간신히 들리는 모깃소리였다.

조는 돌아보지 않은 채 손을 뻗어 사무실 문을 닫았다. 이내 방 안이 조용해졌다. 그는 책상 앞에 앉았다.

"오늘 소포 때문에 전화했죠?" 여자가 말했다. "화요일에 배송된 걸 봤어요. 야생동물 생물학 섹션으로 보냈죠. 그리고는 사라졌어요."

"사라지다니 그게 무슨 뜻입니까?" 조가 물었다.

"증발해버렸다고요."

조는 잠시 머리를 굴려보았다. 여자는 또 다시 사라졌다고 말했다. 여자의 목소리는 속삭임에 가까웠다. 누가 불쑥 들이닥칠지 몰라 조마조마한 모양이었다.

"그쪽은 누구십니까?" 조가 물었다.

"그건 알 거 없어요." 그녀가 말했다. "내게는 두 아이와 실직한 남편이 있어요. 난 공무원이고, 급여 외에도 여러 수당을 받아요. 나까지 실직하면 우리 가족은 끝장이에요."

"내게도 아이가 둘 있습니다." 조가 말했다. "곧 또 한 명이 태어날 거고요."

"그렇다면 당신도 소포에 대해 잊는 게 좋아요." 여자가 단호하게 말했다. 공동의 이해관계를 바랐던 조의 기대는 물거품이 돼버리고 말았다. "깨끗이 잊고 살던 대로 살아요."

조는 얼굴을 찌푸렸다. 이 충고가 벌써 두 번째였다. 조는 조심스레 책상 서랍을 열었다. 정체불명 짐승의 배설물이 담긴 또 다른 봉투가 눈에 들어왔다.

잠시 뜸을 들이던 그녀가 말을 이었다. "명심해요. 당신이 뭘 보내든 다 증발해버리고 말 거예요."

"왜 나한테 알려주는 거죠?" 조가 물었다.

전화기 반대편에서 분노의 기색이 느껴졌다. "나도 모르겠어요." 그녀가 말했다. "왠지 그래야 할 것 같았어요. 이만 끊을게요."

"고마워요." 조가 말했다. 하지만 이미 전화는 끊어진 후였다.

조는 이제 어떻게 해야 할지 골똘히 생각해보았다. 수화기를 손에 쥔 채 책상을 더듬어 낡은 주소록을 찾아내고는 곧장 친구 데이브 에이버리에게 전화를 걸었다. 조와 데이브는 대학을 함께 다녔다. 데이브는 헬레나의 몬태나 야생동물 관리국에서 생물학자로 일하고 있었다. 한동안 서로 근황을 묻고 나서 (데이브는 이혼하고, 다른 여자와 약혼한 상태였다) 본론으로 들어갔다. 조는 그에게 샘플을 보내면 독립적으로 분석해줄 수 있는지 물었다.

"어디서 찾았는데?"

"우리 집 뒤뜰."

"와이오밍 놈들은 주인을 못 찾겠대?"

"문제가 좀 생겼어." 조가 얼버무렸다. 증발해버린 샘플에 대해 들려주고 싶지 않았다. 그럴 필요도 없었다.

"재밌는 도전이 될 것 같군." 데이브가 말했다. "똥의 주인을 찾아라."

"그래." 조가 웃으며 말했다. 데이브는 직접 분석하겠으며, 샘플과 분석 결과를 비밀에 붙여주겠다고 약속했다.

조는 회전의자 등받이에 몸을 기댔다. 연구실에서 걸려온 전화를 떠올려보았다. 그녀를 어떻게 찾을 수 있을지, 찾아보기는 해야 하는 건지 궁금했다. 그녀가 사라진 샘플에 대해 진실을 말했다고 믿었다. 차라리 알려주지 않았으면 좋았을 거라고 생각했다. 그녀 때문에 모든 것이 갑자기 훨씬 복잡하게 꼬여버렸다.

16

조 피킷의 트럭이 지글지글 소리를 내며 새들스트링의 젖은 도로를 달려나갔다. 카운티 보안관 사무소로 향하는 길이었다. 여전히 비가 내렸고, 거리에는 사람이 거의 없었다. 몇 안 되는 행인들은 손을 머리에 얹은 채 비를 피해 이리저리 내달리고 있었다. 온종일 비가 그치지 않는 건 이상했다. 비가 많이 내리는 시기가 아니었다. 사실 와이오밍에서는 비 구경을 하기 쉽지 않았다. 조가 관찰한 바로는, 주민들은 비가 조금 심하게 내리면 어쩔 줄 몰라 했다. 그저 창밖을 내다보며 비가 그치기만 기다릴 뿐이었다. 시내에 나가 점심 한 끼 해결하려고 눈보라 속에서도 타이어에 체인을 감고 눈더미를 넘어 다니는 사람들이었지만 비만 내리면 당혹스러워했다. 우산이 없는 목장 주인들은 존 B. 스테트슨 모자에 '카우보이 콘돔'이라 불리는 비닐 커버를 씌웠다. 그들은 도시적이고 가식적으로 보인다는 이유로 우산을 쓰지 않았다. 슬리

커도 평소처럼 돌돌 말아 안장 뒤에 매달아두었다. 하지만 조는 비를 좋아했고, 비가 더 많이 내리기를 바랐다.

번의 말이 옳았다. 새들스트링은 죽어가고 있었다. 지역 탄광과 트웰 브슬립 유전이 가동을 멈춘 지도 십 년이 지났다. 간척 공사 인부만이 탄광에서 일할 뿐, 유정은 유가가 오르길 기다리며 뚜껑을 덮어놓았다. 외부인이 면세 혜택을 노리고 지역 농장을 대거 사들이는 바람에 농업 관련 일자리도 현저히 줄어들었다. 생산 자체가 중단된 곳도 있었다. 소 가격마저 십 년 사이 최저치를 찍었다. 중심가 상점 중 사분의 일이 문을 닫은 상태였다. 지난 오 년간 마을 인구는 30퍼센트나 줄었다. 무 수한 집이 싼값에 매물로 쏟아져 나왔다. 새들스트링의 유일한 라디오 방송국은 다음 달 초에 방송을 중단하겠다고 발표했다. 실업률은 계속 치솟았다. 번의 파이프라인이 들어오면 마을은 활기를 되찾을 수도 있을 것이다.

새들스트링은 철로 위치 덕분에 장래가 유망하던 전형적인 서부 마을이었다. 하지만 모두 기대하던 밝은 미래는 오지 않았다. 1880년대, 한 탄광왕이 큰 호텔을 지어놓았지만 마을은 점점 황폐해졌다. 메인 가로 불리는 구불구불한 중심가는 남북으로 길게 뻗었고, 서로 박자가 맞지 않는 네 개의 신호등으로 통제되었다. 두 블록에 달하는 '다운타운'은 아직도 빅토리아 시대풍의 도도한 건물로 넘쳐났다. 하지만 그 고상함을 제외하면 메인 가의 나머지는 미국의 여느 번화가와는 달리 총포사, 운동용품점, 낚시용품점, 술집, 스테이크 식당이 들어서 있었다.

조는 보안관 사무소로 들어가 재킷과 모자를 벗었다.

"비가 아직도 와?" 카운터 뒤에서 매클라너핸 보안관 대리가 물었다. 조는 그렇다고 대답한 후 바넘 보안관이 자리에 있는지 물었다. 접수원 겸 디스패처로 일하는 웬디가 차가운 눈빛으로 조를 보았다. 일요일에 통화한 기억이 되살아난 모양이었다. 그녀는 불편한 심기를 애써 내색하지 않고 구내전화로 바넘에게 '수렵감시관 조'가 왔다고 알렸다.

버드 바넘 보안관은 책상 뒤에 앉아 있었다. 책상에는 온갖 서류와 우편물이 수북했다. 그는 언제나 그렇듯 하얀 스티로폼 컵을 손에 쥐고 있었다. 바넘의 사무실은 꽤 큰 편이었지만 사방에 널린 잡지와 서류로 발 디딜 틈이 없었다. 조는 하도 지저분해서 밀실공포를 느낄 것 같았다. 바넘의 책상 앞에는 갈색 노가하이드* 의자가 놓여 있었다. 조는 개봉되지 않은 우편물 몇 개를 피해 의자로 다가갔다.

바넘이 컵에 담긴 진한 커피를 요란하게 홀짝였다.

"요 밖에 새로 생긴 커피숍에 가봤나?" 바넘이 물었다. 조는 고개를 끄덕였다. 그는 오전에 짬이 생길 때마다 메리베스와 그곳에서 커피를 곁들여 큼직한 머핀을 먹었다.

"괜찮더라고." 바넘이 나지막이 말했다. "주인은 살짝 얼이 빠진 것 같지만. 히피 스타일 아닌가? 캘리포니아에서 왔다는데 화장도 안 하고 다리 제모도 안 하더군. 나야 그러든 말든 상관없지만. 남편은 컴퓨터 엔지니어였는데 주식을 전부 팔아치우고 이곳으로 왔다나 봐. 둘 다 채식주의자이고."

바넘은 무척 피로해 보였다. 안색이 창백했고, 눈 밑 살은 거무스름하게 처져 있었다.

"커피 종류가 어찌나 많은지 다 셀 수 없을 정도야." 바넘이 커다란 스티로폼 컵을 들여다보며 말했다. "이건 에티오피아 자바-자바라는

---

* 인조 가죽 제품을 주로 생산하는 브랜드.

커피야. 세상에는 한 가지 커피만 있는 줄 알았는데. 멕시코나 콜롬비아 농부가 그려진 커다란 빨간 깡통에 든 거 말이야. 그런 것만 마시다가 백 가지가 넘는 커피 종류를 보니 정신이 없어. 매일 스페셜이 바뀌더군. 난 매일 새로운 걸 주문해 마시고 있어. 그동안 이런 신세계를 모르고 살았으니 이제라도 마음껏 누려야지. 술과 담배는 나쁘다 하면서 이런 카페인 음료는 왜 다들 좋다고 하는지 모르겠어. 내가 너무 고리타분한 건가?"

그가 조의 앞으로 컵을 내밀었다. 조는 예의상 한 모금 맛을 보았다. 바넘에게는 상대의 기분을 누그러뜨리는 묘한 기술이 있었다.

조는 고개를 끄덕였다.

"나쁘지 않지?" 바넘이 말했다. 아프리카에 이런 커피가 있을 줄 누가 알았겠나. 이 맛을 알아버렸으니 더는 싸구려 미국 커피는 못 마실 것 같아."

조는 불편한 대화가 더 이어지기 전에 용건을 꺼냈다. "아웃피터 살인사건에 대해 한 가지 여쭤봐도 되겠습니까?"

"뭐가 궁금한가?" 바넘이 자세를 살짝 바로잡으며 물었다. 묵직한 눈꺼풀이 내려앉은 그의 눈이 조를 응시했다.

조가 입을 열려는 찰나, 바넘이 다시 말했다.

"우선 자네가 누구 캠프 소속인지부터 알아야겠네." 바넘이 말했다.

"캠프요?"

"웨이시 헤데먼 쪽인가, 아니면 내 쪽인가?" 바넘이 말했다. "내 상대로 출마하는 자네 친구 있지 않나."

"중립을 지키겠습니다." 조가 솔직히 말했다. "어느 쪽도 아닙니다."

바넘의 표정에는 흔들림이 없었다. 조는 바넘이 무슨 생각을 하는지 짐작할 수 없었다. 그는 조금씩 불안해졌다.

"계속 그렇게 머물러 있게." 바넘이 말했다.

"그러려고 합니다." 조가 말했다.

"난 이번에 낙선할 거야." 바넘이 무미건조하게 말했다. "내게도 그 정도 눈치는 있네. 남들은 아니라고 하지만."

조는 어떻게 대꾸해야 할지 몰랐다. 버드 바넘이 트웰브슬립 카운티 보안관 선거에서 낙선하는 상황은 도무지 상상이 되지 않았다. 바넘 역시 마찬가지일 것이다.

"낙선하고 나면 뭘 해야 할지 막막하네." 바넘이 말했다. "주지사가 자리를 만들어줄지도 몰라. 하지만 그럼 샤이엔으로 이사해야겠지. 어쩌면 여기 남아 커피나 마실 수도 있고."

조는 선거까지 한 달 반이나 남아 있으니 낙담하기에는 아직 이르다고 말했다. 성의 없는 위로의 말에 바넘이 기운 없이 고개를 끄덕였다.

"물어볼 게 있다고 했지?"

"수사 진행 상황이 궁금합니다."

"**수사 진행 상황**이라." 바넘의 얼굴에 심상치 않은 표정이 떠올랐다. "자네가 생각하는 대로네. 과학수사대의 탄도 분석 결과 세 미시시피 놈들 모두 근거리에서 동일한 9밀리미터 자동식 권총에 맞은 것으로 확인됐네. 매클라너핸 대리와 자네와 헤데먼이 클라이드 리드가드에게서 찾아낸 총과 일치했고. 리드가드는 여전히 빌링스 병원 중환자실에 누워 있네. 의식을 못 찾았어. 의사들은 첫날을 넘기지 못할 거라고 했지만 아직 용케 살아 있더군. 리드가드가 의식을 되찾고 이미 밝혀진 사실과 상반되는 주장을 늘어놓지 않는 이상 이 사건은 깔끔하게 종결된 것이나 다름없네."

조는 설명이 이어지기를 기다렸지만 그의 입은 다시 열리지 않았다.

"클라이드 리드가드가 죽으면 수사도 끝난다는 말씀이군요." 조가 말했다.

"수사를 재개할 만한 다른 증거가 나오지 않는다면 이걸로 끝이야." 바넘이 말했다. "복잡할 거 없네."

조가 고개를 끄덕였다. "그의 이동주택은 수색해봤고요?"

바넘의 목소리가 살짝 비꼬는 톤으로 바뀌었다. "보안관 사무소와 범죄수사국이 수색해봤네. 쓸 만한 단서는 찾지 못했어. 원한다면 보고서를 직접 읽어보게. 리드가드는 좀 이상한 인간이었어. 그가 사는 이동주택도 이상하긴 마찬가지였고. 코닥 인스터매틱*으로 사진 찍는 취미가 있는 모양이야. 우리가 찾은 사진만 수천 장이네. 그뿐 아니라 마릴린 먼로 사진도 굉장히 많았어. 먼로의 생애 첫 〈플레이보이〉 커버도 있었고. 클라이드가 소유한 것 중 그나마 가치 있는 물건 같았지. 보나 마나 수사관 중 하나가 몰래 챙겨갔을 거야. 아무튼 그들이 이동주택을 완전히 봉쇄해놨네."

바넘이 설명을 마치자 조는 잠시 골똘히 생각에 잠겼다.

"제가 직접 살펴봐도 되겠습니까?" 조가 물었다.

바넘이 다시 당혹스러워하는 표정을 지었다. 하지만 이내 재미있다는 듯 미소를 흘렸다. "자네가 직접 수사를 해보겠다고?"

"그냥 궁금해서요."

"이유를 물어봐도 되겠나?" 바넘이 눈썹을 실룩거리며 말했다.

조는 어깨를 으쓱였다. "오티 킬리가 저희 집 뒤뜰에서 죽지 않았습

---

* 아마추어용 소형 고정 초점 카메라.

니까. 이 사건이 저희 가족에게 적지 않은 영향을 끼쳤습니다."

"뭐 수사하고 말고 할 것도 없잖아." 바넘이 말했다. "이십 년도 넘게 이런 사건을 수사해왔지만 대부분 눈에 보이는 게 전부였네."

"그래도 직접 확인해야 직성이 풀릴 것 같습니다." 조가 말했다.

보안관이 한동안 조의 얼굴을 뜯어보았다. "자네 마음대로 하게나." 바넘이 말했다. "리드가드의 이동주택 열쇠도 파일에 담아두었네. 증거를 몰래 가져가거나 훼손하지만 않는다면 반대할 이유가 없지. 나중에 최근친이 달라고 요구할지도 몰라."

조는 고맙다는 인사와 함께 자리에서 일어났다.

"조." 조가 사무실 문손잡이를 잡으려는 순간, 바넘이 그를 불러 세웠다. "지금 한창 산에 들어가 밀렵꾼을 잡아야 하는 거 아닌가? 여기저기 널린 내장도 살펴보고."

조가 그를 돌아보았다.

"네, 한창 그래야 할 때입니다." 조가 나지막이 말했다. 하지만 자기 생각까지 들려주지는 않았다. **당신도 여기 앉아 커피 홀짝이며 선거 걱정이나 하고 있을 때가 아니잖아. 나가서 사건의 진상을 제대로 밝혀야 하는 거 아니야?**

조는 매클라너핸 대리에게서 수사 보고서와 이동주택 열쇠를 넘겨받았다.

"우울해하시지?" 매클라너핸이 조에게 물었다. "요즘에는 정말 일할 맛이 난다고. 내가 농담하거나 웃을 때마다 제발 제리 루이스같이 굴지 말라고 핀잔을 주셔."

조는 고개를 끄덕이며 재킷과 모자를 챙겨 들었다.

"제리 루이스." 사무소를 나서는 조의 등에 대고 매클라너핸이 말했다. 아직도 비가 내리고 있었다.

클라이드 리드가드의 이동주택에는 펠트 마커로 적은 판지 표지판이 붙어 있었다. '기물을 파손하거나 무단 침입을 시도하면 트웰브슬립 카운티 보안관 사무소에 기소될 수 있음.'

비 때문에 글자가 번졌고 문으로 검은 잉크물이 흘러내렸다.

이동주택 안은 어두웠다. 장대비 때문에 지저분한 지붕창으로 빛이 거의 새어 들어오지 않았다. 조는 스위치를 찾았지만 전기가 끊긴 상태였다. 사방에서 퀴퀴한 냄새가 풍겼고 냉장고와 쓰레기통에서는 음식 썩는 냄새가 진동했다. 두 곳은 마지막에, 나가는 길에 살펴보기로 했다. 섣불리 문을 열었다가 압도적인 악취에 고생할 게 뻔했다. 조는 벨트에서 손전등을 꺼내 들었다. 죽은 자의 집 한복판에 서 있으니 관음증 환자가 된 기분이었다. 조는 주로 야외에서 수사를 했다. 그리고 대상은 대부분 버려진 사냥물의 시체였다. 갑자기 답답해졌다. 친분도 없는 클라이드 리드가드의 집에 들어와 있는 상황이 부적절하게 느껴졌다. 게다가 무엇을 찾아봐야 할지도 몰랐다.

이동주택은 작고 지저분했다. 바닥과 키운터에는 때가 잔뜩 껴 있었다. 조는 이동주택 한복판 주방 테이블 근처에 선 채 어디부터 살펴볼지 고민에 빠졌다. 손전등으로 실내를 찬찬히 살폈다. 한쪽으로 작은 복도가 보였다. 문은 죄다 열려 있었다. 수사관들이 수색을 마친 뒤 닫지 않은 모양이었다. 복도 끝 침실 안으로 침대가 살짝 보였다. 복도를 지나니 방이 두 칸 더 나왔다. 작은 화장실과 창고였다.

조는 좁은 복도를 따라 걸어가기 시작했다. 어둠 속에서 권총집이 불쑥 튀어나온 못에 걸렸다. 조는 뒤로 물러나 크고 무거운 벨트를 풀고 권총집을 테이블에 내려놓았다. 그러고는 계속 손전등으로 주위를 살펴나갔다.

조심스레 화장실로 들어갔다. 벽과 천장은 습기에 쪼글쪼글해진 마릴린 먼로 사진으로 도배돼 있었다. 사진에 박힌 스테이플러의 철사 침은 녹슨 상태였다. 구석에 놓인 선반에는 수십 개의 갈색 약병이 가득했다. 오랫동안 복용하지 않았는지 병마다 먼지가 수북했다. 조는 병에 붙은 라벨을 차례차례 읽어보았다. 대부분 지역 재향군인 병원에서 처방해준 것이었다. 최근 약병은 새들스트링의 배럿스 약국에서 받아온 약으로 채웠다. 소라진과 프로작이라는 이름은 익숙했지만 정확히 어떤 약인지는 몰랐다.

작은 침실은 상자, 옷, 잡동사니로 가득했다. 조는 문간에 아무렇게나 쌓아놓은 물건을 치우고 안으로 들어가 손전등을 비추었다. 옷장 안에는 사진으로 꽉 찬 상자가 쌓여 있었다. 바넘 보안관의 말처럼 족히 수천 장은 될 것 같았다.

조는 리드가드의 침실로 들어갔다. 트윈베드가 공간을 거의 다 차지했다. 조는 옆으로 걸으며 구석구석을 살폈다. 벽에는 노랗게 바랜 마릴린 먼로 포스터와 젊은 클라이드 리드가드의 군대 시절 사진, 그리고 새들스트링의 레인스피드앤드그레인에서 받은 달력이 걸려 있었다. 하얀 침대 시트는 오랫동안 세탁하지 않아 베이지색을 띠었다. 방에서는 퀴퀴한 냄새가 풍겼다.

조는 옷장 문을 다 열어보았다. 리드가드는 옷이 엄청나게 많았다. 더는 걸 데가 없을 정도였다. 오랫동안 입지 않은 셔츠와 재킷의 어깨는 먼지로 덮였다. 그 위 선반에는 30구경 라이플 실탄이 담긴 상자가 여러 개 보관돼 있었다. 상자에 붙은 가격표는 8.5달러부터 18달러까지 천차만별이었다. 최소한 이십 년 전부터 사서 모아온 듯했다. 조는 손을 뻗어 상자들을 흔들어보았다. 오래된 상자는 비었지만 어떤 이유에서인지 리드가드는 버리지 않고 모아두었다. 사진과 잡동사니, 약병과 실탄 상자를 보아하니 리드가드는 광적인 수집가인 모양이었다. 조는 침대 끝에 서서 선반을 마저 살펴보았다. 먼지 덮인 표면에는 최근에 누군가 손끝으로 더듬은 자국이 선명했다. 조는 그것 또한 수사관의 흔적일 거라 생각했다. 어디에서도 조가 찾는 것이 보이지 않았다.

조는 옷장 문을 닫고 셔츠 주머니에서 작은 수첩을 꺼냈다.

'리드가드의 이동주택.' 조는 적어 내려갔다. '9밀리미터 실탄은 보이지 않음.'

조는 창고에서 사진이 가득 담긴 상자를 끌어내 조금이라도 빛이 들어오는 주방으로 옮겼다. 두꺼운 봉투에 담긴 사진들은 특정 순서로 정리된 것 같지는 않았다. 하지만 봉투는 촬영 순서에 따라 차곡차곡 쌓아놓은 듯했다.

조는 최근 사진을 꺼내 차례로 살펴본 후 제자리에 돌려놓았다. 배럿스 약국에서 현상했다고 기록돼 있었다. 리드가드가 처방약을 받아온 약국이었다.

리드가드는 다작에만 집착하는 형편없는 사진작가였다. 결정적인 단서를 기대한 조는 크게 실망했다. 그는 일상적이고 무의미한 것들만, 그것도 허접하게 찍어놓았다. 리드가드는 늘 카메라를 지니고 다니며 자신만이 설명할 수 있는 피사체를 촬영해온 듯했다. 피사체는 대부분 왼쪽으로 살짝 기울어 있었다. 나무와 덤불을 찍은 사진이 특히 많았다. 아무리 유심히 들여다보아도 사진 속 나무와 덤불에는 아무것도 숨겨져 있지 않았다. 풍경 사진도 많았다. 산쑥 지대, 작은 언덕, 산, 하곡.

클라이드 리드가드의 몸 일부가 살짝 걸친 사진도 있었다. 가만히 선 채로 땅을 찍으려 했는지 리드가드의 신발이 포착된 사진, 팔을 쭉 뻗어 자기 얼굴을 찍은 흐릿한 사진도 보였다. 조는 클라이드 리드가드의 얼굴을 유심히 보았다. 하지만 카메라를 노려보는 어둡고 초췌한 얼굴에서는 어떠한 단서도 엿보이지 않았다. 한 사진은 화장실 거울에 반사된 리드가드의 으스스한 얼굴을 담고 있었다. 리드가드가 관리하는 산속 오두막집과 새들스트링 다운타운의 건물을 찍은 사진도 보였다. 바람에 날려 쌓인 눈더미를 촬영하는 데 필름을 두 통이나 쓰기도 했다. 어느 겨울 사진에는 아득히 먼 평원을 느릿느릿 가로지르는 엘크 떼가 담겼다. 포착된 엘크 떼는 파리똥만큼 작았다. 가끔 리드가드가 축 늘어진 자기 음경을 찍은 역겨운 사진도 있었다.

조는 상자 안 깊숙이 손을 넣어 오래된 봉투를 몇 개 꺼냈다. 재향군인 병원에서 촬영한 사진이 많았다. 간호사, 의사, 조명기구, 환자, 타일 깔린 바닥, 그리고 클라이드 리드가드의 음경.

조는 스며드는 바깥 빛이 거의 사그라질 때까지 사진을 훑었다. 최근 사진은 지난여름에 새들스트링 안팎에서 촬영되었다. 클라이드가 아웃피터 캠프에서 총에 맞기 전, 두 달 정도에 걸쳐 촬영한 사진은 어디로 증발해버린 상태였다. 조는 그 사실도 수첩에 기록했다. 무엇이 리드가드로 하여금 촬영을 중단하게 만들었을지 궁금했다.

상자를 창고로 갖다놓자 기다렸다는 듯 두통이 찾아들었다. 지붕을 신나게 두들겨대던 빗줄기는 어느새 많이 약해졌다. 그는 사진에 포착되지 않은 걸 찾으려 애썼다. 클라이드 리드가드가 누구인지, 어떻게 문제의 캠프에 합류하게 됐는지 알려주기를 바랐지만 그 노력은 헛수고로 끝나버렸다. 소득은커녕 사진은 오히려 조를 우울하게 만들어놓

145

왔다. 어떤 이유에서인지 리드가드는 강박적으로 사진을 찍고, 현상하고, 보관해왔다. 어쩌면 리드가드는 사진 속에서 다른 이의 눈에는 절대 보이지 않는 무언가를 찾아낼 수 있는지도 몰랐다. 아니면 무언가 의미 있는 것을 포착했다고 믿었다가 현상 후 실망하기를 반복해왔는지도 모른다. 이동주택을 샅샅이 뒤졌지만 클라이드 리드가드에 대해 알게 된 사실은 하나도 없었다. 그의 음경이 어떻게 생겼는지 확인한 것만 빼고.

조는 숨을 깊이 들이쉬고 냉장고 문을 열어보았다. 확 풍기는 악취에 눈이 따가웠다. 그는 눈을 가늘게 뜨고 민첩하게 손전등을 움직였다. 썩은 햄버거, 상한 우유, 질퍽이는 치즈. 냉동고 문도 열어보았다. 텅 빈 냉동고에서는 더 역겨운 냄새가 났다.

조는 숨을 참고 이동주택 문을 걷어차 열었다. 신선한 공기가 쏟아져 들어오자 다시 냉장고를 돌아보았다. 냉동고 안쪽은 응결된 피와 체액으로 뒤덮였고 갈색 털도 부너기로 붙어 있었다. 클라이드 리드가드가 죽은 짐승을 보관했다는 뜻이다. 그리고 그 무언가는 사라져버렸다.

조는 이동주택 밖에 허리를 숙인 채 서서 심호흡을 했다. 자꾸 헛구역질이 났지만 꾹 참았다. 머릿속은 아직도 아찔했고 눈도 여전히 따끔거렸다. 신선한 공기를 게걸스럽게 들이마셨다. 어딘가에서 젖은 세이지의 향긋한 냄새가 풍겨왔다. 조는 그 향기도 한껏 들이마셨다. 황혼이 찾아들자 작은 언덕 너머가 붉은 노을로 물들었다.

조는 허리를 펴고 소매로 눈가를 훔쳤다. 그때 뒤쪽에서 요란한 굉음이 터져나왔다. 조는 휘둥그레진 눈으로 이동주택 안에서 뿜어지는 화염을 보았다. 얼굴이 불에 그을렸다.

146

이동주택은 엄청난 속도로 타들어갔다. 벽은 이미 사라졌고 새까만 골조만 남은 상태였다. 조는 무기력하게 바라보기만 했다. 안에 남아 있을지 모르는 모든 증거가 사라져가는 중이었다. 어떻게 된 일이지? 가스 냄새는 못 맡았는데.

안에 두고 온 권총집이 떠오르자 욕이 튀어나왔다. 순간 무언가가 그를 다시 돌아서게 했다.

새들스트링으로 통하는 길에서 브레이크등 한 쌍이 깜빡이고 있었 다. 느릿느릿 길을 건너는 영양 떼 때문에 지나가던 차가 멈춰선 것이 었다. 조는 짙은 색 쉐보레 서버번을 물끄러미 바라보았다.

번 더네건의 차도 서버번이었다. 그가 아니라도 서버번을 모는 사람 은 많았지만. 언젠가 번은 조에게 황혼 무렵까지 기다렸다가 수상한 사 냥꾼에게 몰래 접근하는 트릭을 가르쳐준 적이 있었다. 이동하는 차량 이 잘 보이지 않는 시간대라면서.

조는 번의 차일지 궁금했다. 만약 그렇다면 번은 대체 왜 리드가드 가 사는 곳까지 온 것일까?

17

조가 집에 돌아왔을 때 웨이시는 진흙 튄 픽업트럭을 진입로에 세워 놓은 채 그를 기다리고 있었다. 조는 그 옆에 차를 세우고 셔츠 소매 냄새를 맡으며 집을 향해 걸어 올라갔다. 옷에 클라이드 리드가드의 이동 주택에서 뿜어진 연기 냄새가 진하게 배었다. 문 앞에서 맥신이 조를 맞았다. 개는 황금색 그림자처럼 그를 졸졸 쫓아 집으로 들어갔다. 루시와 셰리든은 거실에서 놀고 있었다. 루시는 이번에도 어떤 동물을 흉내 내고 셰리든은 동생에게 보이지 않는 먹이를 던져주는 중이었다. 한쪽에서는 미시가 웃으며 손녀들을 지켜보았다. 조의 사무실 문틀에 몸을 기대선 웨이시와 사무실 책상에 앉아 탁상 달력을 들여다보는 메리베스도 보였다.

"맥주 한잔하겠어? 내가 자네 맥주를 다 마셔버리기 전에." 웨이시가 말했다.

"좋지."

웨이시가 차가운 맥주 한 병을 들고 돌아왔다. "자네에게서 불쾌한 냄새가 나, 조." 웨이시가 맥주를 건네며 속삭였다. "클라이드 리드가드의 이동주택이 타버렸다는 소식 들었어. 대체 어떻게 된 일이야?"

조는 여전히 심기가 불편했다. 이동주택이 폭발한 직후 무전기로 새들스트링 의용 소방대와 바넘 보안관에게 그 사실을 알렸다. 소방대는 이동주택이 완전히 무너져내린 지 십 분 만에 도착했고, 보안관은 신음을 토했다. 소방대는 잿더미 안에서 총과 권총집을 챙겨 나와 조에게 건네주었다. 새까맣게 타 서로 붙어버린 그 물건은 트럭 뒷좌석에 던져놓았다. 조 피킷은 바보가 된 기분이었다.

"아직 안 물어봤어요, 메리베스?"

"뭘 말이야?"

메리베스는 호기심에 찬 미소를 짓고 있었다. 조는 어리둥절한 얼굴로 메리베스와 웨이시를 번갈아 보았다.

"웨이시가 제안을 하나 했어." 메리베스가 말했다.

웨이시가 조에게 바짝 다가와 사무실 문을 닫았다. 웨이시와 메리베스가 일제히 웃음을 터뜨렸다.

"에이미 켄싱어가 삼 주 반 동안 남편과 이탈리아 베니스에 다녀올 거래." 웨이시가 말했다. "나한테 집을 봐주고 개를 산책시켜줄 믿을 만한 사람을 소개해달라고 했어. 에이미가 키우는 자그마한 잭러셀테리어 있지?"

조는 말없이 고개를 끄덕였다.

"그래서 우리를 추천했대." 메리베스가 흥분한 얼굴로 말했다. "우리 가족 말이야. **어머니도.**"

웨이시가 엄지손가락을 펴 미시가 있는 거실 쪽을 어깨 너머로 가리
켰다. "미시도 **익숙한 환경**에서 아늑하게 지낼 수 있을 거야." 그의 젠체
하는 톤이 조로 하여금 엉겁결에 미소 짓게 만들었다. "휴가 가는 거라
고 생각해. 뭐 멀리 가는 건 아니지만."

조가 메리베스를 돌아보았다. "당신은 그러고 싶어?"

"방이 부족하잖아. 어머니가 거실에서 주무시는 거 몰라? 여기저기
고칠 데도 많고. 수리하는 동안 집을 비워주면 좋잖아. 그런 핑계로라
도 집을 벗어나야지. 오랜만에 휴가 기분 느끼는 것도 나쁘지 않고."

"둘이 휴가를 떠나본 적이 없는 걸로 아는데." 웨이시가 끼어들었다.
"얼마나 좋은 기회야. 마다할 이유가 없잖아."

"목요일에 들어가면 된대." 메리베스가 말했다.

"뭐 이미 결정된 것 같은데." 조가 무미건조하게 내뱉은 후 맥주를
들이켰다.

메리베스는 웨이시에게 저녁을 먹고 가라고 했다. 하지만 웨이시는
빨리 집에 가봐야 한다면서 정중히 거절했다. 밖으로 나가던 웨이시
가 갑자기 멈춰 서서, 신나게 노는 루시와 셰리든을 돌아보았다.

"정말 귀여운 강아지인걸." 웨이시가 말했다.

"강아지 아니에요!" 루시가 통통한 팔로 무릎을 끌어안으며 소리쳤
다. 셰리든이 또 다시 동생에게 보이지 않는 먹이를 던져주었다.

"그럼 뭔데?"

"강아지는 아니에요." 루시가 다시 바닥에 엎드리며 말했다.

조는 픽업트럭을 세워둔 곳까지 웨이시를 배웅했다. 차에 오르기 전,
웨이시가 어둠 속에 멈춰 서더니 몰래 챙겨온 맥주를 땄다.

"조, 자네가 클라이드 리드가드의 이동주택을 태워먹었다는 소문이 퍼지면 사람들이 뭐라고 할지 알아?"

"멍청한 짓을 했다고 하겠지." 조가 자신의 트럭 안으로 손을 넣어 뒷좌석의 총을 만져보았다. 아직 따뜻했다. 그는 어떻게 된 일인지 간략하게 들려준 후 이동주택이 갑자기 폭발한 이유를 모르겠다고 덧붙였다. 현장에서 서버번을 목격한 사실은 빼놓았다.

"그냥 재수가 없었던 모양이지, 뭐." 웨이시가 쓸모없어진 총을 보며 말했다. "바넘이 이 얘기를 듣고 한참 웃었겠는걸. 아마 내일이면 마을 전체가 알게 될 거야."

조는 한숨을 내쉬었다. 또 무기를 잃었다는 사실이 믿기지 않았다.

웨이시가 맥주를 한 모금 넘겼다. "정말로 계속 들쑤셔볼 거야?"

"오티 킬리가 우리 집 장작더미에서 죽었어. 어떻게 모른 척할 수 있겠어? 아무리 머리를 굴려봐도 말이 안 돼."

"어떤 부분이?"

조가 여전히 따끔거리는 눈을 비볐다. "오, 글쎄. 클라이드 리드가드가 특별한 이유 없이 산에 올라가 세 사람을 쏴 죽인 것도 그렇고, 범행 후 캠프를 뜨지 않은 것도 그렇고. 그리고 오티 킬리가 왜 죽으러 우리집 뒤뜰까지 내려왔는지 이해가 안 돼."

"조……" 웨이시의 카랑카랑한 목소리에 짜증이 묻어나왔다. 인내에 한계를 느낀 듯했다. "리드가드는 미치광이였어. 미치광이를 무슨 수로 이해해? 미쳤으니까 미치광이인 거잖아. 그냥 잊어버려."

"꼭 바넘 같은 얘기를 하는군."

"어쩌면 이번에는 그가 옳은지도 몰라." 웨이시가 말했다. 그가 입으로 가져간 맥주병 바닥에 담청색 달이 비쳤다. "내 말 믿어, 조. 모두 만족할 수준의 수사는 다 끝났다고. 우리는 한낱 수렵감시관에 불과해. 내장과 깃털만 신경 쓰면 되는 거야. 우리가 무슨 형사인 줄 알아? 사람들은 우리를 산짐승이나 관리하는 하급 공무원 정도로만 여겨. 제발 론 레인저는 되지 말아줘. 그랬다가는 관리국과 자네 자신에게 큰 오점이 남을 거야. 그게 **가능한** 일인지는 모르겠지만."

조는 발끝으로 땅을 탁탁 내리찍으며 고개를 떨구었다.

"그뿐만이 아니야." 웨이시가 말했다. "빌어먹을 총이 그 지경이 돼버렸는데 무슨 수로 범인을 잡아?" 웨이시는 어둠 속에서 미소를 흘리고 있었다.

"무슨 얘기인지 잘 알았어." 조가 퉁명스럽게 대꾸했다.

"이글마운틴 클럽에서 식구들이랑 좋은 시간을 보내고 올 궁리나 해." 웨이시가 말했다. "사냥철이 시작됐으니 엄청 바빠질 거야. 자네와 나 모두."

"그럴지도 모르지." 조가 말했다.

"자네는 동의하진 않겠지만 더 얘기하고 싶지 않을 때마다 그렇게 대꾸하지." 웨이시가 말했다. "난 자네를 잘 알아, 조. 얼마나 고집이 센지도 알고."

"그럴지도 모르지." 조가 말했다. 웨이시가 끙 앓는 소리를 냈다. 두 사람 사이에 침묵이 흘렀다. 검은 구름이 빠르게 몰려오고 있었다. 별이 쏟아지는 밤하늘에 검은 붓으로 칠을 하는 듯했다.

"자네가 알린을 데리고 켄싱어의 집에 들어가지 그래?"

웨이시가 코웃음을 쳤다. "알린은 팔십 개 채널이 나오는 텔레비전만 있으면 행복해한다고. 메리베스처럼 그런 분위기를 즐길 줄 몰라. 게다가 알린이 그 집 침대 밑에서 내 양말이라도 찾으면 큰일이잖아."

조가 고개를 끄덕였다. 어둠 속에서 그 모습이 웨이시에게 보일지는 알 수 없었다.

"일주일쯤 후에 출마 선언을 할 거야." 긴 침묵을 깨고 웨이시가 말했다. "장기 휴가를 내보려고. 주에서 허락하지 않으면 그만둬야겠지."

"그러다 선거에서 지면?" 조가 물었다.

"이길 거야." 웨이시가 언제나처럼 자신에 찬 목소리로 말했다.

"그래도 지면 어쩔 건데?"

웨이시는 웃음을 터뜨리며 남은 맥주를 마저 들이켜고는 빈 병을 조의 픽업트럭 화물칸에 던져 넣었다. "글쎄, 나도 모르겠어. 거기까진 생각 못 해봤어. 다시 로데오에서 황소나 타야지 뭐."

웨이시가 트럭 문을 열었다. 차내등 불빛이 서로 빤히 보는 두 남자를 희미하게 비추었다.

"농담 아니야, 조." 웨이시가 운전석에 오르며 말했다. "아웃피터 살인사건은 그냥 모른 척해. 식구들과 즐겁게 휴가를 보낼 생각이나 하라고. 자네 가족은 정말 대단해. 특히 자네 아내."

웨이시가 트럭 문을 거칠게 닫자 다시 어둠이 찾아들었다. 차에 시동이 걸리자 페인트가 벗겨진 차고 문 위로 눈부신 헤드라이트 불빛이 쏟아졌다.

조는 진입로의 자갈을 짓이기며 나아가는 웨이시의 트럭을 지켜보았다. 미등은 빅혼 가를 따라 빠르게 멀어졌다.

언제 나왔는지 메리베스가 바짝 다가왔다. 아무 소리도 듣지 못한 조는 흠칫 놀랐다.

"요즘 좋은 일이 줄줄이 생기네." 그녀가 남편에게 팔짱을 끼며 말했다. "일자리 제안에 이글마운틴 클럽까지."

"오늘 오후 일은 좋다고 볼 수 없잖아." 조가 말했다.

"무슨 문제라도 있어?" 메리베스가 물었다. "웨이시 얘기를 듣고도 아무 반응이 없던데."

"나도 좋아." 조가 성의 없이 말했다. "당신과 아이들이 무척 좋아할 것 같아. 물론 당신 어머니도."

그녀가 남편의 팔을 장난스레 잡아끌었다. "그럼 뭐가 고민인데?"

조는 아무것도 아니라고 대답하려다 말았다. 메리베스는 계속 조의 팔을 끌었다. 아내에게 폭발한 이동주택과 못 쓰게 돼버린 총 얘기를 들려주고 싶지 않았다. 그게 고민거리도 아니었다.

"우리 사는 꼴이 얼마나 참담하면 남의 집 봐주는 게 휴가로 느껴지나 싶어서 기분이 안 좋은가 봐."

"오, 조." 메리베스가 남편을 끌어안으며 말했다. "사정이 곧 나아질 거라는 거, 우리 둘 다 알고 있잖아."

메리베스가 잠자리를 준비하는 동안 조는 우편물을 뜯어보았다. 대부분 광고물이었는데 샤이엔의 본부에서 온 편지 몇 통이 끼어 있었다. 업무 관련 메모들이었다. 하나는 초과근무를 피하라는 당부였고, 또 하나는 더는 신용카드 영수증을 받지 않으니 앞으로 경비 보고서를 올릴 때 반드시 영수증 원본을 함께 제출하라는 지시였다.

세 번째 봉투를 열고 편지의 내용을 확인하는 순간, 가슴이 철렁 내려앉았다. 조는 간결한 관료적 문체로 적힌 편지를 세 번 반복해 읽어보았다. 치밀어 오른 분노에 짧고 격하게 숨을 내쉬며 편지를 북북 찢어버리고 싶은 충동을 애써 눌렀다.

"왜 그래?" 수건을 든 채 메리베스가 물었다.

"본부에서 편지가 왔어." 조가 애써 태연하게 말했다. "금요일에 샤이엔으로 오라는군. 심리가 있대."

메리베스가 하던 일을 멈추고 귀를 쫑긋 세웠다.

"오티 킬리가 내 총을 빼앗은 일로 여태껏 수사하나 봐. 주 정부가 제공한 휴대 무기를 부주의하게 다룬 걸 문제 삼고 있어. 정직 처분을 받게 될지도 모르겠군."

조는 내용을 한 번 더 확인했다.

"왜 하필 지금?" 메리베스가 물었다. "몇 달 전 일이잖아."

"주 정부는 지질연대를 따르거든." 조가 말했다. "당신도 알잖아."

"개자식들." 메리베스가 씩씩거렸다. 오랜만에 들어보는 아내의 욕에 조가 고개를 들었다. "한창 좋은 일만 생기고 있었는데."

open season

1

2

3

4

5

6

7

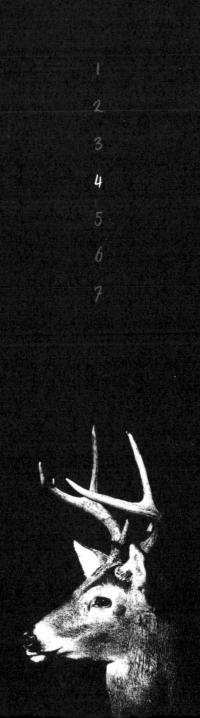

●

(e)(1) 위원회 구성 : 멸종위기종 위원회라는 조직이 설립돼 있다. (이 섹션에서는 '위원회'라고 부르기로 한다.)

(2) 위원회는 이 섹션에 따라 접수되는 모든 신청을 심리하고 세부항목 (h)나 이 섹션에 준거하여 세부항목 (a) (2)의 필요조건에서 면제될 수 있는지 결정한다.

(3) 위원회는 다음의 일곱 회원으로 구성된다.

    (A) 농무부 장관

    (B) 육군성 장관

    (C) 경제 자문 위원회 회장

    (D) 환경보호국 관리자

    (E) 내무장관

    (F) 국립 해양대기국 관리자

    (G) 해당 주의 주지사

_ 멸종위기종 보호법 수정 조항, 1982년

18

셰리든은 잠시 집을 떠나게 됐다는 소식을 들려주기 위해 밖으로 나
갔지만 동물 친구들이 어디에서도 보이지 않았다. 게다가 소녀는 누군
가 자신을 지켜보고 있다는 불길한 기분을 느꼈다.

셰리든의 스커트 주머니에는 어머니 몰래 쑤셔 넣은 음식이 가득했
다. 소녀는 해바라기 씨, 크루통*, 개 사료, 시리얼을 챙겼다. 너무 많았
지만 언제 돌아와 먹이를 줄 수 있을지 몰라 넉넉히 챙길 수밖에 없었
다. 소녀는 다시 집을 떠나야 한다는 소식에 화가 났다. 이번에는 소녀
가 만나본 적도 없는 사람의 집에서 머물 거라고 했다. 이글마운틴에
있다는 남의 집에서. 어머니는 언제쯤 돌아올 지 모른다고 했다. 셰리
든은 이글마운틴이 어떤 곳인지 궁금하지 않았다. ("부자들은 늘 이렇게 집

* 수프나 샐러드에 넣는, 튀긴 빵 조각.

을 내준단다." 미시 할머니는 말했다. "수영장도 있대!") 벌써 그곳이 싫기 때문이었다. 미시 할머니는 학교 친구들이 부러워할 거라고 했지만 셰리든은 그런 데 관심이 없었다. 미시 할머니는 남들의 부러움을 사는 걸 좋아했지만 셰리든은 달랐다. 온 가족이 이글마운틴으로 들어가는 것은 큰 실수라고 생각했다. 어머니와 루시랑 모텔에 묵었을 때처럼. 부모님은 다 자식을 위해 내린 결정이라고 했지만 셰리든은 그렇게 생각하지 않았다. 소녀는 어머니와 할머니에게 자신의 생각을 들려주었다. 또 다시 집을 떠나고 싶지 않았다. 럭키, 히피티-홉, 엘웨이를 두고 떠나고 싶지도 않았다.

하지만 동물 친구들은 보이지 않았다.

평소에도 다가온 소녀를 보고 장작더미에서 신나게 뛰쳐나온 적은 없었다. 어떨 때는 한참을 기다려야 비로소 소녀가 온 줄 알았다. 하지만 오늘은 조금 이상했다. 장작더미는 왠지 텅 비어 있는 듯했다. 소녀의 비밀 애완동물이 어디론가 떠나버린 것이다.

소녀는 장작더미 위에 해바라기 씨를 뿌리고 기다려보았다. 작은 움직임조차 없었다. 소녀는 한숨을 내쉬며 미루나무 밑에 주저앉았다. 두 손으로 턱을 괸 소녀의 눈시울이 뜨거워졌다. 다들 어디로 갔을까? 어디 아픈 건 아닐까? 내가 준 걸 먹고 탈이 났나? 간밤에 산으로 돌아간 걸까? 내가 싫어졌을까? 내가 다시 떠나게 될 걸 알고 슬프거나 화가 나서 보고 싶지 않아졌는지도 몰라.

"오늘은⋯⋯" 소녀가 말했다. "최악의 날이야."

소녀는 누군가 자신을 지켜보고 있다는 기분을 떨쳐낼 수 없었다.

소녀는 나무줄기를 타고 올라가 집을 내려다보았다. 창문 안으로 어머니나 할머니를 볼 수 있길 바랐다. 최소한 루시라도. 하지만 아무도 없었다. 그래서인지도 모른다고 소녀는 생각했다. 비밀 친구들은 누군가 지켜보고 있다는 걸 알아챈 거야.

소녀는 눈을 가늘게 뜨고 주변을 살펴보았다. 지붕이 저녁노을에 벌겋게 물들어 있었다. 소녀는 흘러내린 금발을 귀 뒤로 넘겼다. 뜰 어디에도 사람은 보이지 않았다. 등골이 오싹해졌다. 머릿속에서는 별의별 상상이 다 떠올랐다. 소녀는 몇 주 만에 처음으로 그날 밤 괴물을 생각했다. 그 오싹한 생각은 머릿속 깊은 곳에 숨어 지금 같은 완벽한 타이밍을 노려온 게 분명했다. 어쩌면 괴물이나 괴물의 친구가 몰래 찾아와 럭키와 히피티-홉과 엘웨이를 데려갔는지도 모른다.

나무에서 내려오자 갑자기 배가 아팠다. 소녀의 안에서 분노와 두려움과 죄책감이 한데 섞여 요동쳤다. 소녀는 어머니와 아버지에게 동물 친구들에 대해 솔직히 털어놓지 못한 건 후회했다. 얘기했더라면 친구들이 이곳을 떠나지 않았을 텐데. 언젠가 토끼장을 만들어주셨던 것처럼, 아버지가 멋진 집을 만들어주셨을 텐데. 어쩌면 내가 입을 열지 않아 친구들이 죽게 됐는지도 몰라.

소녀는 친구들에게 시간을 조금 더 주기로 했다. 아무리 기다려도 나오지 않으면 집으로 뛰어 들어가 어머니를 찾아볼 것이다. 어머니에게 모든 걸 털어놓을 것이다. 아버지가 돌아오면 작고 불쌍한 동물을 찾아낼 때까지 장작더미를 하나하나 뒤질 것이다. 지금 중요한 건 이글 마운틴이 아니었다.

소녀는 장작더미에 음식을 좀 더 뿌렸다. 어디 아픈 게 아니라면 소녀가 왔다는 걸 모를 수 없었다.

그때 귀에 익은 찍찍 소리가 들려왔다. 소녀는 일순간 기뻐졌다.

하지만 그 소리는 장작더미에서 들려온 것이 아니었다. 소녀는 미동

161

도 없이 서서 미소를 띤 채 귀를 세웠다.

같은 소리가 다시 들려왔다. 소녀는 소리가 난 쪽으로 돌아서서 장작더미와 울타리와 덤불 너머를 응시했다. 무성한 나뭇잎 사이로 페인트 벗겨진 차고 뒤편이 보였다.

소녀가 찾아냈다. 어떤 이유에서인지 동물 친구들은 옮겨갔다. 소녀는 소리를 따라 우거진 라일락 덤불 반대편으로 기어갔다. 집 주변 지리에 훤한 소녀는 어디쯤에서 친구들을 찾을 수 있을지 알았다. 차고 토대 밑. 건물과 땅이 만나는 콘크리트 부분에는 커다란 틈이 있고 차고 바닥 밑과 통했다. 언젠가 소녀는 긴 막대기로 그 틈을 쑤셔본 적이 있었다. 아무리 쑤셔도 막대기 끝은 벽에 닿지 않았다. 소녀는 친구들이 거기 있을 거라 확신했다.

덤불에서 나온 소녀가 처음으로 본 것은 럭키였다. 콘크리트 틈으로 고개를 내밀었던 녀석은 다시 차고 안으로 쏙 들어가버렸다.

"안녕, 다시 만나서 반가워." 소녀가 가져온 음식을 구멍 안으로 넣으며 말했다. "이 정도면 한동안 배불리 먹을 거야." 소녀는 안도했다. "다시 돌아올게. 내 말 믿어줘." 방금 전까지 불안에 떨던 소녀는 어느새 한껏 들떠 있었다.

"똑똑한걸." 소녀는 웃으며 주머니를 뒤집어 남은 해바라기 씨까지 꺼내놓았다. "여기가 훨씬 안전할 거야."

셰리든은 기어서 돌아가지 않고 가벼운 걸음으로 라일락 덤불을 따라 울타리 끝으로 향했다. 괴물이 들어왔던 문을 통해 뜰을 가로지를 생각이었다.

소녀가 울타리 모퉁이를 도는 순간, 창고 창문 뒤에서 남자의 얼굴이 불쑥 나타났다. 소녀는 얼어붙었다.

남자의 얼굴이 창문 뒤 그림자 속으로 잠시 사라졌다가 문간으로 나왔다. 그제야 남자가 제대로 보였다. 그는 울타리 쪽으로 오려 하지 않았다. 소녀에게 다가오라고 손짓했다. 그는 미소 짓고 있었다. 누군가가 지켜보고 있다는 소녀의 직감이 **틀리지 않은** 것이었다.

겁에 질린 셰리든은 움직일 수 없었다. 비명을 질러야 할지, 문을 향해 내달려야 할지 차고로 도망쳐야 할지 갈피를 잡을 수 없었다. 차고로 돌아간다면 남자는 소녀를 따라올 것이고, 동물 친구들을 보게 될지도 모른다.

"셰리든이지? 응?" 남자가 부드러운 목소리로 물었다. 소녀에게만 들릴 나지막한 소리였다. "잠시 얘기 좀 하자. 겁먹을 거 없어." 남자가 말했다. "난 네 아버지를 잘 알아."

낯이 익은데. 셰리든은 생각했다. 언젠가 아버지와 함께 있는 그를 본 적 있었다. 이름은 몰랐다. 어쩌면 듣고 잊어버렸는지도 몰랐다. 집에는 항상 많은 사람이 들락거렸다. 아버지의 사무실이기도 하기 때문이었다. 뒤뜰에서 시체가 발견된 후로는 왕래가 더 잦아졌다. 소녀는 모르는 사람과 말을 섞어서는 안 된다는 걸 알았다. 하지만 소녀의 이름과 아버지를 안다면 그래도 모르는 사람인가? 소녀는 남자에게 다가갈지 집으로 도망칠지 고민에 빠졌다. 먹이 뿌리는 걸 보았다면, 어머니에게 그 사실을 알리려 할지도 몰랐다. 비명을 지르며 도망친다면 아버지가 곤란해질 수도 있었다.

남자는 계속 미소를 흘리며 다가오라고 손짓했다.

소녀는 뻣뻣해진 다리를 힘겹게 움직여 남자가 선 쪽으로 천천히 다가갔다. 눈이 휘둥그레진 채 울타리 문과 기둥을 차례로 지나갔다. 남자는 여전히 창고 문간을 지키고 서 있었다. 순간 셰리든은 깨달았다.

남자가 선 자리는 집에서 절대 볼 수 없는 곳이었다. 소녀는 치명적인 실수를 저질렀음을 알았다. 몸을 틀고 도망치려는 찰나, 남자가 잽싸게 달려와 소녀를 붙잡았다. 그러고는 거칠게 잡아끌며 어두운 창고로 들어갔다.

남자는 소녀를 건초더미 위로 던졌다. 소녀가 비명이 터뜨리자 남자는 소녀의 입을 틀어막고는 얼굴을 들이밀었다. 모자챙이 이마에 닿았고, 입김이 소녀의 안경을 흐려놓았다.

"미안하지만 이럴 수밖에 없어, 달링." 소녀의 몸부림이 멎자 남자가 속삭였다. "정말이야. 이쪽으로 온 네 잘못이지. 날 발견하지만 않았어도 좋았을 텐데."

남자는 크고 거친 손을 치워주지 않았다. 소녀는 코로 짧고 가쁘게 호흡했다. 남자는 대답을 들으려고도 하지 않았다.

"손을 치우기 전에 네가 알아두어야만 할 게 있어, 셰리든. 내 말 듣고 있니?"

소녀는 고개를 끄덕이려 애썼다. 사시나무처럼 떨리는 몸을 진정할 수 없었다. 문득 속옷에 실례를 해버리면 어쩌나 걱정됐다.

"정말 듣고 있어?" 그가 다시 물었다. 목소리는 여전히 부드러웠다. "듣고 있는 거지?"

소녀는 눈으로 그렇다고 대답했다.

"네게 비밀이 있다는 거 알아. 내 말 맞지? 장작더미에서 귀여운 친구들을 찾았잖아, 그렇지? 난 널 지켜보고 있었어. 그놈들에게 먹이 주는 걸 봤다고."

입을 막은 커다란 손은 움직일 줄 몰랐다.

"엄마 아빠도 알고 계시니?"

소녀는 고개를 저어 아니라고 답했다. 소녀를 건초 위로 밀어붙이면서 남자가 소리 없이 미소를 머금었다. 자신이 예상하던 답이 나왔다는 듯이.

"거짓말하는 거 아니겠지, 셰리든?"

소녀는 있는 힘껏 아니라고 말하려 애썼다. 남자의 얼굴이 소녀에게 조금 더 가까워졌다. 이제 그의 눈만 보였다.

"좋아. 다행이군. 이제 둘만의 비밀이 생긴 거야, 안 그래? 끝까지 우리만의 비밀로 지켜가자고. 혼자만 간직하고 누구에게도 절대 얘기해서는 안 돼. 날 똑바로 봐."

셰리든의 눈이 문 쪽으로 돌아갔다. 아버지가 나타나주기를 바랐다.

"**날 보라고.**" 남자가 이를 갈며 말했다.

소녀는 시키는 대로 했다.

"이 얘기를 남들에게 했다가는 네 예쁜 초록 눈이 뽑힐 줄 알아. 그리고 그게 끝이 아닐 거야."

남자가 나머지 손으로 뒤쪽을 더듬었다. 딸깍 하는 소리와 함께 커다란 검은 총이 소녀의 시야에 불쑥 들어왔다.

"이걸로 네 아빠를 쏴 죽일 거야. 얼굴을 박살내버릴 거라고. 예쁜 엄마와 작고 귀여운 동생도 마찬가지야. 그 미련한 개도 죽여버릴 거고. 머리통을 날려주지. **날 보라고 했잖아.**" 남자가 말했다.

소녀의 몸이 떨림을 멈추었다. 압도적인 공포에 온몸이 마비돼버린 것이었다.

"이제 손을 뗄 거야. 미소를 보이면 순순히 보내줄게." 그가 말했다. "그렇게 웃으며 집에 들어가는 거야. 여기서 생긴 일에 대해서는 누구에게도 털어놓지 마. 장작더미 속 네 친구들은 천국으로 갈 거야. 무슨 말인지 이해하겠어? 너만 입을 꼭 닫으면 네 가족이 천국으로 갈 일은 없을 거야."

남자가 천천히 손을 뗐다. 찬 공기가 소녀의 얼굴을 식혀주었다. 앞니에 짓이겨지던 입술 안쪽에서 피맛이 났다.

"듣고 있니, 셰리든?"

"네." 소녀가 기어 들어가는 목소리로 말했다.

"그럼 미소를 지어."

소녀는 전혀 그럴 기분이 아니었지만 웃으려 애썼다.

"그건 미소가 아니잖아." 그가 나지막한 목소리로 꾸짖듯 말했다. "잘할 수 있잖니, 달링."

소녀는 다시 시도해보았다.

"나아졌어." 그가 말했다. "계속 노력해봐."

입가에 미소가 머금어졌다.

"그 정도면 됐어." 남자가 물러서며 말했다. 소녀를 짓누르던 몸이 떨어졌다. 소녀는 일어섰다. 남자가 손을 뻗는 바람에 움찔했지만 어깨에 붙은 건초를 떼어주려던 것이었다.

"겁낼 거 없어." 남자가 말했다. 목소리는 다시 평범한 사람처럼 돌아와 있었다. 소녀는 두렵고 혼란스러웠다. "약속만 잘 지키면 더는 나쁜 일은 벌어지지 않을 거야. 나는 잘 지킬 테니 너도 그래야 해." 그가 말했다. "언젠가는 좋은 친구가 돼 있을지도 모르지. 그렇게 됐으면 좋겠다, 그렇지?"

"네." 소녀가 말했다. 거짓말이었다.

"나중에 극장에도 데려가줄게. 콜라랑 팝콘도 사주고." 드레스 위로 소녀의 엉덩이를 살살 문지르는 그의 손에 필요 이상 힘이 들어갔다.

"그것도 좋아하게 될 거야."

셰리든을 부르는 어머니의 목소리가 들려오자 두 사람의 시선이 문 쪽으로 돌아갔다.

"이만 가봐, 달링." 그가 말했다.

19

그가 찾는 집은 미루나무 무리가 늘어선 흙길에 있었다. 길은 진흙과 깊게 팬 바퀴 자국으로 가득했다. 조는 이 길로 직접 와본 적은 없지만 근처 군도郡道에 세워진 나무 표지판을 자주 지나쳐 다녔다.

오티 킬리 아웃피팅 서비스

사냥 가이드

엘크 • 사슴 • 영양 • 무스

1996년 설립

킬리의 집은 소나무로 지은 허름한 통나무 오두막이었다. 자세히 보니 지붕 한쪽이 살짝 내려앉았고, 암녹색이었을 지붕널은 세월과 습기에 못 이겨 짐승 털 같은 회색을 띠었다. 집 옆으로는 1940년대 모델로 보이는 녹슨 윌리스 지프와 말 운반용 트레일러, 헛간, 노란색 스바루 스테이션왜건이 보였다. 집과 헛간의 문 위에는 가지뿔이 하나씩 걸려 있었다. 조는 픽업트럭의 시동을 끄고 차창을 내렸다. 집 뒤편에서 강의 축축한 소리가 들려왔다. 로키 산보다는 디프사우스 지역에 어울릴 만한 소리였다. 나무마다 가로보가 걸쳐져 있었다. 오티가 사냥해온 짐승을 걸어놓았던 모양이었다.

그날 아침, 조는 킬리의 집으로 향하는 길에 낚시꾼 몇 명을 체크했다. 그리고 인조 미끼만 허용되는 구역에서 지렁이를 쓴 지역 목장 노동자 한 명과 허가증 없이 낚시한 떠돌이 히스패닉 남자 두 명에게 딱지를 발부했다. 집을 나서기 전, 조는 샤이엔의 야생동물 관리국에 전화를 걸었다. 주초에 그에게 통지서를 보내온 레스 엣바우어 부국장과 통화하기 위해서였다. 엣바우어는 자리에 없었고, 조는 심리를 위해 오후에 가겠다고 메시지를 남겼다.

조는 오두막으로 오는 길에 스바루 안을 흘끔 들여다보았다. 유아용 보조의자가 설치됐고, 벤치시트*와 바닥에는 패스트푸드 포장지와 플라스틱 장난감과 그림책이 널려 있었다.

그때 뒤에서 펌프 연사식 산탄총에 탄약을 채우는 소리가 들려왔다. 조는 본능적으로 권총집에 손을 가져갔다. **빌어먹을! 총이 없잖아!** 조는 총으로 손을 뻗을 거라고 오해하지 않도록 천천히 두 손을 올렸다.

오티의 미망인, 지니 킬리가 12게이지 폭동 진압용 산탄총을 조의 가슴에 겨눈 채 열린 문간에 서 있었다. 무슨 제복 같은 상의에 색 바랜 청바지 차림이었다.

●   좌우로 갈라지지 않은 일자형의 긴 좌석.

조는 최대한 부드러운 목소리로 자신이 누구인지 소개한 뒤 원한다면 신분증을 보여주겠다고 했다.

"누군지 알아요." 그녀가 말했다. "장례식에서 봤어요."

"그럼 총을 내려요." 조가 말했다. "난 무장하지 않았습니다." 나지막한 목소리지만 날이 서 있었다. 지니 킬리는 어깨를 한 번 으쓱인 후 집으로 들어가 산탄총을 문 옆에 걸었다.

"미안해요." 지니 킬리의 말에서 진심은 느껴지지 않았다. "낮에는 주로 집을 비우니 찾아오는 사람도 없을 줄 알았어요. 집에 아픈 애가 있기도 하고, 오티가 죽은 후로 신경이 좀 예민해졌어요."

"이해합니다." 조가 허리를 펴고 심호흡을 몇 번 했다. 경직됐던 근육에서 긴장이 풀렸다. 자신에게 총을 겨눈 걸로 체포할 수도 있음을 알려주려다 말았다. 무의미하다고 판단했기 때문이다. 오티와 마찬가지로, 지니 역시 총을 꽤 능숙하게 다룰 줄 아는 것 같았다. 조는 오티에 대해 몇 가지 물어볼 게 있다고 했다.

문간에 선 지니는 당당한 모습을 보이려 애쓰는 듯했다. 불도 붙이지 않은 담배가 입에서 연신 까딱거렸다. 이 상황을 어떻게 풀어가야 할지 고민에 빠진 듯했다. 분명히 조를 경계하고 있었나. 조는 제복에 붙은 패치를 유심히 보았다. 새들스트링에 있는 버그-오-파드너. 그 레스토랑에서 웨이트리스로 일하는 모양이었다. 로키 산 굴튀김과 1파운드짜리 점심 햄버거로 유명한 식당이었다.

"꼭 집에 들어올 필요는 없죠?" 지니가 말했다. "애가 아프거든요. 좁기도 하고요. 집 말이에요."

"여기서 얘기해도 괜찮습니다." 조가 말했다.

어두운 집 안 어딘가에서 어머니를 부르는 소녀의 목소리가 흘러나왔다. 지니는 어깨 너머를 흘끔 보았다가 조에게 시선을 돌렸다.

"젠장." 그녀가 말했다. "들어오세요."

조는 표면이 거친 나무 테이블에 앉았다. 지니는 셰리든 또래로 보이는 소녀의 상태를 살폈다. 어두운 집에는 총 네 칸의 방이 있었다. 주방과 다이닝룸 벽에는 짐승 머리가 여럿 걸려 있었다. 다이닝룸 옆으로는 욕실과 침실이 자리했고, 그중 한 곳에는 이층 침대가 놓였다. 지금껏 집이 좁다고 불평해온 조는 킬리 가족이 이런 숨 막히는 곳에서 어떻게 살아왔을지 궁금해졌다.

조가 장례식 때 본 소녀, 에이프릴은 이층 침대 아래층에 누워 있었다. 헝클어진 이불 밑으로 땀에 젖은 검은 머리가 살짝 보였다. 지니는 딸에게 잔에 담긴 무언가를 먹인 후 감시관이 갈 때까지 조용히 푹 쉬라고 했다. 소녀는 말없이 고개만 끄덕였다. 또 다른 아이도 보였다. 아들인지 딸인지 구분되지 않는 아이는 방바닥에 앉아 놀고 있었다. 일회용 기저귀와 찢어지고 더러운 티셔츠 차림이었다.

지니가 주방으로 돌아와 조에게 커피를 원하는지 물었다. 괜찮다고 하자, 자신의 커피를 챙겨 들고 의자에 앉았다. 지니가 입에 물었던 담배를 재떨이에 놓았다.

"임신을 해서 피울 수 없어요." 지니가 말했다. "그래서 가끔 물고만 있는 거죠. 도움이 돼요."

지니는 조가 별로 알고 싶지 않은 사실을 주절대며 들려주었다. 오티가 생명보험도 들어놓지 않고 죽어버렸다는 사실. 오티는 돈만 생기면 말과 총과 아웃피팅 장비와 같이 묻어버린 빌어먹을 트럭에 고스란히 쏟아부었다는 사실. 오티가 트럭을 구입한 캐스퍼의 포드 대리점에서 마지막 석 달 치 할부금을 미납했다며 차를 돌려달라고 한 사실. 군인이던 오티가 휴가를 나와 고등학교 2학년이던 그녀와 결혼하고, 결혼식 날 그녀를 임신시킨 사실. 지금껏 총 네 차례에 걸쳐 임신한 사실. 오티가 군대에서 모은 돈으로 이 오두막과 와이오밍의 땅을 사들인 사실. 그리고 이곳에서 사람을 피하고 사냥이나 하며 꿈꾸던 대로 살아왔다는 사실. 그는 진정한 산사람이 되고 싶어 했다. 하지만 자기는 백팔십 년쯤 늦게 태어났다고 자주 말했다. 오티는 사람을 싫어했고, 특히 정부를 싫어했다. 오티는 총기를 소유할 수 있는 권리를 믿었다. 오티는 지니에게 나중에 어떤 이유로든 연방수사관이 들이닥치면 자신은 죽음을 맞을 거라고 말했다. 그래서 무장하고 다니는 거라고 했다. 그래서 그녀에게 문 옆에 걸어둔 산탄총 다루는 법을 알려주었다. 그래서 부츠 안에 데린저식 권총을 넣고 다니는 거라고. 오티는 아웃피팅 사업이 언젠가는 큰 성공을 거두게 될 거라고 입버릇처럼 말했다. 그는 고객에게 원하는 짐승을 사냥으로 잡게 해줄 테니 언제 어디서 어떻게 잡았는지는 비밀로 해달라고 당부했다. 그는 수상 비행기를 장만해 알래스카까지 사업을 확장하고 싶어 했다. 아이들을 홈스쿨링으로 키우고 싶어 했지만, 지니는 온종일 집에서 아이들과 부딪히면 미쳐버릴지 모른다면서 반대했다. 또 오티는 엘크를 잡아 해체하는 것 외에는 아는 게 없어서 아이들을 가르칠 수 없다고 했다. 때가 되면 독립해 알아서 살아가야 하는 아이들의 미래를 망치는 일이 될 거라고도 했다. 오티는 카일 렌스그라브, 캘빈 멘디스와 어울리기를 좋아했다. 오티는 비열한 놈이었다. 오티는 자신이 특별하다고 믿었다. 하지만 그는 와이오밍 북부에 사는 미시시피 출신의 가난뱅이 부랑자에 지나지 않았다. 오티는 지니에게 아무것도 남겨주지 않았다. 빌어먹을 트럭조차. 그녀는 사회보장 연금에 의지할 수밖에 없게 됐다. 오티가 그토록 증오한 정부의 도움이었다. **그 사실**을 알면 지하에서 오티가 이를 갈지 않을까? 그녀는 오티는 재향군인이니 재향군인 관리국을 통해 보험금이나 보조금을 받을 수 있을지 모른다고 생각했다. 그걸 알아볼 필요가 있었다. 그역시 오티가 증오하는 정부의 돈이기는 하지만. 오티는 그 일에 대해서도 이를 갈아댈 것이다. 그녀는 집과 차를 팔고 이사 해야만 했다. 아이들을 데려갈지 말지는 나중에 결정할 일이었다. 미시시피에 사는 어머니에게 한동안 신세를 져야 할지도 몰랐다. 아니면 콜로라도로 가든지. 아니면 뉴멕시코. 아니면 애리조나. 따뜻한 곳이라면 어디든 상관없었다. 노련한 웨이트리스는 어디서도 살아남을 수 있다.

조는 묵묵히 들으며 지니를 지켜보았다. 문간에서 겨눈 산탄총만큼이나 예상하지 못한 일이었다. 그녀의 입은 쉴 새 없이 움직였다. 오티의 죽음에 쌓인 게 많은 듯했다. 무엇보다 자신의 암담한 현실을 씁쓸해하는 것 같았다. 조는 그녀가 오티와 결혼했을 당시 꽤 예뻤을 거라 짐작했다. 하지만 이제는 무뚝뚝하고 날카로운 인상만 남았다. 조는 옆방의 아이들이 아무 소리도 내지 않는 데 놀랐다. 어머니에 대한 두려움 때문인지 궁금했다. 게다가 지니는 넷째를 낳을 예정이었다.

"오티가 **당신** 집 뒤뜰에서 죽었죠?" 그녀가 눈을 번뜩이며 말했다. "죽을 거면 자기 집에서 곱게 죽을 것이지. 정말 **한심해**. 장례식 비용을 마련하려고 말을 죄다 내다팔았어요. 불도저 빌리는 게 그렇게 비쌀 줄은 몰랐어요. 왜 내가 오티의 완벽한 장례식을 위해 비용을 대야 하죠? 왜요? 미련하게시리. 내가 죽으면 그 사람이 날 위해 그래줄 것도 아닌데. 보나마나 그는 카일과 캘빈을 불러와 장작더미에 날 올려놓고 화장해버렸을 거예요. 인디언처럼."

조는 자신의 목을 문지르며 손목시계를 흘끔 보았다. 벌써 사십오 분째 주절거림을 이어가는 중이었다. 늦지 않게 샤이엔에 도착하려면 곧 떠나야 했다.

"당신이 오티에게 총을 빼앗긴 그 사람이죠?" 그녀가 갑자기 빙그레 웃으며 물었다.

조는 그렇다고 대답했다.

"그 일을 꽤나 자랑스러워했어요." 그녀가 말했다. "꽤 오랫동안 그 얘기만 반복해서 떠들었죠. 하지만 그 일로 아웃피터면허를 잃게 될까 봐 걱정했어요. 갑자기 겁을 집어먹고 우울해했죠. 만약 그때 면허가 취소됐다면 자살하고 말았을 거예요. 더는 살아야 할 이유가 없어졌으 니. 그 문제로 고민하는 걸 지켜보는 내 심정이 어땠는지 알아요?"

조는 지니를 보았지만 옆방의 아이들 소리에 신경이 팔려 있었다. 그는 침대에 누운 어린 소녀의 상태가 궁금했다.

"오티는 당신을 좋아했어요." 지니가 말했다. "한동안 그 일을 떠벌 리다가 덜컥 겁이 났는지 태도를 싹 바꾸더군요. 당신이 좋은 사람 같 다고 했어요. 번 더네건과 달리 공명정대한 것 같다고."

조는 그게 무슨 뜻인지 물었다.

그녀가 어깨를 으쓱였다. "오티는 자기가 하는 일에 내해 말을 아꼈 어요. 내가 아는 거라고는 오티가 번에게 악감정이 있었다는 것뿐이에 요. 언젠가 밀렵하다 걸린 모양인데 그때 번이 빠져나갈 길을 알려주었 다고 했어요."

"뇌물 말인가요?" 조가 물었다.

"글쎄요." 지니가 말했다. "번은 오티에게 뭔가를 시켰어요. 정확히 뭐였는지는 몰라도 오티는 무척 언짢아했어요. 그 때문에 우리 집은 지 옥으로 변해버렸고요."

하지만 지니는 정확히 무슨 일이 있었는지는 몰랐다.

"다들 그렇게 유야무야 덮어버리는 모양이더군요." 그녀가 말했다. 눈앞의 조가 수렵감시관이라는 사실을 잊은 듯했다.

"그렇지 않습니다." 조가 말했다.

조는 더는 듣고 싶지 않았다. 그가 일어서며 물 한 잔을 부탁했다. 지니가 손으로 싱크대 쪽을 가리켰다. 싱크대로 향하던 조는 아이들 침실 앞에 멈춰 섰다. 에이프릴은 침대에 누워 있었다. 머리가 땀으로 흥건했지만 눈빛은 차분하면서도 날카로워 보였다. 바닥에서 놀던 남자아이가 고개를 돌리더니 큰 눈으로 그를 보았다. 아이는 잔뜩 겁먹은 표정이었다. 조가 불쑥 들어와 자신을 한 대 칠 거라 생각한 듯했다. 하지만 두 아이에게서 멍자국이나 상처는 찾아볼 수 없었다.

조는 수도꼭지를 열고 잔에 염분 섞인 물을 받았다. 지니 킬리가 그를 지켜보고 있었다. 차분하다가도 갑자기 욱하고 일단 말을 시작하면 멈출 줄 모르는 지니를 조는 도무지 이해할 수 없었다. 다시 산탄총을 꺼내 겨눈다 해도 별로 놀랄 것 같지 않았다. 이 집도, 이 집에 사는 사람도 정상이 아닌 듯했다.

"오티가 당신에게도 뇌물을 바쳤나요?" 그녀가 물었다.

잔을 입으로 가져가던 조가 멈칫했다.

"오티는 당신이 보면 깜짝 놀랄 게 있다고 했어요. 그걸 보여주면 면허를 되살릴 수 있을 거라고요. 그걸 주던가요?"

"아뇨. 그게 뭔지 오티가 알려주었습니까?" 조가 물었다.

"친구들이랑 찾은 거라던데요. 무슨 동물이랬어요."

"어떤 동물 말입니까?"

그녀가 입을 닫고 인상을 찌푸렸다. 침실에서 소녀의 울음소리가 들려왔다. "엄마."

"닥치고 가만있어!" 지니 킬러가 침실 쪽을 보지도 않은 채 소리쳤다. 울음소리가 멎었다.

"어떤 동물이었습니까?"

"정확히는 기억나지 않아요. 보고 웃긴 했어요. 고등학교 때 체육 선생 이름이랑 같거든요."

"체육 선생님 성함이 뭐였죠?"

"머를 밀러. 우리는 '킬러 밀러'라고 불렀죠."

"혹시……" 조가 잠시 말을 멈추고 머릿속에서 답을 찾았다. "밀러 족제비 아니었습니까?" 그는 아주 오래전 생물학 수업 때 들은 이름을 떠올렸다. 로키산맥 서부에 주로 서식했지만 지난 한 세기 동안 멸종됐다고 알려진 종이었다.

"그랬던 것 같네요." 지니가 말했다. "이름이 익숙해요."

"자세한 얘기는 안 했나요?" 조가 물었다.

그녀가 제복 주머니에서 성냥을 꺼내 들었다. 재떨이에서 집어 든 담배에 불을 붙이고 길게 한 모금 빨았다. "도저히 안 되겠어." 그녀가 웅얼거렸다. "아침부터 참아왔지만 더는 못 견디겠어요. 끊어야 하는데요. 오티가 살아 있었으면 버럭 화를 냈을 거예요." 남편이 죽은 직후 끊었던 담배를 다시 피우기 시작한 모양이었다.

"밀러 족제비에 대해 자세한 얘기는 안 했다는 거죠?" 조가 흥분된 목소리로 다시 물었다.

"아무 얘기도 안 했어요." 그녀가 심드렁하게 대답했다.

조는 미루나무 숲을 벗어나 산쑥 지대로 들어섰다. 햇살이 눈부시게 쏟아졌다. 조는 머릿속에서 세 가지를 떨쳐내지 못했다. 첫째는 오티가 그에게 전달하려 했다는 동물에 대해 지니가 한 말이었다. 둘째는 오티에 대해 말할 때 흥분하던 모습이었다. 셋째는 조가 침실 안을 들여다보았을 때 에이프릴이 지은 표정이었다. 조는 언젠가 같은 표정을 가축에게서 본 적이 있었다. 맥신의 표정. 래브라도의 표정. **날 때려서 기분이 나아진다면 그렇게 해요.**

자갈밭을 벗어난 트럭이 매끄러운 주립 고속도로로 들어섰다. 액셀러레이터를 힘껏 밟자 엔진이 포효했다. 진흙이 아스팔트 위에 두 개의 긴 줄을 그려놓았다. 조의 머릿속은 오직 그곳에서 최대한 빨리, 그리고 최대한 멀리 벗어날 생각뿐이었다.

주간州間 고속도로로 빠져나와 새들스트링을 등진 채 달렸다. 샤이엔까지는 여섯 시간 이상 가야 했다.

와이오밍에서 사냥이나 낚시를 하려면 면허를 따야 했다. 필요에 따라 소형화기를 제대로 다룰 줄 아는지, 규정은 잘 숙지했는지 시험을 봐야 하는 경우도 있었다. 하지만 아이를 낳아 키우는 데는 그런 조건이 필요하지 않았다.

20

샤이엔 야생동물 관리국 본부로 들어간 조 피킷은 이름을 밝히고 레슬리 엣바우어를 만나러 왔다고 말했다. 순간 실내 분위기가 급속히 냉각됐다. 접수 담당자가 경계하는 눈빛으로 그를 보았고, 전염병 환자라도 된다는 듯이 앉은 채로 살짝 물러났다. 여성 라이선스 에이전트 두 명은 조 피킷이라는 이름을 듣고 그를 힐끗 보다가 이내 각자 컴퓨터 모니터로 시선을 돌려버렸다. 갑자기 세상에서 가장 흥미로운 이메일이 도착하기라도 한 것처럼. 접수 담당자는 조에게 긴 복도 끝까지 가서 문 앞의 플라스틱 의자에 앉아 기다리라고 했다. 의자 옆 젖빛 유리에는 '레슬리 엣바우어, 부국장'이라고 적혀 있었다.

조는 모자를 벗고 의자에 앉았다. 1960년대 초에 콘크리트 블록으로 지어진 관리국 본부 건물은 볼품없었다. 벽은 여느 관공서와 다르지 않은 노란 페인트로 칠했고 천장에는 네온관 조명이 줄지어 붙었다. 좁은 복도 바닥에는 체스판 무늬 리놀륨이 깔렸으며 사람이 지날 때마다 발소리가 쩌렁쩌렁 울렸다. 복도에 줄지은 문은 대부분 닫혔고 유리창 안으로 불빛이 보이는 곳은 거의 없었다. 문마다 익숙한 상관의 이름이 붙었지만 어찌 된 일인지 자리를 지키는 이는 없는 것 같았다. 레스 엣 바우어를 기다리는 조는 교장실로 보내진 초등학생이 된 기분이었다. 현장에서 근무하는 감시관이 대부분 그렇듯 조 역시 본부를 찾을 일이 별로 없었다. 지나칠 만큼 요식 체계에 얽매인 곳. 모든 방침과 규정이 만들어지는 곳. 주지사와 국회의원이 입법 심의회를 위해 마을을 찾을 때마다 국장은 이곳에서 그들을 맞았다. 일이 뜻대로 풀리지 않을 때마다 사냥꾼, 낚시꾼, 지주, 환경운동가가 들이닥치기도 했지만 프런트데스크를 무사히 통과하는 경우는 거의 없었다. 조가 받은 통지서도 이곳에서 부친 것이었다. 이곳은 조를 잘 알았지만 조는 이곳을 잘 몰랐다.

샤이엔으로 오는 동안 조는 많은 생각을 했다. 아웃피터 살인사건 수사가 어느 방향으로 흘러가고 있을지 짐작해봤고, 술집에서 번이 한 말도 곱씹어봤다. 한바탕 난리가 난 후 처음으로 차분히 생각을 정리할 기회가 생긴 것이었다. 조는 자신이 내린 결론에 불안해졌다.

오픈칼라 반소매 드레스셔츠 차림의 뚱뚱한 남자가 복도 끝 사무실에서 걸어 나왔다. 조는 복도를 따라 다가오는 그를 보았다. 앞을 지나치려던 남자가 멈칫하더니 돌아섰다.

"조 피킷 씨?" 남자가 물었다.

조는 고개를 끄덕였다.

남자는 복도 좌우를 살피며 주변에 아무도 없음을 확인했다.

"이곳 사람 중 상당수가 당신이 부당한 처분을 받는다고 생각해요."

"네?" 조는 자신이 본부에서 화젯거리가 됐다는 사실에 놀랐다. 그

179

제야 데스크 뒤에 있는 라이선스 에이전트들이 눈길 준 이유를 알 것 같았다.

남자가 조의 앞으로 바짝 다가와 몸을 숙였다. "우리는 당신이 끝까지 밀고 나가주기를 바라요. 이걸 주지사가 알아야 한다니까요." 그가 말했다. "더는 유야무야 덮어둘 수 없는 문제입니다."

조는 무슨 말인지 이해할 수 없었다. "본부에서 무슨 일이 벌어질지 저보다 훨씬 많이 아는 모양이군요."

남자가 코웃음을 치며 의기양양한 표정을 지었다. "아직 확정되지 않았다면 왜 당신을 금요일 오후 4시에 오라고 불렀겠습니까? 잘 생각해봐요. 거칠게 항의하고 싶어져도 월요일 아침까지는 들어줄 사람이 없잖아요."

"그게······" 조가 입을 열었지만 남자는 어느새 돌아서서 복도를 빠르게 걸어가고 있었다. 잠시 후, 접수 담당자가 다시 모습을 드러냈다.

조는 정직 처분을 받을 것이다. 엣바우어가 한 마디만 하면 그렇게 되는 것이었다. 조의 상관은 주절거렸지만 정직 얘기는 나오지 않고 있었다. 조는 의자에 앉아 묵묵히 듣기만 했다. 입은 바짝 마르고, 손에서는 땀이 배어나왔다. 이런 일이 벌어지고 있다는 사실이 믿기지 않았다. 지금껏 자신의 행동에 대해 구두로든 서면으로든 경고를 받아본 적도 없었다. 면허 없이 낚시를 즐긴 주지사를 체포했을 때를 빼면. 조의 업무 평가는 늘 우수했다. 규정에 따라 맡은 바 임무를 충실히 해왔다. 정직하고 공정하려 무던히 애썼다. 절차나 원칙을 무시한 적도 없었고, 항상 성실히 일했다. 야근을 밥 먹듯 했지만 초과 근무 수당이나 보상 휴가를 요구하지 않았다. 경비 보고서를 조작한 일도 없었다. 오티 킬리와의 일을 보고한 이유 역시 옳은 일이기 때문이었다. 조는 살짝 질책만 받고 끝날 일이라고 생각했다. 무기는 되찾았고, 밀렵이라는 빼도 박도 못할 혐의로 오티를 체포했으니.

하지만 그는 기어이 정직 처분을 받을 것이다. 조는 당혹감에 어쩔 줄 몰랐다.

책상 뒤에 앉은 엣바우어는 비음 섞인 나지막한 목소리로 오티 킬리에 대해 조가 작성해 올린 보고서를 읽었다. 그러고는 소형 화기에 대한 안내서를 뒤적이며 관련 조항을 읊어나갔다. 조는 자신이 총을 챙겨 오지 못한 사실을 엣바우어가 모르고 지나쳐주기를 바랐다.

머리가 벗어지기 시작한 엣바우어의 통통한 얼굴은 상기되어 벌겠고, 코에는 알이 두꺼운 변색렌즈 안경이 걸쳐져 있었다. 그는 대화가 아닌, 일방적 통보를 하는 중이었다. 목소리가 가볍게 떨렸고 몇몇 단어에서는 발음이 꼬이기도 했다. 대본을 읽는 듯했다.

조는 엣바우어에 대해 아는 게 별로 없었다. 소문으로 들은 게 전부였다. 웨이시는 엣바우어가 육군 출신이며 제대와 동시에 야생동물 관리국으로 오게 됐다고 귀띔해주었다. 웨이시는 주 정부나 연방 정부에서 지급되는 급료밖에 받아본 적 없는 사람이라며 엣바우어를 '궁극의 공무원'이라 불렀다. 그는 ADV$^{advanced\ due\ to\ vacancy}$, 즉 '공석에 의한 승진'이라는 특히 관료주의적인 방법으로 현재 자리까지 왔다. 남들이 그만두거나 은퇴할 때도 엣바우어만은 꿋꿋하게 제 갈 길을 나아갔다. 다른 곳에 취업하거나 사업을 벌이는 대신 승진의 사다리를 착실히 올랐다. 어차피 민간 부문 고용주에게 환영받지 못할 테니, 연금만 바라보며 종양처럼 관리국에 붙어 영향력만 늘렸다.

조는 개별 단어들이 한정된 통화라도 되는 듯이 항상 말을 아끼려 애썼다. 그는 말을 허비하거나 불필요하게 쓰고 싶지 않았다. 말은 필요한 의미를 담아 현명하게 사용해야 한다는 게 조의 신조였다. 때로는 적절한 표현이 떠오를 때까지 한참 동안 말을 멈추기도 했다. 그런 점이 사람들을 혼란스럽게 했다. (메리베스는 조가 느긋한 사람으로 오해받을까 봐 안타까워했다.) 조는 개의치 않았다. 그래서 조는 말수에 따라 돈을 받는 것처럼 행동하는 이들이 참석하는 회의를 경멸했다. 말이 많은 사람은 할 말이 별로 없을 가능성이 컸다. 조는 세상 모든 이에게 일생 동안 쓸 수 있는 단어의 양이 할당되기를 바란 적이 있었다. 할당된 단어를 다 쓰면 여생을 침묵하며 지내야 하는 세상. 그게 현실이 된다 해도 조에게는 아직 단어가 충분히 남아 있을 테고 엣바우어 같은 사람은 입을 닫아야 할 것이다. 조는 얻는 것 하나 없이 말만 많은 회의를 경험해본 적이 있었다. 모두 입에 기관총이라도 단 듯 무의미한 말을 쏟아냈다. 말의 허비. 통화의 허비. 총알의 허비.

조가 정신을 차렸을 때 엣바우어는 말없이 그를 응시하고 있었다.

"내 말 들었나?" 엣바우어가 성난 목소리로 물었다. "어떻게 이런 일이 벌어질 수 있느냐니까."

"생각하시는 것보나 훨씬 쉽습니다." 조가 대답했다.

엣바우어가 눈을 가늘게 뜨고 경멸의 표정을 지었다. 기대한 답이 아니라는 뜻이었다.

"저는 딱지를 끊고 있었습니다." 조가 말했다. "보고서에도 그 내용을 적었습니다. 한 손으로 클립보드를 쥐고, 다른 손으로는 펜을 쥔 상태였습니다. 그런 일이 벌어질 줄 예상하지 못했다는 건 인정합니다. 일이 벌어져서 후회스럽습니다. 그렇게 둔 건 제 잘못입니다."

"하지만 그가 자네 총을 빼앗지 않았나." 엣바우어가 말했다. "자네가 멀뚱하게 서 있는 동안 빼앗은 거잖아." 엣바우어는 황당하다는 표정을 지어 보였다. 조 피킷이 세상에서 가장 미련한 사람이라도 되는 듯이.

조가 갑자기 벌떡 일어나 책상 너머로 손을 뻗었다. 그러고는 엣바우어의 셔츠 주머니에서 명찰을 잡아뗀 후 자리에 앉았다. 엣바우어는 눈이 휘둥그레져 그를 보았다.

"보셨습니까?" 조가 명찰을 내밀며 말했다. "무슨 일이 벌어지는지 인지해도 재빨리 반응할 수 없기도 합니다. 워낙 상상을 초월하는 일이다 보니 말입니다."

엣바우어는 태연한 척했지만 목소리에 힘이 없었다. "돌려주게."

조가 명찰을 책상 위로 밀었다. "제가 부국장님 입에 총구라도 쑤셔 넣을 줄 아셨죠? 안 그렇습니까?" 조가 물었다. "그랬다 해도 꼼짝없이 당하셨을 겁니다. 오티와의 일도 그랬습니다. 제 잘못이지만 어쩔 수 없었습니다. 방금 전 부국장님처럼 말입니다."

엣바우어의 얼굴이 시뻘겋게 달아올랐다. 그는 조의 눈을 똑바로 보지 못했다. 엣바우어는 조의 어깨 너머 어딘가에 시선을 고정한 채, 9월 30일 화요일부로 무급 정직 상태에 들어간다고 알려주었다. 보고서와 모든 증거를 꼼꼼히 검토한 후 내린 결정이라는 설명도 덧붙였다.

엣바우어는 심각한 혐의에 대한 충격적 보고도 들어왔다고 했다.

"자네가 이미 종결된 살인사건을 수사하는 과정에서 직무 유기가 있었는지, 또 피의자와 관련된 증거를 훼손했는지 조사할 계획이네."

조는 누가 그런 보고서를 올렸는지 물었지만 엣바우어는 말해줄 수 없다고 했다. 조는 등골이 오싹해지는 걸 느꼈다.

엣바우어가 말을 이었다. "최근 들어 자네는 심상치 않은 태도를 보였네. 그 사건들의 용의자로 지목된다 해도 할 말이 없을 거야. 이제 상황의 심각성을 알겠나?"

조는 고개를 끄덕였다. 입이 떨어지지 않았다.

"제가…… 용의자라고요?" 마침내 조가 간신히 말했다.

"그래. 용의자." 엣바우어가 차가운 미소를 머금은 채 말했다. "난 자네가 하루빨리 누명을 벗기 바라네. 솔직히 자네가 아니라면 우리도 불필요한 의심을 피할 수 없겠지. 그러고 싶지는 않네."

조는 한숨을 내쉬었다. 엣바우어는 이런 기회를 절대 놓치지 않는 악랄하고 옹졸한 관료였다.

"관리국 방침에 따라 다음 달 말에 열릴 야생동물 관리 위원회 미팅에서 정직 처분에 대해 이의를 제기할 수 있네. 사흘 안에 국장 앞으로 상소장을 올리면 돼. 자네 임무는 월요일부로 인접 지구 임시 감독관에게 일임될 걸세."

조는 입안이 바짝 말라 침조차 삼킬 수 없었다.

"이만 가보게." 엣바우어가 말했다. "내가 할 얘기는 끝났네."

조는 자리에서 일어났다. 화가 났지만 신기할 정도로 차분함을 유지했다. 아직 충격이 제대로 와닿지 않은 탓이었다.

"새들스트링 지구는 웨이시 헤데먼에게 맡겨주십시오." 조가 말했다. "그가 잘 아는 구역입니다. 노련하니 잘 해줄 겁니다."

"생각해보지." 엣바우어가 조에게서 돌려받은 명찰을 손가락으로 살살 문질렀다. "나가보게."

조는 문을 열려다 말고 엣바우어를 돌아보았다.

"이런 적이 또 있었습니까?" 조가 물었다. "딱 한 번 실수한 현장 감독관에게 정직 처분을 내리신 일 말입니다."

엣바우어의 얼굴이 다시 벌겋게 달아올랐다. 그는 시선을 돌려버렸다. 조는 엣바우어의 시선을 따라가보았다. 그는 뒤편 캐비닛에 놓인 디지털 시계를 보고 있었다. 오후 4시 58분이었다.

"저를 징계하라는 지시를 받으신 겁니까?"

"물론 아니네." 엣바우어가 여전히 시계에 눈을 고정한 채 말했다.

"누가 전화를 걸어와서 '레스, 그때 그 피킷 사건 있지? 이번에 꼭 들춰봐줘' 뭐 이러지는 않았습니까?"

엣바우어가 앉은 채로 몸을 틀었다. "전혀." 그는 방어적인 태도를 보였다. "이 대화는 여기서 끝내지."

조는 문을 열었다. 사무실 밖에서 엿듣던 접수 담당자가 화들짝 놀라 도망쳤다. 복도를 울려대는 그녀의 구두소리는 구형 로열 타자기를 연상시켰다.

"이건 대화가 아닙니다." 조가 말했다. "린치이죠. 분명 대화는 아닙니다."

그는 거칠게 문을 닫고 나왔다. 그러고는 복도에 멈춰 서서 유리가 깨지지 않았는지 확인했다.

조는 빈 사무실을 찾아 들어가 메리베스가 있는 켄싱어의 집으로 전화를 걸었다. 조는 여전히 이상할 만큼 차분했지만 당장이라도 아내와 통화하고 싶었다. 메리베스에게 방금 벌어진 일을 들려주고 어떻게 생각하는지 듣고 싶었다. 메리베스가 전화를 받자 새 환경이 마음에 드는지부터 물었다.

"어, 당연히 마음에 들고말고." 황홀감이 묻어나는 목소리였다. "침실 다섯 개, 화장실 네 개. 트웰브슬립 강이 내려다보이는 멋진 테라스,

자쿠지*, 우리 집만 한 주방, 스포츠 경기장만 한 다이닝룸. 옷장은 전부 서서 드나들 수 있고, 냉장고도 마찬가지야. 브렉퍼스트 바에 벽난로가 자그마치 세 개나 있어. 부부용 침실에도 벽난로가 있고. 엄마와 루시가 특히 좋아해. 지금 맥신과 켄싱어네 개를 데리고 골프장에서 산책중이야."

아내 목소리를 들으니 조는 기분이 조금 나아졌다. 분위기 반전이 절실한 상황에서 듣는 그 목소리는 무척 달콤했다.

"셰리든은 뭐래?" 조가 말했다. "좋아하는 것 같아?"

메리베스는 잠시 뜸을 들였다. "나도 모르겠어. 별로 그런 것 같지 않아. 점심도 안 먹었고 할머니랑 산책도 나가지 않았어. 그냥 거실에 앉아 창밖만 봐."

"갑자기 환경이 바뀌어서 그런가?" 조가 물었다. 그리고 지난 몇 년간 셰리든을 데리고 몇 번이나 이사를 다녔는지 속으로 헤아려보았다. 셰리든은 새들스트링에서의 반복되는 일상을 무척 소중히 여겼다. 아이는 또 이사해야 할지 모른다고 생각한 모양이었다.

"정말 그게 이유라면 걱정할 필요가 없을 텐데." 메리베스가 말했다. "어디 아픈 건 아니겠지?"

조는 잠시 머뭇거리다 입을 열었다. "메리베스, 관리국에서 화요일부터 무급 정직 처분을 내렸어. 오티 킬리에게 총을 빼앗긴 일 때문에. 게다가 여기서는 내가 아웃피터 살인사건과 무슨 연관이 있을 거라고 의심해."

메리베스가 헉 하는 소리를 냈다. "오, 맙소사, 조."

• 물에서 기포를 일으키는 월풀 욕조의 일종.

두 사람은 한동안 말이 없었다. 한참 후, 그는 아내에게 아직 수화기를 들고 있는지 물었다.

"조, 그게 무슨 뜻이야?"

"두 가지 의미가 있어." 조가 최대한 확신을 담아 말했다. "첫째, 영향력 있는 누군가가 나를 현장에서 쫓아내려 한다는 것. 둘째, 아무래도 인터웨스트 자원 공사의 오퍼를 수락해야겠다는 것."

"정말이야?" 메리베스가 물었다. "조, 정말 그러고 싶어?" 진심 어린 걱정이었다. 조가 아내를 사랑하는 가장 큰 이유였다.

"다른 옵션이 없잖아." 조가 답했다. "뭘 해서든 부양은 해야 하고."

"우리 집은?" 메리베스가 물었다.

"상고가 진행되는 동안은 거기서 지낼 수 있을 거야. 상고를 할 거라면 말이야."

"조……."

"앞으로 사흘의 여유가 있어." 조가 말했다. "여기 오는 동안 생각한 것들을 좀 더 살펴보고 싶어. 그게 정리되면 번에게 연락해 내 결정에 대해 알려줄 거고. 당신도 괜찮지?"

"그럼."

"늦을 거야." 조가 말했다. "기다리지 말고 먼저 자."

"사랑해, 조 피킷." 메리베스가 말했다.

"나도."

조는 야생동물 생물학 섹션이 자리한 아래층으로 내려갔다. 비서가 자리를 비운 데스크를 지나 실험 장비가 널린 테이블과 좁은 사무실이 들어찬 미로로 들어섰다. 사방에서 젖은 모피와 깃털과 소독약 냄새가 풍겨왔다. 창문이 없어 어두컴컴했다. 부츠 소리가 빈방에서 증폭이라도 되는지 중앙 통로를 울려댔다. 조는 누구 하나라도 아직 일하고 있기를 바랐다.

재킷과 핸드백을 챙겨 사무실을 나서는 여자를 보자마자 조는 그녀가 누구인지 알았다. 누가 봐도 탁아소에 맡겨놓은 아이들을 데리러 가는 어머니의 모습이었다.

"금요일인데 늦게까지 일했군요." 조가 미소를 지으며 말했다.

"생각보다 일이 늦게 끝났어요." 여자가 경계하는 눈빛으로 그를 보며 대꾸했다. "어딜 찾으시죠? 돕고는 싶지만 지금 좀 바빠서."

분명 그가 들어본 목소리였다.

"조 피킷입니다." 그가 말했다. "지난주에 나랑 통화했죠?"

여자의 짜증 섞인 표정이 그걸 확인해주었다.

"많이 바빠 보이는데 시간 빼앗아 미안해요. 용건만 얼른 얘기할게요." 조가 말했다. "용기를 내줘서 고마워요. 이 문제로 곤란해질 수도 있었을 텐데. 하지만 걱정 말아요. 나는 당신 이름도 모르고, 묻지도 않을 거예요."

여자는 여전히 의심스럽다는 표정이었다. 더 들어줄지 그냥 무시하고 나가버릴지 고민에 빠진 듯했다.

"용건이 뭐죠?" 여자가 초조해하며 말했다.

"멸종위기종 관련 정보를 어디서 찾을 수 있는지 알려줘요. 더 정확히 말하면 이미 멸종됐다고 알려진 짐승입니다."

여자는 무덤덤한 표정이었다. "와이오밍과 로키산맥에 서식하는 동물인가요?"

"네."

여자가 어깨를 으쓱였다. "따라와요." 여자가 말했다. "어디서 찾을 수 있는지 가르쳐줄게요."

여자는 참고 도서와 학술지가 어지럽게 널린 도서관으로 빠르게 걸어갔다. 조는 그 뒤를 따라갔다. 한쪽에는 컴퓨터와 팩스, 다른 한쪽에는 마이크로필름 판독기가 있었다. 여자가 코트와 핸드백을 선반에 놓고 컴퓨터를 켰다. 메뉴 화면을 몇 번 클릭하니 문서 데이터베이스가 열렸다.

"이거 쓸 줄 알아요?" 여자가 물었다.

"압니다." 조가 말했다. 어쨌든 안다고 생각했다.

"찾는 동물의 이름을 입력해요. 뭔가 검색되면 관련 출판물의 색인 번호와 제목이 뜰 거예요. 참고 도서는 당신 뒤편 책장에 있고, 옆방은 자료실이에요." 여자가 일어나 재빨리 옷과 가방을 챙겨들었다. "난 이만 가볼게요."

조가 여자를 불러 세웠다. "잠깐만요."

여자가 짜증 섞인 얼굴로 돌아섰다.

"내가 이곳으로 보낸 상자는 아직도 못 찾았나요?"

여자가 한숨을 내쉬었다. "소각로를 뒤져봐요."

"고마워요."

"고맙긴요." 여자가 돌아서서 걸어가며 어깨 너머로 말했다. "이따 나갈 때 컴퓨터와 불 끄는 거 잊지 말아요. 만약 누가 들어오면 그냥 조용히 나가면 돼요. 아무 말도 하지 말고요."

"알았습니다." 조가 빙그레 웃으며 말했다. 여자가 마음에 들었다.

조는 자리에 앉아 컴퓨터 모니터를 들여다보았다. 사용법이 대충 파악되자 검색창에 '밀러 족제비'를 입력했다.

189

자료를 끝까지 훑고 난 조는 본부를 나와 샤이엔의 다운타운으로 향했다. 전당포에서 357구경 스미스앤드웨슨 리볼버를 275달러에 구입했다. 그리고 같은 블록에서 실탄도 한 상자 구입했다.

21

"안녕, 꼬마 아가씨." 멈춰 선 차 안에서 남자가 차창을 내리고 말했다. "태워줄까?"

길가의 먼지구름에 셰리든이 눈을 가늘게 떴다. 마구간의 그 남자였다. 반대편에서 이동중이던 그는 차를 돌려 소녀 앞으로 왔다. 조수석은 비었고, 차체는 높았다. 소녀에게는 남자의 얼굴과 핸들에 얹은 손만 보였다. 선글라스에 가려 눈이 보이지 않았다. 남자는 미소를 머금고 있었다.

"모르는 사람 차에는 탈 수 없어요." 셰리든이 말했다.

남자가 빙그레 웃었다. "난 모르는 사람이 아니잖아. 네 아버지를 잘 안다니까. 너도 잘 알고."

셰리든은 고개를 끄덕였다. 소녀는 파란색 점퍼를 입고 끈으로 묶는 신발을 신고 있었다. 책가방에는 숙제와 읽을거리가 가득했다. 이글마운틴 클럽으로 가려면 평소와 다른 곳에서 평소와 다른 버스를 타야 했다. 그리고 그 버스는 항상 늦게 왔다. 소녀는 새들스트링에서 버스를 타는 유일한 학생이었다.

"엄마가 버스 서는 데서 기다리고 계세요." 셰리든이 말했다.

"알았어, 알았어. 잠깐 가까이 좀 와볼래?" 남자는 계속 미소를 흘렸다. "그럼 악을 쓰지 않아도 되니까."

조심스레 다가가던 셰리든은 차창에서 충분히 떨어진 곳에 멈춰 섰다. 당장이라도 달아날 마음의 준비를 해놓은 상태였다. 자신을 붙잡으려 한다면 조수석을 넘어 창문 밖으로 몸을 날릴 수밖에 없었다. 그 틈에 도망치면 무사할 것이다. 가까이 다가서니 차 안이 훤히 보였다. 소녀의 속이 울렁거렸다. 마구간에서의 일 이후 셰리든은 머릿속에서 남자를 떨쳐내지 못했다. 그런데 그 남자가 또 눈앞에 나타나다니! 남자는 다정해 보였지만 입에서는 끔찍한 말이 나왔다. 게다가 자신에게 특별한 존재라는 듯이 소녀를 보고 있었다. 마치 소녀와 비밀을 공유하고 있기라도 한 것처럼. 소녀는 겁이 났고 꺼림칙했다.

소녀는 티나지 않게 도로를 좌우로 살폈다.

"아무도 없어." 남자가 기분 나쁜 목소리로 말했다. "왜 그래? 날 못 믿는 거야? 널 유괴라도 할 것 같아?"

소녀는 대답하지 않았다. 아버지의 트럭이 언덕을 넘어 달려오는 상상을 해보았다.

"네가 두어 살 더 먹었으면 나도 이렇게 가만있지는 않았을 거야." 남자가 웃음을 터뜨렸다. "그러니 불안해하지 않아도 돼." 목소리가 갑자기 낮아졌다. "불안해하고 싶지 않다면."

셰리든은 겁에 질린 자기 얼굴을 보지 못하도록 고개를 돌려버렸다.

"본론으로 들어가지." 남자가 말했다. 목소리가 한층 진지해졌다. "그 족제비 놈들을 어떻게 장작더미에서 유인해냈지?"

소녀는 장작더미 위에 음식을 뿌렸다고 했다. 비가 내리는 것처럼.

"어떤 음식?"

시리얼, 건포도, 견과류, 식빵, 가끔 햄버거 조각. 소녀는 대답했다.

"그냥 위에 뿌렸어?" 그가 물었다. "그렇게 뿌릴 때마다 나왔고?"

아뇨. 매번 나오지는 않았어요. 소녀는 말했다.

남자는 잠시 골똘히 생각에 잠겼다. 소녀는 선글라스에 가려진 눈이 자신을 바라보고 있을 거라 생각했다.

"셰리든, 혹시 내게 감추는 비밀이 또 있니?"

셰리든은 얼어붙었다. "아뇨." 거짓말로 대답했다. 소녀는 남자가 족제비의 행방을 묻지 않기를 바랐다. 거짓말을 들키지 않을 자신이 없기 때문이었다. 다행히 이미 모든 걸 다 안다는 듯이 더는 묻지 않았다. 어른들이 대부분 그런 것처럼.

"우리가 약속한 거, 아직 기억하지?"

셰리든이 고개를 끄덕였다. 화제가 바뀌자 소녀는 안도했다. "약속은 약속이니까요."

"다행이군." 그가 천천히 말하고 나서 손을 뻗어 글러브박스의 은색 버튼을 눌렀다. 커버가 툭 떨어지면서 글러브박스가 열렸다. 안에 무언가가 들어 있었다. "한번 봐." 그가 말했다. 소녀는 자신도 모르게 남자가 시키는 대로 했다.

잘 보이지는 않았지만 어두운 안쪽 구석에, 남자의 주먹만 한 희고 둥근 무언가가 있었다. 빨갛게 얼룩진 하얀 종이에 싸인 무엇이.

소녀가 제대로 보기 전에 남자는 다시 커버를 닫았다.

그가 속삭임에 가까운 목소리로 말했다. "몸통에서 뜯긴 새끼 고양이 머리를 본 적 있니, 셰리든? 머리를 잡고 비틀면 목이 부러져. 손가락 꺾을 때 나는 소리가 나지."

셰리든은 깜짝 놀라 물러났다. 겁에 질려 두 손으로 입을 막았다.

"잘 봤지?" 그가 글러브박스를 가리켰다. "우리 비밀을 지키지 못하면 네가 사랑하는 사람들이 저런 꼴을 당할 거야."

셰리든은 트럭에서 더 물러섰다. 글러브박스에서 최대한 멀리 벗어나고 싶었다.

"내가 족제비 놈들을 유인해내지 못하면 네가 도와줘야해." 남자가 말했다. "넌 그놈들과 대화할 수 있잖아, 응?"

남자가 시동을 걸었다. 그리고 엔진 소음만큼 목소리가 커졌다. "또 보자, 꼬마야. 그놈들 유인해낼 수 있게 행운을 빌어줘!"

남자는 도로를 달려나가며 백미러로 소녀를 보았다. 언덕을 넘어온 노란 스쿨버스가 소녀를 태우기 위해 멈춰 섰다. 소녀는 버스 쪽으로 천천히 다가갔다. 버스 문이 열리자 파란 드레스의 소녀는 시야에서 사라졌다. 깨물어주고 싶을 만큼 귀여운 아이, 셰리든.

남자는 몸을 기울여 글러브박스를 열고 안으로 손을 뻗었다. 기름투성이 포장은 아직 따뜻했다. 남자는 이로 포장지를 뜯어낸 후 한입 크게 베어 물었다. 케첩 몇 덩이가 무릎에 뚝뚝 떨어졌다.

버그-오-파드너에서 사온 트리플칠리치즈버거였다. 맛이 기가 막히는군. 버거 좀 만들 줄 아는데.

남자는 손등으로 입을 훔치고 백미러로 자신의 얼굴을 살폈다. 상황이 어쨌든, 남자는 자기 모습이 마음에 들었다.

22

최초로 밀러 족제비에 대한 서면 기록을 남긴 건 메리웨더 루이스 대위였다. 그는 1805년에 출간된《루이스와 클락 원정대 저널》에서 족 제비에 대해 간략하게 묘사했다. 루이스는 미주리 강의 스리포크스에 도착한 지 얼마 되지 않아 '작고 귀여운 짐승'의 서식지를 찾아냈다고 적었다. 제퍼슨 강을 따라 로키산맥으로 향하던 길이었다. 원정대가 발 견한 신기한 짐승은 프레리도그*처럼 버펄로의 이동 경로를 따라 분포 돼 있었다. 짐승의 이름은 놈들이 파놓은 땅굴에 빠져 발목을 다친 원 정대의 측량사 조수, 로드니 '맨던' 밀러의 이름을 따서 지었다. 루이스 는 밀러 족제비가 주로 무리를 지어 다니고, 외부에서 접근하면 뒷다리 로 선 채 무리에게 경고를 전하듯 재잘거린다고 했다. 또 원정대의 '좋

●   북미 대초원 지대에 사는 다람쥣과 동물.

은 길벗'이 돼주었으며, 썩어가는 버펄로 시체를 뜯어먹고 산다고 덧붙였다. 원정대가 식량으로 쓸 버펄로나 암소를 사냥하면 족제비는 늑대, 코요테, 독수리, 콘도르 같은 대형 포식동물이 배를 채우고 사라질 때까지 묵묵히 기다렸다. 루이스는 족제비가 죽은 버펄로의 고기는 물론, 털과 내장까지 깨끗이 먹어치웠다고 설명해놓았다. 언제나 그랬듯 루이스는 족제비를 스케치한 후 몇 마리 잡아 가죽을 벗겼다. 그리고 나중에 돌아가 과학자에게 전달하기 위해 소금에 절였다.

조는 북쪽으로 차를 몰았다. 해 질 녘이 되자 9월 중순의 태양이 눈부신 갈색빛을 뿌렸다. 조는 열린 차창으로 들어오는 달콤한 산쑥 냄새를 들이마셨다. 한없이 펼쳐진 평원은 구겨진 퀼트 같았고, 산쑥으로 뒤덮여 있었다. 조는 캐스퍼 북부의 월트먼으로 향하는 중이었다. 2차선 고속도로는 한산했다. 슬슬 사슴 떼가 자연유로와 산쑥 지대를 벗어나올 시간이었다. 회색 덤불 속에서 영양 수백 마리가 갈색과 하얀색의 봉화처럼 튀어나오며 장관을 이루는 시간. 이제 몇 분 후면 빛의 각도와 세기가 바뀔 것이고, 영양 떼는 얼룩덜룩한 평원 속에 파묻힐 것이다. 애초부터 그곳에 있지 않았다는 듯이.

조는 차창을 마서 열고 라디오를 껐다. 혼자가 될 수 있는 곳은 북아메리카에서도 드물었다. 라디오는 몇 분 전부터 무선 신호를 잡아내지 못했다. '검색' 기능은 영원히 멈추지 않는 슬롯머신처럼 모든 주파수를 차례로 건드려나갈 뿐이었다. 조는 웨이시가 '라디오 없는 와이오밍'이라 부른 지역으로 들어서는 중이었다. 그곳을 가로지르는 데는 삼십 분 정도 걸릴 것이다. 주유가 필요한 상황이 아니라면 멈추지 않고 달릴 생각이었다. 자정 전까지 메리베스가 기다리는 집으로 돌아가고 싶었다.

196

조는 묘하게 아찔한 기분에 사로잡혀 있었다. 수천 번도 넘게 봐온 와이오밍의 일몰 풍경이었지만 어떤 이유에서인지 이번에는 특히 더 감동적으로 와닿았다. 감정이 라디오의 검색 기능만큼이나 갈피를 잡지 못했다. 죄책감, 안도, 분노. 메리베스와 식구들을 실망시켜 죄책감이 들었고, 장시간 노동에도 낮은 봉급에 만족하며 정부의 한심한 관료주의에 시달려온 인생의 한 토막이 끝나 안도했으며, 남들의 졸 노릇만 해왔다는 사실에 분노가 치밀었다.

더는 제복 차림으로 픽업트럭을 몰고 다닐 일은 없을 것이다. 조에게 직장을 잃는다는 건 자아상을 잃는 것과 마찬가지였다. 배지가 없으면 그는 아무것도 아니었다. 처음으로, 총을 반납하는 대신 그 총으로 자신을 겨누는 경찰관의 심정을 이해할 수 있을 것 같았다. 더는 자기 연민에 압도당하고 싶지 않았다.

조는 자료실에서 알게 된 사실로 생각을 돌렸다.

밀러 족제비에 대한 일차 자료는 총 네 개였다. 루이스 대위의 문서 기록, 초기 생물학자의 현장 메모, 개척자들의 저널, 그리고 필라델피아 동물원에서 처음 선보인 밀러 족제비에 대한 1887년 기사(멸종위기 종이라는 개념이 없던 시절, 밀러 족제비는 동물원 최고의 인기 동물이었다고 한다). 북아메리카의 어떤 종보다도 몽구스에 가까운 밀러 족제비는 몸길이가 30센티미터에 달하고 매우 민첩했다. 서아프리카의 미어캣을 닮았지만 사향고양이과였다. 잡식성에 공격적이고, 달걀, 뱀, 쥐, 새, 도마뱀, 과일, 곤충, 구근, 씨 등을 가리지 않고 먹어치웠다. 가끔 여우나 개를 쫓기도 했다. 십구 세기 초만 해도 로키산맥 서부와 대초원 지대에는 밀러 족제비가 100만 마리 가까이 서식했다. 적게는 다섯 마리, 많게는 서른 마리씩 모여 살았으며, 일 년에 몇 차례씩 버펄로 떼를 따라 이동했다. 썩어가는 버펄로 고기에만 집착하지 않았다. 버펄로 떼가 풀을 뜯으며 발굽으로 헤집어놓은 땅에는 밀러 족제비가 좋아하는 온갖 풀과 덩이줄기와 작은 동물이 넘쳐났다.

북미 원주민은 밀러 족제비를 행운을 가져다주는 동물로 여겼다. 그래서 티피* 외벽에는 족제비 그림을 그렸고 옷에는 족제비 모양 구슬 장식을 달았다. 이유는 간단했다. 밀러 족제비가 보인다는 건 가까운 곳에 버펄로 떼가 있다는 뜻이기 때문이었다.

오리건 트레일을 따라 여행한 많은 사람들이 저널에서 밀러 족제비를 언급했지만 광범위하고 포괄적인 내용은 아니었다. 대부분 발견 즉시 총으로 쏴 죽였다는 내용이었다. 꼭 껴안고 싶을 만큼 귀엽지만 상황에 따라 인육도 즐긴다는 소문이 전설처럼 돌기도 했다. 그 내용을 분석한 생물학자는 족제비가 산길 주변 무덤을 파헤쳐 시체를 뜯어먹었을 거라 추측했다. 한밤중에 큰 포장마차로 숨어 들어가 잠든 신생아를 잡아먹었다는 미확인 소문도 있었다. 이런 전설 때문에 밀러 족제비는 가능한 모든 방법으로 몰살됐다. 개척자들은 썩은 고기나 귀리를 먹여 족제비를 죽였다. 서식지인 땅굴 위에 모닥불을 피우거나 주변 땅에 물을 채워 밖으로 끌어낸 후 몽둥이로 때려죽이기도 했다. 한 곳에 모여 뒷다리로 서 있는 놈들에게 산탄총을 한 발 쏘면 열 마리 안팎을 한꺼번에 없앨 수 있었다.

하지만 밀러 족제비가 멸종 위기에 처하게 된 진짜 원인은 대초원지대에 서식하는 버펄로 떼 수의 급감이었다. 밀러 족제비는 버펄로에 크게 의존했으므로 함께 사라지는 건 당연한 일이었다. 밀러 족제비는

---

* 원뿔형 천막.

198

그렇게 미국 땅에서 자취를 감췄다.

아직까지 몇 마리 남아 있을 가능성은 없을까?

가능할 거라고 조는 생각했다. 어쩌면 버펄로 외에 다른 걸 먹고 버텨왔는지도 몰랐다. 살아남은 족제비가 주식을 바꿨다면, 엘크와 무스와 사슴은 산에 넘쳐났다.

번이 옳았다. 밀러 족제비의 서식지가 발견된다면 그 소식은 인터넷을 통해 몇 시간 만에 과학계와 환경단체로 퍼질 것이다. 이미 죽어가는 와이오밍의 새들스트링은 회복 불가능한 타격을 입을 게 뻔했다. 각종 정부 기관과 저널리스트, 생물학자, 환경운동가가 온갖 정치적 어젠다를 끌고 올 것이다. 목장주, 벌목꾼, 아웃피터, 가이드, 지역 주민은 뒷전으로 밀릴 수밖에 없었다.

조에게는 아직 밀러 족제비가 멸종되지 않았다고 주장할 만한 구체적인 증거가 없었다. 하지만 햇빛이 산쑥 지대에서 영양을 찾아 드러내듯, 특정한 빛 아래서 들여다보면 멸종됐다고 알려진 밀러 족제비가 빅혼에 서식중이라는 사실을 확인할 수 있었다. 그리고 밀러 족제비에 대해 알게 된 세 남자는 살해됐다. 바넘 보안관과 범죄수사국은 클라이드 리드가드가 범인이라고 했다. 하지만 만약 클라이드가 아니라면 범인은 대체 누구란 말인가? 그리고 이 소식에 가장 관심을 보여야 할 조의 동료들은 왜 무관심하거나 그를 멀리 쫓으려 했을까?

조는 어둠 속에서 씁쓸하게 미소 지었다.

사흘 안에 답을 밝혀내야 했다. 누구의 도움도 없이.

월트먼에 도착한 조는 외진 잡화점부터 찾았다. 그리고 분홍색으로 칠한 작은 가게에서 버번위스키 반 파인트와 맥주캔 여섯 개를 샀다.

카운터 뒤의 노인은 애꾸에 한쪽 팔이 없었다. 누레진 카우보이 셔츠 소매가 부러진 날개처럼 펄럭거렸다. 그는 조에게 밖에 붙은 공중전화가 아직 제대로 작동한다고 알려주었다.

밖으로 나온 조는 분홍색 건물에 기대선 채 방금 산 맥주캔을 열며 전화를 걸었다. 가게 창문에 붙은 쿠어스 맥주 네온사인이 그의 얼굴을 푸르게 물들였다.

몬태나 야생동물 관리국의 데이브 에이버리가 헬레나에 있는 자신의 집에서 전화를 받았다. 풋볼 중계방송 소리가 들렸다. 조는 데이브에게 샘플을 분석해보았는지 물었다.

"나랑 장난하자는 거지, 조?" 데이브가 경계하는 목소리로 물었다. "골탕 먹이려고 이러는 거 아니야?"

데이브가 배설물 샘플을 받아 분석해보았다는 뜻이었다.

"그게 무슨 소리야?" 조가 물었다.

데이브가 코웃음 쳤다. 활기찬 걸 보니 맥주를 몇 잔 걸친 모양이었다. "몰라서 물어, 조? 그 샘플에선 별의별 게 다 나왔어. 잣, 여러 식물, 연골, 거기에 엘크 털까지. 여우로 보기에는 샘플이 너무 작고. 이번 게임은 자네가 이겼어. 뭔지 모르겠다고. 어떤 배설물이든 단번에 주인을 알아맞힐 수 있을 줄 알았는데. 이건 정말 모르겠어. 당혹스럽지만 내가 졌다는 걸 인정하지."

조가 올바른 방향으로 가고 있다는 게 확인된 셈이었다.

"밀러 족제비라고 들어봤어?" 조가 물었다.

"뭐라고?" 데이브가 되물었다. 그는 황당하다는 듯 웃음을 터뜨렸다. 두 사람 사이에 긴 침묵이 흘렀다. 데이브 에이버리는 지역에 현재 서식하거나 서식했던 거의 모든 종에 정통한 전문가였다. "농담하는 거 아니야?" 데이브가 물었다. "정말 그걸 봤어?"

조는 그간의 일을 들려주었다. 어디서 문제의 샘플을 찾았는지, 자신이 무엇을 의심하고 있는지. 조가 설명을 이어나가는 동안 데이브는 계속해서 "하느님 맙소사"만 연발했다.

"이게 얼마나 큰 사건인지 알아?" 조의 설명이 끝나자 데이브가 말했다. "연방 정부가 알면 난리가 날 거야."

"지금은 그걸 걱정할 때가 아니야." 조가 말했다. "부탁 하나만 더 들어주겠어?"

데이브는 그러겠다고 했다.

"테스트를 몇 번 더 해줘. 우리가 틀리지 않았다는 걸 확인해야지. 그런 다음, 그 샘플과 분석 결과를 잘 숨겨놔. 우리가 무얼 갖고 있고 무슨 얘기를 나눴는지 누구에게도 말하지 말고. 내가 준비될 때까지 잠시만 보관해줘."

데이브는 얼마나 걸리겠느냐고 물었다.

"사흘."

조는 월트먼에서 북쪽으로 50킬로미터, 그리고 케이시에서 남쪽으로 30킬로미터 떨어진 지점에서 고속도로를 빠져나와 인적 끊긴 목장 진입로로 들어섰다. 바퀴 자국으로 뒤덮인 울퉁불퉁한 길을 따라 언덕을 넘어갔다. 고속도로에서는 보이지 않는 곳이었다.

조는 시동을 끄고 트럭에서 내렸다. 주변 산쑥이 솜처럼 부풀부풀해 보였다. 놀란 산토끼가 펄쩍 뛰어올라 도망쳤다. 헤드라이트 때문에 두 배는 커 보였다. 뒤편에서 엔진이 탁탁 소리를 내며 식어갔다.

조는 새 리볼버의 체크무늬 손잡이를 쓰다듬다가 들어 올렸다. 공이치기를 당기자 실린더가 부드럽게 돌아갔다. 멀어져가는 토끼에게 겨누고 방아쇠를 당겼다. 손 안에서 357구경 권총이 요동쳤다. 총구에서 뿜어진 불꽃이 시야에 잔상을 남겼다. 산토끼 앞쪽에서 흙이 튀어 올랐다. 토끼가 왼쪽으로 방향을 틀어 도망쳤다.

조는 빈 실린더가 세 번 찰칵거릴 때까지 계속 방아쇠를 당겼다. 아득히 멀어진 산토끼는 산을 향해 질주했다.

귓속이 쩌렁쩌렁 울렸고 뇌진탕이 일어난 듯 눈앞이 뿌예졌다. 조는 휘청거리며 트럭으로 돌아가 총을 재장전했다.

23

번 더네건은 홀리데이인에 없었다. 방에서도, 라운지에서도 보이지 않았다. 하지만 조는 스톡먼스 바 앞에 세워진 번의 검은 서버번을 보았다. 조는 바로 옆에 주차했다. 출입문을 등 뒤로 닫으며 조는 어둡고 좁은 실내를 찬찬히 둘러보았다. 담배 연기 너머로 뒤편 부스에 앉은 번이 보였다. 며칠 전 모습 그대로였다. 번은 홀로 앉아 버번위스키가 담긴 기다란 잔을 물끄러미 내려다보고 있었다.

조가 다가가자 번이 고개를 들었다. 얼굴에 묘한 표정이 스쳤다. 놀람과 분노가 섞인 표정 같았다. 하지만 순식간에 과장된 미소로 바뀌어서 겨우 알아본 것이었다. 조는 부스에 털썩 주저앉은 뒤 다가오는 웨이트리스에게 맥주를 주문했다.

"이 늦은 시간에 뭘 하고 있나?" 번이 연신 미소를 흘리며 조의 얼굴을 뜯어보았다.

"샤이엔에서 돌아오는 길입니다." 조가 말했다. "꽤 멀더군요."

"맥주 열다섯 병은 마셔야 도착할 수 있는 거리지." 번이 빙그레 웃었다. "난 그 길을 지겹도록 오갔어. 자네 이미 몇 잔 걸치고 온 것 같은데. 고속도로에서는 조심해야지." 번이 아버지 같은 온화한 얼굴로 말했다. "고속도로 순찰대는 공무원이라고 봐주지 않아. 걸리면 딱지는 물론이고 아주 골치 아파진다고."

걸렸군. 조는 말없이 고개만 끄덕였다. 번 같은 술꾼은 상대의 음주 상태를 대번에 파악할 수 있는 모양이었다.

"방금 웨이시가 다녀갔네." 번은 평정심을 되찾은 듯 했다. 방금 전 얼굴에 드러났던 게 무엇이든 간에 아주 잘 숨기고 있었다. "여기서 조촐하게 자축 파티를 벌였지."

조는 어리둥절한 표정을 지었다.

"오늘 바넘이 보안관 선거 불출마를 선언했다네." 번이 말했다. "그냥 은퇴하겠다는군."

"정말입니까?" 조가 말했다. 무엇이 바넘에게 그런 결정을 내리게 만들었을지 궁금했다. 바넘이 출마를 포기했으니 두 주 후 결정될 공화당 후보 자리는 웨이시 차지가 될 것이다. 트웰브슬립 카운티에서 공화당 후보로 나서면 총선거에서 절대 질 수 없었다. 몇 안 되는 민주당 지지자는 투표 자체에 열의를 보이지 않았다.

"웨이시가 잔뜩 들떠 있어. 자축의 의미로 몇 잔 했네." 번이 말했다.

"그럴 만하네요." 조가 말했다. "바넘이 불출마를 선언하다니 이상하군요."

번이 어깨를 으쓱였다. "이런 일도 있고 저런 일도 있는 거지. 이번에는 자기가 질 거라고 예상한 모양이야."

조는 주초에 바넘을 만난 일을 떠올렸다. 바넘은 이미 선거에서 진 것처럼 행동했다. 그때도 지금도 조는 이해가 되지 않았다. 지역에서 웨이시 혜데먼을 공개적으로 지지하고 나선 사람이 거의 없었다. 모두 바넘에게 만족하는 분위기였다. O. R. '버드' 바넘에게 반대표를 던지는 건 빅혼 산을 반대하는 것처럼 느껴졌다.

"정치가 다 그렇지 뭐." 번이 말했다. "소설보다 기이한 게 정치라지 않나."

조는 맥주를 홀짝였다. 오는 길에 술을 마신 게 후회됐다. 머리가 좀 더 맑았으면 싶었다.

"취침 시간을 훌쩍 넘겼을 텐데 스톡먼스 바에는 무슨 일로 왔나?" 번이 물었다.

조가 고개를 들었다. "인터웨스트 일자리 제안을 수락하러 왔습니다." 조가 말했다. "오늘 정직당했거든요."

번이 인상을 찌푸렸다. "정직? **자네가?** 그게 가능한 일인가?"

조는 번이 애써 놀라는 척한다는 느낌이었다. 두 사람은 게임을 벌이는 중이었다. 하지만 이런 게임에서 조는 아마추어, 번은 프로였다.

조는 번에게 그동안 있었던 일을 들려주었다. 번은 적절한 타이밍에 눈을 굴리거나 고개를 저었다. 혹시 번도 몰랐던 건 아닐까? 조는 순간 그런 생각이 들었다. 아니, **번은 알고 있었어.** 샤이엔에는 번에게 신세 진 사람이 수없이 많으니 누군가가 귀띔해주었을 수 있다.

"선배님과 함께 일하고 싶습니다." 조가 말했다.

"왜 상고하지 않았나?" 번이 물었다. "들어보니 관리국이 과민반응을 보인 것 같은데. 상고하면 충분히 이길 수 있어."

"그러기에는 시간과 돈이 아깝습니다. 가족을 부양해야죠." 조가 솔직하게 말했다. "싸울 의지가 있는지도 모르겠고요. 그들이 하는 짓을 보니 돌아가고 싶지 않아졌습니다."

번이 남은 술을 마저 들이켜고 두 잔을 더 주문했다. "메리베스는 뭐라던가?" 질문하는 그의 목소리는 온화함과 거리가 멀었다.

"아직 의논하지 못했습니다." 조가 얼굴을 살짝 붉히며 말했다. "결심하자마자 바로 달려온 겁니다."

"조." 웨이트리스가 술을 놓고 사라지자 번이 말했다. "뭔가 오해가 있었던 것 같네."

"그게 무슨 말씀입니까?"

번이 어색함을 감추려는듯 최대한 다정하게 웃었다. "조, 난 자네에게 일자리를 제안한 적이 없네. 기억하는지 모르겠지만 난 그저 인터웨스트와 함께하는 일에 관심 있는지 물었을 뿐이야. '사정을 알아보는 중'이라고 하지 않았나. 기억하나?"

"네." 조가 말했다. 그는 번이 무슨 말을 하는 건지 이해하려 애썼다. 번을 믿고 싶었지만, 인터웨스트가 정식으로 일자리를 제안한 적 없다는 설명은 당혹스러웠다. "하지만 그때는 그런 의미로 말씀하시지 않았습니까."

"이보게." 번이 술집 안을 한 번 둘러보고 목소리를 낮추었다. "자네가 잘못 짚은 걸세."

조는 살짝 물러앉았다.

번이 앞에 놓인 잔을 살살 돌리기 시작했다. "인터웨스트 경영진과 얘기해봤네. 그들은 지금 상태가 나쁘지 않다고 생각해. 한때 그들이 자네가 협조할지 궁금해한 적이 있었네. 난 아닐 거라고 솔직히 말할 수밖에 없었어. 그들은 계속 고민하다가 현 상황에서는 추가 채용이 불

필요하다는 결론을 내렸지. 자네가 조금만 빨리 답을 주었다면, 아니 조금이나마 의욕을 보여주었다면 좋았을 것을. 샤이엔과 마찰을 빚기 전에 말이네. 관리국에서 쫓겨나 마지못해 입장을 바꾼 셈인데 그들을 설득하기에는 좀 어렵지 않겠나?"

조는 대꾸하려다 멈칫했다.

"이 일에 끌어들이려 했던 건 자네의 깨끗한 이력과 훌륭한 평판 때문이었네." 번이 미안하다는 듯 말했다. "하지만 최근 들어 카운티 구석구석을 들쑤시고 다니면서 아웃피터 사건에만 온 신경을 쏟지 않았나. 자네 임무는 뒷전으로 밀어놓고 말이야. 아무도 몰랐을 거라고 생각하나? 카페에서도 죄다 자네 얘기뿐이야. 클라이드 리드가드의 이동 주택을 날려버리더니 이제 정직까지 당했군. 자네를 위한 자리는 없을 것 같네, 조."

그날 조가 받은 두 번째 충격이었다. 자신에게 벌어지는 일들이 믿기지 않았다. 번에게 받아칠 말도 떠오르지 않았다. 집에 돌아가 메리 베스와 두 딸과 장모에게 전하고 싶던 기쁜 소식과 정반대의 일만 벌어졌다. 애초에 번을 찾아가 일자리를 구걸할 생각은 아니었다. 이 자리는 술에 취해 고속도로를 달리며 끈질기게 스스로 설득한 결과였다. 결심을 굳힌 건 막중한 책임감을 느꼈기 때문이다. 조가 자리에서 일어났다. 능글맞은 미소를 머금은 번의 입에 주먹을 날리고 싶었지만 꾹 참았다. 패배감이 들었다.

"너무 상심 말게, 조." 조가 모자를 움켜쥐자 번이 말했다. "웨이시가 보안관이 되면 보안관 대리가 새로 필요해질 거야. 취임하자마자 매클라너핸부터 잘라버릴 테니. 희망을 가지게나."

조는 돌아서서 부스 안으로 몸을 기울였다. 그리고 두 손을 테이블에 얹은 후 번의 얼굴 앞으로 자신의 얼굴을 불쑥 들이밀었다.

"당신이 틀렸어요, 번." 조가 속삭였다. "희망 따위 없어요."

"이보게, 조……."

"번." 조가 그의 말을 끊었다. "닥치고 내 말 들어요."

순간 번의 눈이 술집 안을 빠르게 훑었다. 듣는 사람이 있는지 확인하려는 것이었다. 그가 다시 조에게 시선을 돌렸다.

"번, 난 오늘 직장과 집을 잃었습니다. 주어진 임무를 청렴하고 성실히 수행하면 좋은 일이 있을 거라는 믿음이 크게 흔들려요. 이번 일로 우리 가족은 길에 나앉게 생겼습니다. 설상가상으로 새 일자리에 대한 희망도 잃었고, 공들여 쌓은 평판도 무너졌습니다. 그런데도 상심하지 말라고요?"

번이 손을 뻗어 조의 어깨에 얹었다. 조는 거칠게 그 손을 떨쳐냈다.

"이보게, 조." 번이 말했다. "이제는 조 피킷에 대해 많은 생각을 해야 할 시간이네. 자네 가족이나 남들이 무슨 생각을 하든 신경 쓰지 말고. 오랜 경험에서 우러나온 충고일세."

눈에 잔뜩 힘을 준 번이 입가에 기분 나쁜 미소를 머금었다. "내 세상에 온 길 환영하네. 이게 바로 **현실** 사회야. 여기서는 선하다고 좋은 일만 생기지 않네. 난……" 번이 의기양양하게 말했다. "난 기업가야. 부를 창출하는 일을 한단 말일세. 이번 인터웨스트 오퍼도 내가 이끌어낸 거야. 자네는 기회를 놓친 거고."

두 사람의 눈이 상대에게 고정됐다.

"번, 혹시 밀러 족제비라는 종에 대해 들어본 적 있습니까?"

그 말에 번의 입꼬리가 살짝 실룩거렸다. 잠시 후, 그의 얼굴에 가식적인 미소가 떠올랐다. "밀러 족제비는 멸종됐어." 번이 말했다. "이 땅에서 완전히 사라졌다고. 십 년에 한 번꼴로 목격담이 들려오긴 하지만 빅풋 같은 거지."

"번." 조가 나지막이 말했다. "당신이 이 모든 사건에 연루됐다는 게 밝혀지면 우리는 여기서 화끈한 서부극을 찍게 될 겁니다."

조는 바 쪽으로 가는 번의 얼굴을 보았다. 공포의 빛이 섞여 있었다. 보기 좋았다.

밤이 되자 기온이 뚝 떨어졌고 별은 구름에 휩싸였다. 차 열쇠를 찾아 주머니를 뒤적이는 조의 손이 떨렸다. 조는 트럭에 시동을 걸고 집으로 차를 몰았다. 하지만 길을 잘못 들었다는 걸 깨닫는 순간, 급브레이크를 밟고 큰 소리로 욕을 내뱉었다. 조의 가족은 지금 이글마운틴에 있었다. 그는 중심가 한복판에서 방향을 틀어 반대쪽으로 맹렬히 달려 나가기 시작했다.

open season

토지 취득

섹션 5. (a) 프로그램 : 국무장관과 농무부 장관이 국립삼림시스템에 따라 이 법률 섹션 4에서 멸종위기종으로 규정한 어류, 야생동물, 식물의 보호를 위한 프로그램을 만들어 시행한다. 프로그램을 책임지는 해당 장관은,

(1) 1956년 수정된 어류 및 야생동물 보호법과 철새 보호법에 따라 토지 취득 문제를 처리하고

(2) 매입이나 기증을 통해 필요한 토지를 취득할 권한을 갖는다.

(b) 취득 : 1965년 수정된 토지 및 해양 보호 자금법에 따라 세부 조항 (a)에 부합하는 토지를 매입한다.

_ 멸종위기종 보호법 수정 조항, 1982년

24

열네 명이 둘러앉아 식사할 수 있는 짙은 색의 기다란 견목 테이블이 놓인 다이닝룸. 가운 차림의 조는 풀 죽어 앉아 있었다. 한밤중이었고, 샹들리에는 은은한 불빛을 뿌렸다. 그는 자신의 나이보다 오래된 주전자를 끌어와 뭉툭한 커트글라스* 텀블러에 물을 따랐다.

켄싱어 저택은 인상적이었지만 조는 별 감흥이 없었다. 바만 해도 빅혼 가 집 전체 면적의 절반에 달했다. 제임스 바마, 빌리 셴크의 작품과 사냥을 테마로 한 십팔 세기 그림이 벽마다 있었다. 천장 기둥에는 2000달러짜리 나바호 양탄자가 걸렸다. 순수 스테인리스강으로 뒤덮인 주방과 서서 드나들 수 있는 냉장고와 냉동고를 보니 이 집에서 식사 준비는 거의 의학적 행위가 아닐까 싶었다. 서재는 가죽으로 장정된

* 무늬를 새긴 유리.

수렵과 역사 서적으로 빽빽했다. 한쪽 구석의 삼각대에 얹은 고성능 망원경은 트웰브슬립 강과 주변 산의 야생동물을 관찰하는 데 사용하는 모양이었다. 조에게 켄싱턴 저택은 주거용 건물이라기보다 하나의 커다란 무대 같았다. 아이들은 이런 집을 난장판으로 만들어놓을 것이고, 집 역시 아이들을 같은 상태로 만들어놓을 것이다. 호화로운 목장 리빙 박물관의 일종이었다.

조는 물을 홀짝이며 어스레한 다이닝룸을 둘러보았다. 딱한 처지 때문에 더 그런지는 몰라도 저택의 비현실성은 압도적이었다.

"뭐 좀 내올까?" 메리베스였다. 그녀는 이중문이 드리운 그림자 속에 서 있었다. 조는 반쯤 찬 물주전자를 가리키며 괜찮다고 했다. 아내가 처음 보는 사람처럼 생소하게 느껴졌다. 메리베스는 허벅지 중간까지 내려오는 헐렁한 티셔츠 차림이었다. 불룩해진 배와 부푼 가슴을 덮은 면직물 위로 유두가 단추처럼 솟아 있었다. 티셔츠 아래로 가늘고 탄탄한 다리가 보였다. 구부린 발가락은 두꺼운 카펫에 파묻혔고 어깨까지 내려온 머리는 자다 일어났는지 적당히 헝클어져 있었다. 사랑스러웠다.

조는 돌아오자마자 아내에게 모든 걸 털어놓았다. 아이들은 이미 잠자리에 든 상태였고, 미시 밴커런은 거대한 집 어딘가에 있을 것이었다. 조는 아내와 식탁에 마주 앉아 아무것도 숨기지 않고 하루 동안 벌어진 일에 대해 들려주었다. 야생동물 관리국에서 무슨 일이 있었는지, 데이브 에이버리가 어떤 사실을 확인해주었는지, 그리고 일자리와 자신의 평판에 대해 번이 무슨 말을 했는지.

"아직까지도 당신을 부하 다루듯 하는구나." 메리베스가 말했다. "번 더네건은 내가 세상에서 가장 증오하는 인간이야."

조는 내일 아웃피터가 살해된 크레이지우먼 크리크 협곡으로 돌아가볼 생각이라고 말했다. 살해될 수밖에 없던 이유를 반드시 찾아내고 말겠다면서. 목소리는 덤덤했지만 문장은 단호했다. 조의 말이 끝나자 베리베스가 답했다. "며칠간 또 바빠지겠네." 그러고는 방으로 들어가 잠자리에 들었다. 하지만 미해결 문제가 영 찜찜했는지 다시 다이닝룸으로 돌아왔다.

메리베스가 문간을 벗어나 조 옆에 앉았다. 가운 틈으로 미끄러지듯 손을 넣어 남편의 다리에 얹고는 눈을 똑바로 응시했다.

"조, 당신이 들려준 얘기를 곰곰이 생각해봤어."

그는 아내의 말이 이어지기를 기다렸다.

"조, 만사가 글러버린 건 아니야. 당신에겐 내가 있잖아. 가족도 있고. 당신이 기개를 잃은 것도 아니고. 아직 당신은 가진 게 많아. 세상에 그런 사람이 많지는 않아. 우리는 당신을 사랑하고, 희생에 고마워하고 있어."

조는 어리둥절한 표정으로 아내를 보았다.

"당신은 좋은 사람이야. 세상에 당신 같은 사람은 또 없을 거야. 명심해. 당신은 따뜻한 마음과 남다른 도덕적 잣대를 가지고 있어. 해야 하는 일을 해. 다 잘될 거니까 아무 걱정 말고. 우리는 시험받고 있는 거야. 그 이유는 신만 알 거고."

조는 깜짝 놀랐다. 솔직히 아내가 인내심이 한계에 다다랐다며 아이들을 데리고 미시의 애리조나 집으로 가겠다고 통보할 줄 알았다. 메리베스를 실망시켜 죄책감이 들었다. 하지만 그녀는 강하고 헌신적이라는 걸 몸소 보여주었다. 조가 대꾸하려 입을 여는 순간 메리베스가 말을 이었다.

"이유는 묻지 마. 논리적인 답은 듣지 못할 테니까. 내가 해줄 수 있는 말은 당신을 믿고, 끝장을 볼 때까지 함께할 거라는 것뿐이야."

"부담을 팍팍 주는군." 조가 말했다.

"그렇지?" 메리베스가 말했다. "하지만 지금껏 잘해왔잖아."

조의 눈에 비친 아내는 어느 때보다 아름다워 보였다.

"무슨 말을 해야 할지 모르겠어." 조가 얼굴을 붉히며 말했다.

메리베스가 남편의 손을 자신의 티셔츠 밑으로 가져갔다. 조는 아내의 불룩한 배에 살며시 손을 얹었다. 팽팽히 당겨진 살 아래서 태동이 느껴졌다.

"우리한테는 착하고 예쁜 애들을 만드는 재주가 있나 봐." 그녀가 부드럽게 말했다. "우리는 세상에 좋은 아이들을 선물하고 있어. 우리 애들은 옳고 그름을 구분할 줄 알아. 부모가 잘 가르쳤고 몸소 실천하는 걸 지켜봤으니까. 나중에 충분한 보상이 있을 거야, 조. 그렇게 믿자. 이 시련도 금세 지나갈 거야."

조는 할 말을 잊고 메리베스를 바라보았다. "지금은 당신과 침대에 나란히 눕고 싶을 뿐이야." 그녀가 말했다. "들어가자."

조는 아내를 따라 한 번도 본 적 없는 방으로 들어갔다. 한 번도 누워본 적 없는 낯선 침대가 있었다. 두 사람은 침대에 누워 사랑을 나누었다. 잠시나마 조는 나쁜 기억을 깨끗이 잊을 수 있었다.

시간이 얼마나 지났는지는 모르지만 조가 눈을 떴을 때 밖은 아직 캄캄했다. 그는 메리베스가 깨지 않도록 조심스레 침대에서 내려와 차가운 석재 타일이 깔린 복도로 나갔다. 그리고 이내 가장 가까운 화장실이 어디 있는지 모른다는 걸 깨달았다. 조는 커튼을 열고 창밖을 내다보았다. 새벽을 맞으려면 좀 더 기다려야 했다. 새까만 하늘에서 별이 눈부시게 반짝였다. 오전 7시에 집을 출발해 정오쯤 엘크 캠프에 도착할 계획이었다. 거기서 무얼 할지, 얼마나 멀리 가게 될지는 생각해 보지 않았다.

푸르스름한 달빛이 창문으로 쏟아져 들어왔다. 조는 복도 테이블에 놓인 램프를 켜고 손목시계를 들여다보았다.

"아빠?"

갑자기 들려온 목소리에 조가 깜짝 놀라 돌아섰다. 아이들이 어느 방에서 자는지 몰랐다. 침실을 찾아 들어간 조는 몸에 이불을 두른 채 침대에 앉아 있는 셰리든을 보았다.

"아가." 조가 침대에 앉으며 말했다. "아직 새벽 3시 반밖에 안 됐어. 왜 깼니?"

어둠 속이라 딸의 모습이 제대로 보이지 않았다. 눈에 들어오는 건 헝클어진 금발과 가느다란 팔다리뿐이었다. 조는 셰리든의 머리를 쓰다듬으며 베개 위로 천천히 뉘었다.

"잠이 안 와요." 셰리든이 잠긴 목소리로 말했다.

"집이 낯설어서 그러니?" 그가 물었다. "네 침대가 아니라서?"

아이는 대답하지 않았지만 무언가 할 말이 있어 보였다. 조는 딸의 머리와 어깨를 토닥여주었다. 무언가 잘못되었다. 아이가 코를 훌쩍였다. 조는 딸이 흐느끼고 있었음을 깨달았다. 볼에서 눈물이 만져졌다.

"말해보렴." 그가 부드럽게 말했다.

셰리든은 다시 벌떡 일어나 앉아 조의 목을 끌어안고 가슴에 얼굴을 파묻었다. 조는 메리베스와 나눈 대화를 엿들었을 거라고 짐작했다. 집안 사정을 걱정하는 걸지도 모른다…… 조는 모든 게 다 잘될 거라며

217

서 다시 잠을 청해보라고 했다. 그리고 무슨 일인지 말해주기를 기다렸다. 아버지에게 자기 감정을 숨기는 법이 없는 아이가 이상하게도 말이 없었다.

"저는 여기가 싫어요." 한참 후 아이가 울면서 말했다.

조 역시 마음에 안 들기는 마찬가지였지만 딸에게는 굳이 말하지 않았다. 대신 다시 딸을 뉘었다.

"그게 전부니?" 그가 물었다.

아이는 두 손으로 얼굴을 가린 채 한동안 뜸을 들였다.

"그게 전부예요." 셰리든이 차분하게 말했다.

"계속 여기서 지낼 건 아니야." 그가 말했다. 아이러니한 말이었다.

조는 딸이 잠에 빠져들 때까지 어깨를 문질러주었다. 그러고는 천천히 일어나 문으로 향했다.

"아빠랑 엄마를 사랑해요." 아이가 말했다. "우리 가족 모두를 사랑해요."

그가 문간에서 돌아섰다.

"우리 가족도 모두 널 사랑한단다, 셰리든. 이만 자렴."

25

조는 암말 리지를 최대한 빠르게 몰아 정오쯤 엘크 캠프에 도착했다. 추운 날이었다. 낮게 처진 하늘은 빠르게 흘러가는 회색 구름으로 덮여 있었다. 조는 말에서 내려 기지개를 켠 후 안장을 벗겼다. 말도 조처럼 온몸이 땀에 젖었다. 리지의 등에서 비행운처럼 김이 피어올랐다. 리지가 크레이지우먼 크리크의 차가운 개울물로 목을 축이는 동안 조는 장갑 낀 손으로 등을 쓰다듬어주었다. 조는 리지 앞에 사료용 곡물을 조금 뿌려준 후 젖은 안장깔개를 나뭇가지에 걸었다. 다시 출발하기 전에 리지에게 몸을 말리고 휴식할 시간을 줄 생각이었다.

새벽에 일어나 캠프에서 커피를 끓이는 사냥꾼 몇 명을 제외하면 조는 오전 7시 이후로 아무도 보지 못했다. 요란한 발굽 소리에 놀란 암소와 엘크 새끼들이 사방으로 달아났다. 주변에서 여유롭게 어슬렁거리던 코요테는 하마터면 밟힐 뻔했다.

리지가 휴식하는 동안, 조는 안장을 든 채 엘크 캠프를 가로질러 걸어갔다. 그러고는 바위에 앉아 안장 주머니에서 보온병을 꺼내 커피를 따랐다. 스미스앤드웨슨 리볼버를 엉덩이에 찼지만, 필요할 때 더블오 벅샷을 장전한 레밍턴 산탄총을 신속하게 뽑아들 수 있도록 안장을 앞에 놓았다.

이 주 전에 웨이시, 매클라너핸과 함께 왔을 때와는 또 다른 분위기였다. 텐트도 스토브와 나무 바닥도 자취를 감춰버린 지 오래였다. 수사관이 숱하게 드나든 땅은 단단하고 평평하게 다져진 상태였다. 난로는 부서졌고, 엘크를 거는 데 쓰인 가로대는 전부 내려놓았다. 앞으로 일이 년 더 겨울과 봄을 지낸다면 엘크 캠프는 완전히 알아볼 수 없게 변해버릴 것이다. 그때가 되면 개울 옆의 넓고 평평한 땅, 그 이상도 이하도 아닐 것이다.

조는 무릎 위에 지형도를 펼쳐놓고 엘크 캠프와 그 옆으로 흐르는 개울을 살펴보았다. 캠프 위로 등고선이 점점 좁아져갔다. 가파르고 좁은 협곡이라는 의미였다. 개울도 가느다란 선으로 변해갔다. 점과 대시 기호로 표시된 산길은 협곡 입구에서 뚝 끊겼다.

지도 위 협곡은 굉장히 길고 좁아 보였다. 조는 산을 관통하는 그 선을 손가락으로 더듬어나갔다. 그는 개울이 시작되는 지점에 관심이 많았다. 벽이 조금씩 넓어지기 시작하는 지점. 사방이 날카로운 절벽으로 막힌 그 넓은 공간은 거대한 볼을 연상시켰다. 옴폭 패인 공간은 가로 3킬로미터, 세로 5킬로미터쯤 되는 것 같았다. 거기에는 도로가 없었다. 지도로 보아도 북쪽으로 접근할 방법은 없었다. 유일한 길은 개울을 따라 오르는 것이었다.

조는 그곳에 발을 들인 적이 없었다. 이 지역에 새로 부임했을 때 번에게 그곳에 대해 물어본 적이 있었다. 지형학적으로 무척 독특했기 때문이었다. 번은 접근도 어렵고 빠져나오기도 힘든 곳이라 자신도 딱 한 번 가보았을 뿐이라고 했다. 엘크로 넘쳐나지만 '엘크를 가지고 나올 유일한 방법은 먹어버리는 것'인 외진 지역이라서 사냥꾼조차 기피한다고 덧붙였다.

하지만 이곳에서 오랫동안 엘크를 사냥해온 오티 킬리와 카일 렌스 그라브와 캘빈 멘디스는 개울 상류, 특히 좁은 협곡 너머에 무엇이 있을지 무척 궁금해했을 것이다. 그리고 지금 조가 그러고 있듯 지형도를 유심히 들여다보며, 한 번도 사냥된 적 없는 엄청나게 크고 우아한 엘크를 떠올렸을 것이다.

조는 고개를 들고 상류 쪽에서 협곡 벽이 좁아지기 시작하는 지점을 찾았다. 그의 새 목적지였다.

26

"왜 그렇게 집에 돌아가고 싶어 하니, 셰리든?" 소녀의 어머니가 식탁에서 아침 먹은 접시를 모으며 물었다. 루시는 이미 텔레비전을 보러 떠난 후였다. 루시는 위성 안테나가 잡아내는 수많은 채널과 사랑에 빠졌다.

셰리든은 유용한 핑곗거리를 열심히 생각했다. 도시관에서 빌린 책을 두고 왔다고 둘러댔다. 월요일까지 반납해야 한다고도 했다. 물론 다 거짓말이었다. 셰리든도 알고 있었다. 하지만 선의의 거짓말이었다.

"내일 가면 안 될까?" 메리베스가 물었다. "내일은 일요일이잖니."

"꼭 읽어야 하는 책이에요." 셰리든이 공감을 구하기 위해 할머니를 돌아보며 말했다. "독후감 써가야 한단 말이에요."

미시 밴커런이 웃음을 터뜨렸다. 그녀는 이글마운틴 클럽으로 들어온 후로 줄곧 기분이 좋았다. "꼭 내 학창시절을 보는 것 같아."

"네." 메리베스가 못마땅한 얼굴로 어머니를 돌아보았다. "하지만 이건 전혀 셰리든답지 않잖아요."

메리베스는 다시 딸을 돌아보았다.

"셰리든, 무조건 숙제부터 끝마치고 놀아야 한다는 거 알잖니." 그녀가 수북이 쌓인 접시를 들고 주방으로 갔다.

"요즘 좀 바빴잖아요." 셰리든은 갑작스럽게 새 집으로 온 일을 문제 삼았다. 엄마도 뜨끔할 거라고 생각했다. 메리베스는 미시가 '별장'이라 부르는 새 집을 셰리든이 정말 싫어한다는 걸 알고 있었다.

"애교를 부려보는 건 어떻겠니?" 미시가 셰리든에게 윙크하며 말했다. "눈을 깜빡이면서 그럴 듯한 얘기를 지어내면 통할지도 모르는데. 나라면 그러겠어." 미시는 환히 미소를 지었다.

셰리든의 어머니가 다이닝룸으로 돌아왔다.

"그래도 돼요?" 셰리든이 물었다. "오늘 책을 가져와도 되죠?" 고집은 보통 효과가 있었다.

"생각 좀 해보고." 소녀의 어머니가 단호한 표정으로 딸을 보았다.

"된다는 말씀이죠?" 셰리든이 물었다.

"생각 좀 해보자는 뜻이야." 소녀의 어머니가 대답했다. "자, 이만 가봐. 피곤해 보이는데 낮잠이라도 자."

"괜찮아요."

"정말 괜찮니? 얼굴이 창백한데."

"정말 괜찮아요." 셰리든이 의자에서 내려오며 다시 말했다.

"괜찮다잖아." 미시가 다 안다는 듯한 미소를 지으며 메리베스에게 말했다.

틀렸어요. 셰리든은 생각했다. 전혀 그렇지 않다고요.

그건 된다는 뜻이야. 셰리든은 생각했다. 소녀는 루시와 담요를 몸에 두른 채 소파에 앉아 토요일 아침 만화 방송을 보았다. 두 번째 "생각 좀 해보자"는 늘 긍정을 의미했다.

어머니에게는 문제없다고 했지만 솔직히 셰리든은 괜찮지 않았다. 소녀는 멍한 얼굴로 텔레비전을 응시했다. 배가 아파 아침도 먹는 둥 마는 둥 했다. 전날 밤은 인생 최악의 밤이었다. 낯선 침대 때문인지 자꾸 그 무시무시한 남자가 떠올랐다. 그가 곁에서 맴도는 듯한 기분이었다. 그의 냄새를 맡을 수 있을 것 같았다. 어쩌면 어딘가에서 소녀를 지켜보는지도 몰랐다. 하지 않기로 한 말이나 행동을 할 때까지 기다리면서. 소녀는 상상 속에서 음흉한 미소를 흘리며 가족을 해치려드는 남자의 모습을 보았다. 상상 속에서도 그를 막을 방법은 없었다.

소녀는 악몽을 꾸었다. 꿈 때문에 깨면 다시 잠을 이루기 힘들었다. 한 악몽 속에서 남자는 소녀의 침대 발치 의자에 앉아 친구가 왔다고 나지막이 말했다. 그의 무릎에는 종이에 싸인 크고 둥근 무언가가 놓여 있었다. 소녀는 그 물체를 유심히 보았다. 새끼 고양이의 머리가 아닌, 루시의 머리 같아 보였다. 남자는 종이를 벗기기 시작했다.

또 다른 악몽 속에서 소녀는 마구간으로 돌아가 있었다. 남자는 소녀를 짓누른 채 뜨거운 입김을 뿜어냈다. 그는 소녀의 어머니에게 무슨 짓을 하려는지 설명해주었다. 배 속 아기도 무사하지 못할 거라고 했다. **어차피 넌 또 다른 동생이 태어나는 게 싫었잖아. 안 그래?** 그가 물었다. **척 봐도 알겠는데 뭐. 네가 외동딸이면 좋겠지? 응?** 소녀는 말없이 고개를 끄덕였다. 꿈속이지만 그랬다는 게 기분 나빴다. 하지만 진심이 아니었다. 소녀는 자신의 진심을 증명이라도 하듯 루시를 꼭 끌어안았다. 루시는 놔달라며 바둥거렸다.

셰리든은 아버지가 방을 나갈 때까지 잠에 빠져들지 않았다. 밖에서 아버지가 커피를 만들고 집 구석구석을 어슬렁거리는 소리가 들려왔다. 소녀는 사악한 남자와 자신의 비밀 애완동물에 대해 아버지에게 털어놓으려 했다. 그리고 **거의** 그럴 뻔했다. 하지만 악몽의 기억이 마지막 순간 소녀를 막아섰다. 아버지가 집을 나선 후 소녀는 낯선 천장을 멍하니 올려다보며 두 가지 결정을 내렸다. 바람직한 결단을 내린 것 같아 마음이 뿌듯해졌다. 소녀는 까먹기 전에 그 내용을 크레용으로 적고 종이는 잘 접어 잠옷 주머니에 넣었다.

첫째, 소녀는 혼자서라도 집으로 돌아가볼 생각이었다. 애완동물들이 무사한지 직접 확인하고 먹이를 챙겨주어야 했다. 소녀는 그들이 잘 지내고 있기를 바랐다.

둘째, 소녀는 아버지에게 모든 걸 털어놓기로 했다. 전날 밤, 아버지의 따스한 손길을 느낀 소녀는 세상에 자신을 지켜줄 사람은 아버지뿐임을 새삼 깨달았다.

그렇게 계획을 세워놓으니 마음이 한결 편했다. 셰리든은 담요 밑에서 루시와 찰싹 달라붙어 있었다. 루시는 만화를 보며 키득거렸고, 셰리든은 눈을 감았다. 소녀의 눈은 화끈 달아올라 있었다. 감당하기 힘든 상황이었다. 전부 다.

소녀는 아버지가 돌아오기만을 기다렸다. 전부 말할 것이다. 그래야 할 때였다.

27

처음 800미터는 무난했다. 협곡의 짙은 회색 벽들 위로 푸르스름한 하늘이 긴 리본처럼 펼쳐졌다. 바위마다 인디언 암각화가 새겨져 있었다. 온몸에 화살이 박힌 엘크, 물감과 깃털로 치장한 채 말에 오른 남자들, 다른 전사에게서 벗겨낸 머릿가죽 또는 머리 전체를 들어 올린 전사들. 조는 암각화 옆으로 매직펜으로 적어놓은 낙서를 발견했다. "오티 킬리는 병신이다." 누군가가 휘갈겨 적어놓았다. "카일은 더 병신이다." 또 다른 낙서. "캘빈은 물건이 바늘만 해." 역시. 조는 생각했다. 아웃피터들이 이곳을 지나갔어.

바위벽이 좁아지자 조는 말에서 내려 안장머리의 뿔 모양으로 잇댄 부분에 등자를 걸었다. 벽 표면에 걸리지 않도록 하기 위해서였다. 리지는 귀를 쫑긋 세웠다. 초조하다는 뜻이었다. 불안에 사로잡힌 눈이 휘둥그레져 있었다. 조는 단조로운 톤으로 혼잣말을 웅얼거리며 말을 진정시켰다. 그는 부츠를 적시지 않기 위해 개울 위로 솟아오른 바위를 차례차례 밟아나갔다. 바위를 디디는 암말의 발굽이 연신 미끄러졌다. 조의 바지 뒤쪽이 금세 젖었다.

조는 협곡까지 말을 끌고 온 것을 후회했다. 캠프장에 잘 매어놓고 혼자 올라왔어야 했다. 협곡은 예상보다 훨씬 좁았다. 협곡을 뒤덮은 뿌리와 낙엽과 거미집이 밀실공포를 느끼게 했다. 문제는 돌아서기에는 너무 깊이 들어와 있다는 사실이었다. 말을 돌리려면 미끄러운 바위를 따라 400미터 가까이 나와야 했다. 암말이 미끄러져 다치기라도 한다면, 그래서 협곡이 막혀버리기라도 한다면 큰일이었다. 리지가 그를 믿고 잘 따라와주기를 바랄 수밖에 없었다.

협곡의 폭은 계속 좁아졌다. 양쪽 벽이 말의 옆구리에 스쳤고, 위에서 빛도 잘 들지 않았다. 결국 리지가 멈춰서더니 뒷걸음치려 했다. 그 바람에 고삐를 쥐고 있던 조가 개울에 빠졌다. 겁에 질린 암말의 눈에서는 흰자만 보였다. 조는 뒷걸음치는 말을 힘껏 잡아끌어보았지만 소용없었다. 장갑 낀 조의 손에서 고삐가 미끄러졌다. 리지는 발굽이 미끄러져 개울에 털썩 주저앉았다. 요란한 소리와 함께 사방으로 물이 튀었다. 리지는 콧구멍을 벌름거리며 거칠게 콧바람을 뿜었다. 암말은 앉은 채로 몸을 떨었다. 조는 조심스레 다가가 전날 밤 셰리든에게 한 말을 똑같이 들려주었다. 십 분쯤 지나자 말은 어색하게 일어섰다. 호흡이 많이 진정됐다. 조는 말의 몸통 양쪽을 유심히 살펴보았다. 가죽이 조금 뜯겼을 뿐 부상은 없어 보였다. 조는 온통 젖었고 점점 추워졌다. 벅스킨*도 젖었고 협곡에서는 말 냄새가 강하게 풍겼다.

● 　사슴이나 염소의 가죽을 부드럽게 가공한 것.

"반 넘게 왔어, 리지." 조가 주문을 외듯 반복해서 말했다. "계속 앞으로 가든지 돌아나가든지 결정해야 해. 계속 가자. 금방 도착할 거야. 조금만 더 들어가면 나아질 거고. 약속할게. 상황이 생각보다는 나쁘지 않아."

양쪽 벽의 폭이 조금씩 넓어지면서 개울도 점점 얕아졌다. 다시 말에 오른 조는 모래로 덮인 둑을 따라 천천히 올라갔다. 하늘은 오전에 출발할 때만큼 잿빛이 아니었고 구름 사이로 쏟아지는 햇살이 젖은 몸을 말려주었다.

협곡이 열리면서 모습을 드러낸 우묵한 공간은 상상한 것보다 훨씬 우거졌다. 아름다운 곳이었다. 가장자리에 수직으로 솟은 붉은 절벽은 바람막이가 돼주었다. 바위벽 표면에서는 가느다란 개울처럼 물방울이 흘러내렸다. 봄이 되면 폭포가 생기고 물이 차오를 것이다. 주변의 오래된 나무는 잎과 이끼로 뒤덮여 있었다. 개울가에는 높이 자란 풀이 카펫처럼 깔렸고, 샘마다 차고 깨끗한 물이 넘쳐났다.

숲 속 어딘가에서 나뭇가지 부러지는 소리가 들렸다. 조는 재빨리 산탄총을 들었다. 커다란 수컷 엘크가 그를 발견하고 도망치고 있었다. 놈이 사라질 때까지 시커먼 그림자가 일렁였다. 조는 안장머리에 산탄총을 내려놓고 벅스킨으로 잘 덮었다.

조는 이곳이 얼마나 독특한 공간인지 알고 있었다. 시간을 거슬러 오르는 기분이었다. 옐로스톤이나 그랜드캐니언을 인류 최초로 경험하는 듯한 기분. 눈을 의심할 만큼 환상적인 풍경이었다. 현대 사회에서 그가 보는 것을 보고 그가 경험한 것을 경험할 수 있는 이는 많지 않을 것이다.

적어도 조는 그렇게 믿었다.

조는 풀로 덮인 언덕에 올라선 뒤에야 자신의 위치를 파악할 수 있었다. 무엇이 자신의 걸음을 멈추게 했는지, 어떻게 찾게 됐는지는 알지 못했다. 유령이 목덜미를 핥기라도 한 듯 오싹한 느낌이 들었다. 고삐를 당기고 안장에 앉은 채 몸을 돌렸을 때 눈앞에 펼쳐진 건 의심의 여지가 없는 대량 학살 현장이었다.

조는 킬링필드를 보고 있었다.

새까만 수목 가장자리의 민둥민둥한 경사지를 따라 내려가면 골짜기 바닥이었다. 마른 풀로 덮인 들판에 생기라고는 없었다. 새도 들판을 누비는 짐승도 없었다. 죽음의 공간이었고 조는 그 이유가 궁금했다.

흙더미가 보였다. 스물여섯 개였다. 흙더미 꼭대기에 뚫린 구멍은 새로 친 거미줄과 바람에 굴러든 잡초로 막혔다. 조는 흙더미 사이사이로 걸어다니며 주변을 살피다가 자신이 의심하던 물건을 찾았다. 사방에 22구경 탄피와 산탄총 탄피가 널려 있었다. 조는 몸을 숙이고 사등분된 엘크의 시체를 보았다. 뼈대가 드러날 만큼 오래됐지만 도륙에 사용한 독극물의 냄새를 판별할 수는 있었다. 컴파운드 1080. 포식동물을 죽일 때 주로 쓰는 치명적 물질이었다.

토끼 시체에 엮인 M-44 카트리지도 몇 개 발견했다. 미끼를 잡아당긴 짐승의 입에 자동으로 청산가리를 뿌리는 불법 장치였다. 노출되면, 타액과 반응한 청산가리 때문에 몇 초 안에 죽었다. 카트리지는 틀림없이 발사되었다.

조는 내려앉은 안개에 파묻혀 증거를 수집해나갔다. 안장 주머니에서 카메라를 꺼내와 필름 몇 통을 써가며 사진을 찍었다. 거의 클라이드 리드가드가 찍은 사진 같을 것이었다. 한 흙더미에 박힌 작은 뼈를 챙겨 비닐봉지에 담았다. 22구경 탄피와 M-44 카트리지는 다른 부대에 담았다. 작업이 끝나자 조는 쓰러진 나무에 앉아 멍하니 들판을 응시했다. 그리고 밀러 족제비로 바글거리던 마지막 서식지의 풍경을 상상해보려 애썼다.

조는 땅거미가 내려앉은 뒤에야 엘크 캠프를 떠나 산에서 내려왔다. 꿈속을 헤매듯 협곡의 긴 통로를 따라갔다. 주인의 상황을 눈치챘는지 리지도 고분고분했다. 집에 간다는 걸 아는 모양이었다. 조는 마음이 급했지만 참혹한 풍경과 수면 부족에 진이 빠진 상태였다. 그는 몇 번이나 증거를 잘 챙겼는지 안장 주머니를 들여다보았다. 어느새 학살의 현장은 저만치 멀어져 있었다.

그 넓은 땅에서 무슨 일이 벌어졌을지 상상해보았다. 자신의 책임 구역에서 이런 살육이 벌어졌다는 사실에 몸서리를 쳤다. 조는 음모의 냄새를 똑똑히 맡을 수 있었다. 처음부터 계획된 일은 아니었을 것이다. 우발적 사고와 실수가 어쩌다 보니 크고 끔찍한 일로 이어졌을 것이다. 조는 아직 모든 증거와 단서를 어떻게 엮어야 할지, 그게 가능할지 확신할 수 없었다. 다만 뭔가 엄청난 음모의 한복판에 서 있다는 사실만은 확실했다. 소문이 퍼지면 누가 수면으로 떠오를지 궁금했다.

그는 킬링필드를 다시 떠올려보았다. 속이 울렁거리고 우울해졌다. 범인들의 철두철미함은 소름이 돋을 정도였다. 그들은 밀러 족제비에서 시작해, 아웃피터를 살해하는 지경까지 이르렀다. 더 큰 문제는 이걸로 끝이 아닐 수 있다는 사실이었다.

조는 리지를 트레일러에 태우고 안장과 마구를 트럭 짐칸에 실었다. 그러고는 얼마 남지 않은 물을 말과 나눠 마신 후 운전석에 올라 시동을 걸었다.

숲을 벗어나자 트웰브슬립 골짜기가 눈앞에 펼쳐졌다. 멀리 보이는 새들스트링은 대초원에 버려진 보석 상자처럼 반짝였다. 바로 아래 캠프장에서는 사냥꾼의 랜턴과 프로판램프 불빛이 깜빡거렸다. 마을과 캠프장 사이, 작은 언덕들 틈 어딘가에 조의 집이 있었다.

조는 몹시 화가 났다. 현재 상황, 자신을 이런 상황에 처하게 한 모든 이에게 화가 났다. 의도적이고 계획적으로 멸종위기종을 학살한 킬링필드를 떠올리니 분노가 치밀었다. 그동안 소문으로만 접한 특정 종의 계획적 몰살이 전부 사실이었다.

어둠이 내려앉자 기온이 뚝 떨어졌다. 골짜기 바닥에서 불어온 얼음 같은 바람이 산을 타고 올랐다. 지평선 위 하늘은 맑았지만 언제 또 흐려질지 알 수 없었다. 서쪽의 자줏빛 하늘에서는 칼에 벤 상처 같은 길고 시뻘건 구름이 몇 점 떠가고 있었다.

28

"일몰이 정말 환상적이야. 안 그러니?" 셰리든의 어머니가 말했다.

"그래요." 셰리든이 성의 없이 대꾸했다. 머릿속이 다른 문제로 복잡했다.

빅혼 가의 집으로 향하는 차 안에서, 셰리든의 어머니는 무슨 문제가 있는지 물었다. 그녀는 큰 딸이 걱정됐다. 무언가 문제가 있는 게 분명했지만 셰리든은 입을 꼭 닫고만 있었다. 그녀는 딸에게 눈에 피로가 가득해 보인다고 말했다.

"전 괜찮아요, 엄마." 셰리든이 말했다. 소녀의 책가방은 좌석 앞 바닥에 놓여 있었다. 책을 넣어가야 한다며 가져왔지만 사실 식탁에서 챙겨 모은 빵으로 가득했다.

"어젯밤 엄마 아빠가 의논하는 걸 들었니?"

셰리든은 고개를 저었다. 소녀의 어머니는 안도한 듯했다. 셰리든은 날이 저물어 다행이라고 생각했다. 어머니가 더는 표정을 읽을 수 없게 됐으니. 소녀의 어머니는 눈치가 빠른 사람이었다. 셰리든은 비밀 애완동물과 남자에 대해 솔직히 털어놓지 못한 것이 계속 마음에 걸렸다. 엄하기는 했지만 소녀의 어머니는 아주 똑똑하고 온화했다. 미시 할머니와 주로 시간을 보낸 탓에 셰리든은 어머니가 얼마나 멋진 사람인지 잊을 때가 있었다. 어머니만 어른다웠고, 할머니와 셰리든과 루시는 아이 같기도 했다. 어머니의 단점은 늘 걱정이 많다는 것이었다. 비밀을 알게 되면 걱정이 훨씬 많아질 거라는 걸 셰리든은 알고 있었다. 임산부가 걱정이 많아지면 좋을 게 없었다. 셰리든은 그렇게 확신했다.

"뭐가 문제인지 얘기해보렴." 소녀의 어머니가 집요하게 말했다.

셰리든은 이미 문제의 일부를 해결했다. 집에 도착하는 즉시 자기 방으로 들어가 가방에 책을 몇 권 넣을 것이다. 어머니는 학교 도서관에서 빌려온 책이 맞는지 확인하지 않을 것이다. 어떻게 혼자 밖으로 몰래 빠져나갈지가 문제였다. 소녀의 가방에는 차고 밑을 비추기 위해 챙겨온 작은 손전등이 들어 있었다. 소녀는 친구들이 그곳에 무사히 남아 있기를 바랐다.

"우리가 지금 지내는 집이 마음에 들지 않아요." 셰리든이 말했다. "너무 화려해요. 다른 사람 집에 사는 것 같아요."

"네 마음 잘 알아." 어머니가 말했다. "다른 사람 집에 살고 있잖니. 네 할머니 같은 부자는 늘 그렇게 살겠지만 너한테는 새로운 경험일 테고. 그래도 잠시나마 네 개인 침실이 생겼다는 건 기쁜 일이잖아. TV 채널도 엄청 많고. 멋진 벽난로와 책장에 꽂힌 수많은 책은 또 어떻고."

"그건 그래요." 셰리든이 솔직하게 대답했다. "그래도 저는 우리 집이 더 좋아요."

"가끔은 이렇게 변화를 주는 것도 나쁘지 않아." 소녀의 어머니가 말했다.

"전 별로예요." 셰리든이 우울한 표정으로 말했다.

소녀의 어머니가 웃음을 터뜨렸다. "넌 가끔 너무 진지해서 탈이야." 차는 속도를 줄이고 방향을 틀었다.

"봐, 아직 멀쩡히 있잖아." 소녀의 어머니가 말했다.

셰리든이 앞 유리 밖을 내다보았다. 집은 무척 어두웠다. 아버지가 늘 주차하는 자리에 트럭이 서 있지만 아버지 차는 아니었다.

"웨이시가 트럭을 세워놓고 아버지와 말을 타고 떠난 모양이구나." 어머니가 말했다. "같이 가는 줄은 몰랐는데." 그녀가 시동을 껐다.

"아무튼, 서둘자." 어머니가 말했다. "미시 할머니가 라자냐를 만들고 계시니 꼭 같이 먹어야 해."

미시 할머니는 온 가족이 자신의 라자냐를 좋아하게 됐다는 결론에 도달해 있었다. 저녁식사 때 다 먹은 사람이 없었는데도 그 생각은 바뀌지 않았다. 미시 할머니의 라자냐를 좋아하는 사람은 본인뿐이었다.

셰리든은 열쇠를 찾는 어머니 뒤에 바짝 붙어 섰다. 두 사람은 현관문을 열고 안으로 들어갔다. 어머니가 불을 켜려다 멈칫했다. 셰리든은 어머니와 부딪혔다.

소녀의 어머니는 얼어붙어 있었다.

"왜요?"

갑자기 소녀의 어머니가 몸을 숙이고 셰리든의 얼굴을 보았다.

"불 켜지 마. 움직이지 말고 있어." 소녀의 어머니가 진지한 목소리로 말했다. 셰리든은 덜컥 겁이 났다.

"무슨 일인데요?" 셰리든의 눈이 휘둥그레졌다.

"잘 모르겠어." 소녀의 어머니가 말했다. "뒤뜰에서 불빛 같은 게 보였어."

셰리든은 입을 꾹 다물었다. 소녀는 어머니 너머로 뒤뜰을 내다보았다. 주방 창문으로 들어온 노란 불빛이 천장을 훑다가 다른 방향으로 옮겨갔다.

어머니는 셰리든을 소파로 데려가 앉혔다.

"여기 잠깐 앉아 있어. 가서 보고 올게."

셰리든은 책가방을 움켜쥐었다. 소녀의 어머니는 거실을 가로질러 주방으로 들어갔다. 그녀의 실루엣이 비치는 창문이 꼭 액자 같았다.

"엄마……."

소녀의 어머니가 딸을 돌아보았다. "어떤 남자가 손전등으로 장작더미를 비추고 있어. 발로 차서 무너뜨리려고 그러네." 그녀가 긴장된 얼굴로 속삭였다. "장작을 훔치러 온 것 같아."

누가, 어떤 남자가 장작더미를 노린다는 말에 셰리든은 움찔했다. 소녀는 공황상태에 빠졌다. 밖에 세워둔 트럭. 아버지를 잘 안다는 남자. 그리고 어머니가 모르는 사실들.

그 남자 이름이 뭐랬지?

"엄마!" 소파에서 내려온 셰리든이 주방으로 뛰어들며 소리쳤다. 소녀의 어머니는 손을 뻗어 뒤뜰의 투광 조명등을 켰다.

"장작에서 물러나요!" 소녀의 어머니가 손바닥으로 창문을 두드리며 소리쳤다. 쓰레기통을 뒤지는 떠돌이 개를 쫓듯이.

그때 유리창이 깨지면서 밖에서 요란한 소리가 들려왔다. 뒤로 넘어간 소녀의 어머니는 리놀륨 바닥에 머리를 세게 부딪혔다. 밖에서는 남자가 고함을 치고 있었다.

셰리든은 가방을 한쪽으로 던져놓고 어머니 옆에 주저앉았다. 소녀
는 두 손으로 어머니의 얼굴을 감쌌다.

"오, 엄마……."

"엄마가 좀 다친 것 같아, 셰리든." 소녀의 어머니가 또렷한 목소리
로 말했다. "저 사람이 쏜 총에 맞았는데 많이 아프구나. 저 사람이 누
군지도 모르겠고."

셰리든은 어머니의 가슴에 얼굴을 묻고 흐느꼈다. 심장 박동이 똑똑
히 느껴졌다. 허리에 닿은 셰리든의 손이 축축하고 따뜻해졌다.

"오, 맙소사." 소녀의 어머니가 목멘 소리로 말했다. "몸에 감각이 없
어. 온몸이 다 그래."

순식간에 벌어진 일이라 셰리든은 아직도 상황을 제대로 파악하지
못했다.

갑자기 주변이 밝아지면서 어머니의 얼굴을 환히 비췄다. 쏟아지는
눈물과 피가 바닥을 흥건히 적시고 있었다. 소녀의 어머니는 셰리든에
게서 눈을 떼고 빛 쪽으로 시선을 옮겼다. 셰리든도 같은 쪽으로 눈을
돌렸다. "둘 다 움직이지 마." 남자가 차분한 목소리로 말했다. 그는 손
전등을 치우더니 잠긴 뒷문을 열고 들어오려 했다.

"문 열어." 남자가 명령조로 말했다.

셰리든의 어머니가 딸의 팔을 꼭 잡았다.

"도망쳐, 셰리든."

"그럴 수는 없어요." 셰리든이 울음 섞인 목소리로 말했다. "전부 나
때문에 벌어진 일이에요. 비밀을 지키지 않으면 우리 가족을 해치겠다
고 그랬어요. 엄마와 루시와 아빠를 죽이겠다고 했어요. 배 속 아기까
지요." 소녀의 눈물이 어머니의 얼굴에 뚝뚝 떨어졌다.

"문 열라고!" 남자가 문에 온몸을 부딪히며 소리쳤다. 문 중앙이 쩍 갈라지면서 지저깨비가 사방으로 튀었다.

"어서 도망치라니까." 소녀의 어머니가 말했다. "앞문으로 나가서 계속 달려야 해. 아빠와 웨이시가 돌아올 때까지 꼭꼭 숨어 있어." 방금 전과 달리 목소리에 전혀 기운이 없었다. "절대 멈추면 안 돼, 셰리든."

어머니의 당부에도 셰리든은 움직일 수 없었다. 밖에 있는 트럭은 아버지 차와 비슷했지만 아니었다. 소녀는 남자의 목소리가 귀에 익었다. 순간 소녀는 깨달았다.

"하지만 엄마, 밖에 있는 사람이 웨이시예요." 셰리든이 울부짖었다. "우리를 해치겠다고 겁준 사람이 웨이시라고요!"

어머니의 눈은 이미 감겨 있었고 손이 바닥에 툭 떨어졌다. 셰리든은 여전히 어머니의 심장박동을 느낄 수 있었다. 어머니는 꼭 잠에 빠진 듯했다.

"사랑해요, 엄마." 소녀는 벌떡 일어나 달렸다. 거실의 작은 탁자를 돌아 잽싸게 현관문을 빠져나갔다. 그리고 웨이시 헤데먼이 뒷문을 부수고 집 안으로 들어왔다.

29

소녀는 테니스화 밑으로 잔디와 깨진 콘크리트 보도가 느껴지지 않을 만큼 전력을 다해 달렸다. 뒤편에서 방충망문이 거칠게 닫히는 소리가 들려왔다. 빅혼 가로 빠져나온 셰리든은 생각을 바꾸고 진입로 쪽으로 방향을 틀었다. 그리고 어머니의 차 앞에 멈춰 서서 문손잡이를 움켜잡았다. 머릿속이 혼란스러웠다. 막상 차에 들어가면 무얼 할지 아무 계획도 없었다. 문을 잠글 수는 있겠지만 웨이시는 간단하게 차창을 부수고 들어올 것이다. 열쇠가 없으니 차를 몰고 도망치는 것도 불가능했다. 열쇠는 거실 바닥에 떨어진 어머니의 가방에 들어 있을 게 뻔했다.

그래서 소녀는 차 밑으로 기어 들어가 게처럼 납작 엎드렸다. 진입로에 깔린 자갈이 손바닥을 파고들고 바지 속으로 들어왔다. 차 밑으로 삐죽 튀어나온 뜨거운 금속이 셔츠를 뚫고 등을 지졌다.

소녀는 반대편으로 기어 나온 뒤, 잠시 서서 머리를 굴려보았다. 다시 빅혼 가로 무작정 내달리다 보면 지나가는 사람에게 발견될지도 몰랐다. 차고를 돌아 뒤뜰로 들어가는 것도 한 방법이었다. 도로로 나가면 발각될 가능성이 컸다. 소녀를 뒤쫓거나 총을 쏘아댈지도 몰랐다. 소녀는 뒤뜰과 주변 지리에 훤했다. 웨이시가 뒤뜰부터 살피지 않는다면 도망칠 시간은 충분히 있을 것이다. 소녀는 결심과 동시에 차고 쪽으로 달렸다. 확 트인 공간을 지나는 몇 초 동안 너무 두려웠다. 그가 보고 있다면 대번에 눈에 띌 것이다. 소녀는 라일락 덤불 속으로 기어 들어가기 전, 뒤를 돌아보았다.

집 안에는 불이 환히 켜져 있었다. 잠시 후, 웨이시가 현관문 안쪽에서 모습을 드러냈다. 한 손은 문손잡이를, 또 다른 손은 권총을 쥐고 있었다. 그는 눈을 가늘게 뜨고 도로 쪽을 바라보았다. 소녀가 집과 차고를 가르는 덤불 속에 숨어 있다는 길 모르는 세 확실했다.

소녀는 덤불을 헤치고 뒤편으로 이동했다. 앞이 잘 보이지 않았지만 숱하게 오갔던 길이라 어려움은 없었다. 웨이시가 계속 소녀의 이름을 불렀다.

덤불을 벗어난 소녀는 뒤뜰을 가로질렀다. 반듯하게 쌓아둔 장작더미는 웨이시의 발길질에 무너져 내린 상태였다. 소녀는 투광 조명등 불빛과 미루나무를 요리조리 피해 울타리를 빠져나갔다. 어둠에 파묻힌 마구간은 텅 비어 있었다. 아버지의 말도 보이지 않았다. 소녀는 마구실 가로대에 걸린 두꺼운 안장깔개를 어깨에 걸쳤다. 그러고는 마구간을 빠져나와 작은 언덕을 오르기 시작했다. 괴물이 나타났던 쪽으로 도망칠 생각이었다.

소녀를 부르는 웨이시의 목소리가 다시 들려왔다.

그는 도로에 나가 있었다.

셰리든은 필사적으로 언덕을 올랐다. 선인장이 소녀의 발을 찔러댔고, 장미 덤불은 옷과 머리카락과 피부를 마구 할퀴었다. 마치 더 높이 올라가는 걸 막으려는 듯이. 마치 소녀를 다시 집으로 돌려보내려 작정한 듯이. 앞이 보이지 않아 언제 방향을 틀지, 언제 몸을 숙일지, 언제 바위가 튀어나올지 알아내려면 다른 감각에 의지해야 했다. 잡목 숲을 지날 때는 머리와 팔에 안장깔개를 둘러 피부를 보호했다.

마침내 소녀가 멈춰 섰다. 더는 움직일 기운이 없었다. 숨이 가빠 가슴이 아팠고 팔다리도 천근만근이었다.

소녀는 땅바닥에 주저앉아 바위에 등을 기댔다. 그런 다음, 안장깔개로 입을 가리고 흐느끼기 시작했다. 머릿속은 바닥에 쓰러진 어머니 생각뿐이었다. 어머니를 붙들었던 손가락이 입에 들어가자 피맛이 났다. 소녀는 웨이시가 쫓아오는 소리가 나지 않길 바라며 귀를 기울였다.

그 대신 소녀의 이름을 불러대는 소리가 또렷이 들려왔다.

"셰리든, 내 말 들리는 거 다 알아." 그가 소리쳤다. 소녀는 그가 다시 뒤뜰로 돌아왔을 거라 생각했다. 어둠 속에서 목소리가 쩌렁쩌렁 울려 퍼졌다.

"들리는 거 안다, 셰리든. 잘 들어라."

소녀의 머리가 안장깔개 위로 불쑥 솟아올랐다.

"셰리든, 아까 일은 미안해. 너랑 네 어머니에게 사과할게. 깜짝 놀라서 누군지도 모르고 방아쇠를 당겨버렸어. 정말이야. 믿어줘 제발."

왠지 진실을 말하고 있는 것 같다고 셰리든은 생각했다.

"구급차를 불렀어. 지금 오는 중이야. 어머니는 괜찮을 거야. 방금 얘기 나눠봤는데 보기보다 상태가 나쁘지 않아. 어머니가 네 걱정을 많이 하신다. 널 보고 싶다고 하시니 어서 돌아와. 정말 걱정하고 계셔."

하지만 그는 노련한 거짓말쟁이였다. 그는 임신한 소녀의 어머니를 총으로 쏘았고, 소녀를 뒤쫓았다. 어머니는 소녀에게 도망치라고 했다. 셰리든은 웨이시 헤데먼 대신 어머니를 믿어야 했다.

"셰리든, 대답을 해야 무사하다는 걸 알지. 어머니가 널 찾고 계셔!"

그는 한동안 그런 말을 늘어놓았다. 소녀는 듣기만 할 뿐 입을 열거나 움직이지 않았다. 호흡이 안정되면서 가슴이 아프지 않았다. 안장깔개는 두껍고 따뜻했다. 리지와 아버지의 가죽 안장 냄새가 소녀에게 위안을 주었다.

웨이시의 목소리는 점점 거칠어졌다. 당장 대답하라고 명령조로 말했다. 더는 소녀의 어머니에 대한 언급은 없었다. 떠들어댄 말이 몽땅 거짓이라는 뜻이었다. 소녀가 예상한 대로였다. 그는 '꼬마 친구들'에 대해 더 들려줄 게 없는지 물었다. 그리고 시난 이틀산 빌러 족제비를 찾아 헤맸지만 장작더미 속에서 찾아낸 건 놈들의 똥뿐이라고 했다.

"당장 내려와, 셰리든. 순순히 말을 듣지 않으면 나중에 크게 후회하게 될 줄 알아!" 그는 이제 거의 미쳐가고 있는 것 같았다.

소녀는 미동도 없었다. 어른들은 한심했다. 조금만 더 설득하면 넘어갔을 텐데 그걸 못 참고 이성을 잃었다.

"좋아. 알았어." 그가 말을 이었다. "내려오지 않을 거면 거기서 밤새 꼼짝 말고 있어."

셰리든은 소리 치는 걸 가만히 들었다. 그는 점점 목이 쉬어갔다.

"이제 곧 경찰이 잔뜩 들이닥칠 거야. 모두 돌아갈 때까지 거기 숨어 있어. 안 그러면 더 많은 사람들이 죽을 거야. 네가 가장 먼저 죽게 될 거고. 네 어미도 없애버릴 거야. 빌어먹을 족제비 놈들이랑 같이 모조리 구워주마!"

그 말은 엄포처럼 들리지 않았다.

소녀는 고개를 들었다. 눈앞 바위가 번쩍거리며 주황빛을 발산하고 있었다. 기적의 순간을 보는 듯했다.

소녀는 자신이 기대앉았던 바위로 기어 올라갔다. 놀랍게도 언덕 아래서 펼쳐지는 상황이 똑똑히 내려다보였다.

장작더미가 불타고 시뻘건 불길이 찬 밤공기 속에서 일렁거렸다. 웨이시는 붉게 물든 채 뒤뜰에 서 있었다. 시선은 언덕 쪽에 고정됐지만 바위 위에 우뚝 선 소녀를 보지 못했다.

그는 돌아서서 집으로 들어가버렸다. 집 안이 보이기에는, 어머니가 보이기에는 소녀는 너무 먼 곳에 있었다.

30

조는 픽업트럭을 몰고 빅혼 가의 언덕을 올라갔다. 꼭대기에 다다르자 악몽 같은 광경이 눈에 들어왔다. 과거에 한 번쯤 상상해본 일, 세상모든 아버지가 염두에 둘 수밖에 없는 일이지만 그는 그 생각을 마음 깊숙이 감추어두었다. 그런데 상상도 할 수 없는 가능성은 가끔 최악의 상황에 현실이 됐다. 바로 지금처럼.

그의 집은 경광등이 뿌리는 파란색과 빨간색 불빛으로 물들어 있었다. 집 앞 도로는 새들스트링 경찰국과 카운티 당국의 자동차로 꽉 차있었다. 집 뒤편 맑은 하늘 아래에서 주황색 화염이 이글거렸다. 불길이 어찌나 크고 밝은지 산비탈 너머도 환했다.

그 한복판에서 착륙등을 켠 구조 헬리콥터가 시커먼 연기에 휩싸인 지붕 위로 서서히 떠오르는 중이었다.

충격적인 광경에 조는 가족이 이글마운틴에 있다는 사실을 깜빡하고 말았다. 다행히 현장에서 식구들은 보이지 않았다. 그는 눈앞의 상황을 이해해보려 애썼다.

조가 거칠게 액셀러레이터를 밟아 속도를 높였다. 트럭 뒤에서 말 운반용 트레일러가 굼뜨게 끌려왔다. 그는 집을 향해 가는 몇 분 사이에 대여섯 가지 가능성을 떠올렸다. 배선이 늘 말썽이었으니 합선으로 불이 났는지도 모른다. 헬리콥터는 부상당한 소방관을 후송중일 것이고. 어쩌면 술에 취한 사냥꾼이 빈집을 찾아와 장작더미에 불을 붙이다 화상을 입었을 수도 있다. 그것도 아니라면 밀러 족제비를 몰살한 범인들을 의심할 수밖에 없었다. 모두 가능한 시나리오였지만 그중 무엇도 이치에 닿지 않았다.

미친 듯이 깜빡이는 경광등 불빛 때문에 눈앞의 길도 제대로 보이지 않았다. 진입로와 집 앞 도로는 출동한 자동차로 봉쇄된 상태였다. 조는 도로변에 트럭을 세우고 차에서 내렸다. 시동도 끄지 않고 차문을 닫는 것도 잊은 채로.

짙은 색 쇼트재킷과 스테트슨 차림인 보안관 대리는 앞뜰에서 수첩만 보았다. 누구도 집으로 다가가는 조에게 눈길을 주지 않았다. 전망창 안으로 거실과 주방을 서성이는 남자들이 보였다. 집 안의 불이 모두 켜져 있었다. 조는 영화 속 투명인간이 된 기분이었다. 지친 얼굴의 바넘 보안관이 누군가와 통화하는 모습이 보였다.

그가 현관문을 열자 웨이시가 달려와 막아섰다. 웨이시의 굳은 표정이 상황의 심각성을 말해주었다. 조는 피해서 들어가려 했지만 웨이시는 들이려 하지 않았다.

"빌어먹을, 비켜." 조가 말했다.

"조, 메리베스가 총에 맞았어."

244

조가 멈칫했다. 망치로 얻어맞은 기분이었다.

웨이시가 두 손을 뻗어 조의 어깨를 움켜잡았다. 조를 그 자리에 붙들어놓기 위해서였다.

"조, 삼십 분 전쯤 앞을 지나다가 뒤뜰에서 불이 피어오르는 걸 봤어. 집 앞에는 메리베스의 차가 서 있고 현관문도 열려 있더라고. 안으로 들어왔더니 메리베스가 주방 바닥에 쓰러져 있었어. 주방 창문에는 총알구멍이 났고, 뒷문은 부서진 상태였어."

조의 가슴이 철렁 내려앉았다. "누가……."

"몰라." 웨이시의 심상치 않은 표정이 조를 더 불안하게 만들었다.

"메리베스는 어때? 그 사람이 왜 여기까지 온 거지?"

"살아 있어. 하지만 정확한 상태는 아직 몰라. 지금 구조 헬리콥터로 빌링스 병원에 후송중이야. 심십 분 안에 수술받아야 했어."

조는 웨이시의 어깨 너머로 집 안을 바라보았다. 주방 바닥에 진홍색 피가 흥건했다. 카운티수사국에서 나온 사진사는 바닥과 창문을 촬영하느라 바빴다.

"조?"

조가 다시 웨이시를 보았다.

"조, 혹시 짚이는 사람 없어? 이런 짓을 벌일 만한 놈들 말이야. 자네에게 악감정 있는 사람은? 최근에 현장에서 사냥꾼과 마찰을 빚거나 하진 않았어?"

조는 고개를 저었다. 그는 웨이시에게 엘크 캠프에서 밝혀낸 사실을 들려주는 데 시간을 허비하고 싶지 않았다. 그 사건이 메리베스에게 벌어진 일과 어떤 식으로든 관련 있다는 걸 확인하는 게 우선이었다.

"메리베스 혼자였어?" 조가 물었다. "애들은 같이 없었고?"

"다행히 혼자였어." 웨이시가 말했다. "맙소사, 자네에게 이런 일이 벌어지다니. 무슨 말을 해야 할지 모르겠어."

"하느님 맙소사." 조가 한숨을 쉬었다.

"분명히 메리베스 혼자 있었어." 웨이시가 다시 한 번 힘주어 말했다. "하지만 걱정 마, 조. 누구 짓인지 우리가 밝혀낼 테니까. 자정 전에는 잡힐 거야. 보나마나 술 취한 사냥꾼이겠지."

조가 건성으로 고개를 끄덕였다.

"웨이시, 나 좀 도와주겠어?"

"물론이지, 조."

"빌링스로 가봐야겠어. 트레일러 떼는 걸 좀 도와줘. 그리고 이글마운틴에 전화해서 장모님에게 상황을 알려줄래? 난 병원에 가서 곧장 연락드릴 테니."

웨이시는 그러겠다고 했다. 두 사람은 조가 픽업트럭을 세워둔 도로로 나갔다. 웨이시는 그런 상태로 운전이 가능하겠느냐고 물었고, 조는 괜찮다고 웅얼거렸다. 주방 바닥에 남은 메리베스의 핏자국이 뇌리에서 지워지지 않았다.

두 사람은 트럭에서 말 운반용 트레일러를 분리했다. 조는 웨이시에게 리지를 마구간으로 끌고 가 물을 먹여달라고 했다.

"안장도 가져갈까?" 웨이시가 손전등으로 트럭 짐칸을 비추며 물었다. 윙마스터 산탄총 개머리판이 안장 주머니 밖으로 삐죽 튀어나와 있었다.

"아니." 조가 말했다. "그건 내가 가져갈 거야."

웨이시는 안장도 챙겨가겠다고 했지만 조는 못 들은 척했다.

조는 트럭을 몰아 도로로 나왔다. 백미러 속, 말을 길 건너로 이끌며 멀어지는 트럭을 응시하고 있는 웨이시가 보였다.

조는 뭔가 감추는 듯하던 웨이시의 눈빛을 떠올렸다. 안장과 산탄총을 굳이 챙겨온 것도 그 눈빛 때문이었다. 조는 메리베스에게 벌어진 사건에 대해 웨이시가 보인 야릇한 반응이 마음에 걸렸다. 웨이시가 지나치게 감상적이거나 조가 모르는 무언가가 있거나, 둘 중 하나였다.

거슬리는 기분이 쉽게 사라지지 않았다. 어쩌면 피해망상이 되어가는 건지도 몰랐다. 킬링필드와 모든 정황이 그를 의심 많은 사람으로 만들었는지도 모르고. 어쩌면 누구에게라도 화풀이를 하고 싶은 것인지도 몰랐다. 아내에게 벌어진 일을 막지 못했다는 죄책감 때문이었다.

조는 새들스트링을 가로질러 반대편으로 빠져나갔다. 신호등도 네 차례나 무시해버렸다. 몬태나 빌링스는 한 시간 반 거리였다. 시속 160킬로미터로 달리면 한 시간 안에 도착할 수도 있었다. 조는 메리베스가 무슨 생각을 하고 있을지 상상해보았다. 그리고 공중에서 와이오밍과 몬태나의 경계를 넘고 있을 아내에게 마음으로 메시지를 전했다. 사랑한다고. 조금만 더 버텨달라고. 곧 함께하게 될 거라고. 당신 없이는 가족을 지킬 힘도 능력도 없으니 죽으면 안 된다고.

조의 두 손은 핸들을 더 세게 움켜쥐었다. 이상할 만큼 다리가 후들거렸다. 조는 속도를 더 높였다.

31

수술실은 삼층이었다. 조는 총을 놓고 가야 한다는 접수 담당자의 외침에도 아랑곳하지 않고 안으로 뛰어 들어갔다. 엘리베이터가 늦장을 부리자 계단을 이용해 삼층으로 향했다. 한 번에 두 단씩 뛰어오른 조가 헐떡거리며 복도로 들어섰다. 수술실 문간으로 다가가려는데 초록색 수술복 차림의 건장한 여자가 나타나 라텍스 장갑 낀 손을 휘저었다. "멈춰요!"

"남편입니다." 그가 말했다. "조 피킷입니다."

여자는 지금 선 데서 기다려야 담당 의사를 불러 오겠다고 했다.

"딱 일 분 기다리겠습니다." 조가 말했다. "그때까지 담당 의사가 나오지 않으면 내가 들어갈 겁니다."

간호사는 그를 빤히 보았다. "선생님 모셔올게요."

조는 복도를 빙빙 맴돌았다. 블라인드 내린 두꺼운 수술실 창문 안으로 빛과 움직임이 보였다. 수술복 차림의 사람 대여섯 명이 그를 등진 채 나란히 서 있었다. 메리베스는 그들 앞 수술대에 누운 모양이었다. 대체 뭣들 하는 거지? 낯선 이에게 에워싸인 아내를 생각하니 더 불안해졌다. 아직 지혈이 안 됐나? 뼈가 부러졌나? 혹시 울고 있진 않을까?

조는 병원을 좋아한 적이 없었다. 병원에만 오면 자신도 모르게 과격해졌다. 그는 가능한 한 병원 출입만은 피하려 무던히 노력해왔다. 메리베스가 셰리든과 루시를 낳았을 때도 분만실에 갇혀 안절부절 못했다. 그를 불편하게 하는 건 피나 병이나 허약함이 아니었다. 어릴 적 계단에서 미끄러진 어머니를 만나기 위해 병원을 찾은 기억 때문이었다. 당시 조는 여섯 살쯤이었다. 침대에 누운 어머니는 얼룩덜룩하고 푸르스름해진 얼굴로 그를 올려다보았다. 찢어진 아랫입술은 꿰맨 상태였고, 두 팔에는 깁스를 하고 있었다. 간호사들은 안쓰러워하며 어머니 대신 그에게 어색한 미소를 지어 보였다. 조는 자신이 잘 때 어머니가 계단에서 굴렀다고 말했고, 간호사들은 야릇한 표정을 지으며 서로 보았다. 나중에 알게 된 사실이지만, 어머니의 입원은 사고 때문이 아니었다. 엘크 클럽 밖에서 술에 취한 아버지와 싸우다 크게 다친 것이었다. 그는 병원의 강요된 적막함과 소독약 냄새와 자신의 머리를 쓰다듬으며 서로 눈빛을 교환하는 간호사들의 간계를 혐오했다. 자신을 올림포스의 신으로 여기는 의사도 구역질나기는 마찬가지였다. 복도에서 간호사의 발소리만 들어도 소름이 돋을 정도였다.

잠시 후, 땅딸막하고 강단 있어 보이는 의사가 수술실에서 걸어 나왔다. 수술복과 라텍스 장갑은 피로 얼룩져 있었다. 의사가 마스크를 목까지 내렸다. 조가 자신을 소개했다.

"일단 좀 앉으시죠." 의사가 자기 소개 대신 말했다.

"괜찮습니다." 조가 차분하게 말했다. 최악의 소식을 예상하며 마음을 다잡았다.

"안정 상태이긴 하지만 위험에서 완전히 벗어난 건 아닙니다." 의사가 직설적으로 말했다. "태아는 죽었습니다. 살릴 수 있었을지도 모르지만 상태를 고려했을 때, 현명한 선택은 아니었을 겁니다. 아내분과 치명상을 입은 태아 중 한쪽을 선택해야 했습니다."

조는 천천히 뒷걸음쳤다. 벽에 등이 닿자 휘청이는 몸을 기댔다. 쓰러지지 않을까 걱정하던 순간은 그렇게 지나갔다.

"괜찮으십니까?" 의사가 물었다.

할 말을 잃은 조가 고개를 끄덕였다.

"총알이 아내분의 흉골 바로 밑으로 파고들었습니다. 흉곽을 스치고 등 아랫부분으로 빠져나갔어요. 척추가 손상됐을 가능성도 있습니다. 부상 정도는 아직 확실히 파악할 수 없고요."

조는 말을 돌리지 않고 솔직하게 털어놓는 의사가 고마웠다. 하지만 충격적인 소식에 넋이 나가버렸다. 아기, 조의 첫 아들은 배 속에서 죽었고 아내는 다시는 못 걸을지도 몰랐다.

"아내를 언제 볼 수 있습니까?" 조가 기어 들어가는 목소리로 물었다.

의사는 한숨을 쉬었다. 위로의 말을 건네려던 그가 조의 눈을 보고 멈칫했다. "수술이 거의 끝나갑니다. 아내분은 아직 마취 상태고요. 한 시간 안에 집중 치료실로 옮길 겁니다. 그때 보시면 됩니다. 깨어 있기를 기대하지는 마십시오."

조가 고개를 끄덕였다. 입이 바짝 말랐고, 침만 삼켜도 목이 아팠다.

의사가 다가와 조의 어깨에 손을 얹었다.

"이런 말씀드리기가 쉽지는 않습니다만." 의사가 말했다. "마음을 굳게 먹고 아내분의 회복을 도와주십시오. 제가 드릴 수 있는 조언은 이것뿐입니다."

조는 고맙다고 했지만 속으로는 그가 빨리 사라져주기를 바랐다. 누구도 보고 싶지 않았다. 간호사들이 그의 어머니가 입원했을 때처럼 자신을 보고 혀를 차는 것도 원치 않았다. 생각을 읽었는지, 의사는 다시 수술실로 들어갔다.

비틀거리며 복도를 빠져나온 조가 남자 화장실로 들어갔다. 그리고는 불을 끄고 난생처음 울부짖기 시작했다.

32

　웨이시는 트웰브슬립 카운티의 전화선이 얼마나 위험해질 수 있는지 잘 알았다. 언젠가 그의 도움을 받은 U. S. 웨스트 전신전화국 기술자 두 명에게서 그 사실을 배웠다. 기기 업그레이드를 위해 덴버에서 온 기술자들은 새들스트링 마이크로파 중계국 건물 근처에도 못 오게 하는 암컷 무스 한 마리 때문에 어려움을 겪었다. 마이크로파 중계국은 울프 산 정상에 있는데, 기술자들 말로는 무스가 마이크로파 안테나와 금속으로 지은 작은 건물 사이에 버티고 있다고 했다. 그들은 웨이시에게 옴폭 팬 픽업트럭 문을 보여주었다. 무스가 달려와 받은 자국이라고 했다. 처음 겪어본 황당한 일에 그들은 당혹감을 감추지 못했다.

　웨이시는 무스는 시력이 좋지 않고 당황하면 아무에게나 달려드는 습성이 있다고 설명했다. 그리고 중계국 근처 덤불 어딘가에 새끼가 있어서 보호하기 위해 그랬을 거라고 덧붙였다.

그는 기술자들과 정상으로 올라갔지만 어미 무스는 보이지 않았다. 찾은 것은 사산된 무스 새끼 한 마리뿐이었다. 목에 탯줄이 칭칭 감겨 있었다. 기술자들은 새끼가 태어난 직후, 분노에 찬 어미가 미쳐 있을 때 그곳에 나타난 모양이었다.

웨이시는 조 피킷의 집 앞뜰에 서서 울프 산 정상에서 깜빡이는 빨간 불빛을 바라보았다. 마이크로파 중계국이 있는 곳이었다. 그는 바넘 보안관이 매클라너핸을 보낼 때까지 현장을 지키는 임무를 자청했다. 웨이시가 포치 조명 아래서 손목시계를 들여다보았다. 시선이 다시 집 뒤편 산으로 돌아갔다. 웨이시는 셰리든이 그곳에 숨었을 거라고 확신했다.

그해 봄, 정상에 올랐을 때 기술자들은 웨이시에게 중계국 건물 안의 전기 회로망을 보여주었다. 수천 개의 전화선이 모여 하나의 메인 중계선을 이뤘다. 그는 그때 새들스트링으로 통하는 중계선이 건물 어느 쪽으로 빠지는지 눈여겨보았다. 고성능 라이플로 중계선을 쏘면 전체 전화 시스템을 먹통으로 만들어버릴 수 있었다. 복구하려면 며칠이 걸리겠지만 웨이시가 걱정하는 것은 오늘 밤뿐이었다.

그의 트럭에는 30구경 라이플이 있었다. 그는 셰리든 몰래 자신의 운을 한번 시험해보기로 했다.

33

조는 오후 11시가 다 돼서야 병원 로비에서 미시 밴커런에게 전화를 걸었다. 무슨 일이 벌어졌는지 셰리든과 루시에게 어떻게 설명해야 겁먹고 히스테리를 일으키지 않을까. 조는 자신이 하게 될 말을 조용히 연습해보았다. 모두 차분히 기다려야 할 때이자 아버지 노릇을 제대로 해야 할 때였다.

한동안 신호음을 듣던 조는 자신이 빅혼 가의 집으로 전화를 걸었음을 깨달았다. 수첩에서 이글마운틴 전화번호를 찾아 다시 걸었다. 응답을 기다리는 동안, 그는 바넘이 현장에 감시 인원 하나 남겨놓지 않은 사실이 의아해졌다. 웨이시 말대로 정말 무능한 사람일지도 몰랐다. 웨이시가 보안관 선거에 나서서 다행이라는 생각이 들었다.

두 번째 신호음이 흐르고 미시가 전화를 받았다. 성나고 차가운 목소리였다.

"네?"

"미시, 조예요."

잠시 머뭇거리던 그녀가 말했다. "오, 안녕, 조. 갑자기 전화가 와서 놀랐어. 메리베스일 줄 알았거든." 미시의 반응에 그가 흠칫 놀랐다.

조는 어리둥절했지만 이내 아직 아무도 알리지 않았다는 걸 깨달았다. 웨이시가 연락하겠다고 했는데……

"저녁에 자네 집으로 몇 번이나 전화했어." 미시가 말했다. "걸 때마다 통화중이더라고. 걸 때마다. 그러더니 어느 순간부터는 신호음만 끊임없이 이어지더군. 메리베스는 한 시간 안에 돌아온다고 했거든. 그게 벌써 네 시간 전 얘기야, 조. 저녁 준비까지 다 해놨는데!"

"미시……"

"라자냐 만드느라 오후가 다 지나갔어. 내가 요리하는 걸 즐기는 사람도 아니고. 메리베스도 기대된다고 했는데. 내가 함께 지내는 게 좋은 아이디어가 아닐지도 모르겠어. 가족 모두에게 말이야, 조."

미시는 저녁식사를 위해 준비한 와인을 이미 몇 잔 들이켠 모양이었다. 조는 화가 났다.

"미시, 젠장, 잠깐 조용히 좀 하세요."

침묵.

"미시, 지금 빌링스의 병원에 와 있어요."

침묵.

"메리베스가 총에 맞았습니다. 집에서 누군가가 총을 쐈어요. 아직 범인은 잡지 못했습니다. 수술은 잘 끝났지만 아기는……"침묵이 계속 이어졌다. 조는 전화가 끊어졌다는 걸 깨달았다. 이야기를 어디까지 들었을지 알 수 없었다. 미시가 끊어버렸을 리는 없었다.

그는 다시 전화를 걸었다. 신호음이 들리지 않았다. 또 걸어보았지만 연결이 되지 않는다는 메시지만 흘러나왔다. 그는 바넘의 사무실 번호를 눌렀다. 역시 먹통이었다.

조는 차분히 앉아 있을 수 없었다. 대기실에 쌓인 잡지를 읽어보려 했지만 한 글자도 눈에 들어오지 않았다. 그는 간호사실로 다가가 메리베스를 봐도 되는지 물었다.

간호사는 그를 정중히 대했지만 짜증이 가득했다. 그녀는 책상에 놓인 시계를 가리키며 같은 질문을 한 지 십 분도 안 지났다고 상기시켜주었다. 시간이 무척 더디게 흘렀다. 메리베스가 수술실에서 나오려면 적어도 삼십 분 이상은 기다려야 했다.

조는 미시와 바넘에게 세 차례 더 전화를 걸어보았다. 카운티의 모든 전화가 불통이었다. 자신의 불운이 믿기지 않을 정도였다.

조는 복도를 맴돌며 몇 분에 한 번씩 손목시계만 보았다. 복도 어디를 봐도 똑같은 풍경이었다. 담청색으로 칠한 콘크리트블록 벽, 어둑한 형광등, 들것 바퀴가 남긴 검은 자국으로 얼룩진 타일 바닥. 간호사들은 데스크 뒤에서 조를 지켜보았다. 그는 기어이 메리베스의 병실을 찾아냈다. 문밖에 이름이 적힌 카드가 걸려 있었다. 잉크도 아직 마르지 않은 상태였다. 왠지 그녀는 병실에 혼자 있을 것 같았다. 룸메이트도 없을 것 같았다. 조는 아기들 울음소리가 들려오는 산부인과 병동 복도를 걸어나갔다. 작고 벌건 신생아를 안은 통통하고 젊은 산모가 눈에 들어왔다. 그녀는 자신을 병실로 데려가줄 간호사를 기다리고 있었다. 조는 가슴이 저려왔다. 그는 황급히 계단을 타고 위층으로 올라갔다.

조는 꼭 목적지가 정해진 사람처럼 움직였다. 그 덕분에 막아서는 사람이 없었다. 주변을 보니 대부분 노인 환자였다. 회복 또는 죽음을 기다리는 사람들. 텔레비전에서는 제이 레노가 누군가와 인터뷰를 하고 있었다.

빌링스 경찰국 소속 경관 하나가 간호사실 카운터에 몸을 기댄 채 서 있었다. 그는 간호사실을 지나는 조에게 눈길 한 번 주지 않았다. 경관은 예쁘장한 간호사에게 무언가 나지막이 속삭이는 중이었다. 간호사는 따분한 표정을 애써 감추며 그의 말에 귀를 기울이는 척했다. 복도 끝, 병실 밖에 놓인 빈 의자가 눈에 들어왔다. 경관의 자리인 듯했다. 조는 병실 밖에 붙은 카드를 들여다보았다. C. 리드가드.

조는 주춤거리다 멈춰 서서 어깨 너머로 경관을 돌아보았다. 그는 조를 등지고 서서 간호사와 시시덕거리느라 바빴다. 조는 잠시 망설이다가 병실로 들어갔다. 그리고 조심스레 등 뒤로 문을 닫았다.

클라이드 리드가드는 어두운 병실에 누워 있었다. 조명은 침대 머리판에 붙은 작은 전구 하나뿐이었다. 조는 그를 쉽게 알아볼 수 없었다. 여든 살도 넘어 보였고 해골에 더 가까워 보였다. 밀랍 같은 피부는 누렇고 쭈글거렸다. 팔뚝에 잔뜩 연결된 튜브가 꼭 버려진 감자의 하얀 뿌리 같았다. 깃털 같은 은색 머리카락이 조명에 반짝였다.

조는 혼수상태에서 깨울 수 있다는 듯 그의 얼굴을 내려다보았다.

"아는 걸 들려줘요, 클라이드." 조가 말했다. "당신이 아는 걸요."

리드가드의 눈이 스르르 열렸다. 조는 얼어붙었다. 리드가드의 눈가에는 점액이 말라붙어 있었다. 과연 그런 눈으로 제대로 볼 수나 있을지 궁금했다. 의식을 회복한 것 같지도, 방에 조가 들어왔다는 걸 알아차린 것 같지도 않았다. 그의 잠버릇인지도 몰랐다.

"내 말 들립니까, 클라이드?" 조가 나지막이 물었다. 언제든 간호사와 경관이 병실로 들이닥쳐 그를 끌어낼 수 있었다.

리드가드의 입술이 사탕을 빨듯 오므려졌다.

"목말라요? 물 가져올까요?" 조는 플라스틱 주전자를 끌어와 작은 종이컵에 물을 따랐다. 그리고 리드가드의 입술에 컵을 갖다 댔다. 리드가드가 물을 홀짝이며 조를 보았다.

"내가 누군지 알겠습니까?" 조가 조용히 물었다.

"감시관." 목소리가 너무 약해서 거의 알아들을 수 없었다. "감시관." 조가 주전자를 내려놓고 리드가드의 얼굴 위로 몸을 숙였다. 입김에서 썩은 냄새가 풍겼다. 총에 죽은 사슴이나 엘크의 냄새와 똑같았다.

"그렇습니다." 조가 말했다. "새들스트링 지구 수렵감시관 조 피킷입니다. 그 엘크 캠프에서 무슨 일이 있었는지 들려줘요."

리드가드가 눈을 감았다가 이내 다시 떴다. "이렇게 죽는 건가." 리드가드가 말했다.

"죽더라도 엘크 캠프에 대해 전부 털어놓고 죽어요." 조가 말했다. "밀러 족제비에 대해 들려주고 나서 죽으란 말입니다."

미소를 지으려는 건지 리드가드의 입꼬리가 희미하게 움찔했다.

"카메라로 족제비를 찍어놨어." 리드가드가 말했다. "하지만 현상도 못 해보고 죽겠군."

조는 리드가드에게 다시 물을 먹였다. 복도는 아직도 조용했다.

"양심에 부끄럽지 않게 다 털어놔요. 마음의 짐을 털어버리란 말입니다." 조가 말했다. "그래야 편안히 눈을 감을 수 있지 않겠습니까?"

"그런가?" 리드가드가 물었다.

"자, 시작해봐요." 조가 말했다.

조가 병실을 나왔을 때도 경관은 간호사 카운터에 달라붙어 있었다. 클라이드 리드가드가 죽었다는 사실도 모른 채.

수술실에서 나온 메리베스는 리드가드보다 훨씬 건강해 보였다. 조는 들것을 따라 걸으며 시트 아래로 손을 꼭 잡았다. 쏙 들어가버린 메리베스의 배, 친친 감긴 붕대. 그 모습을 본 조의 눈가가 촉촉해졌다.

간호사들은 잠시 손을 놓으라고 하고는 메리베스를 병실 침대로 옮겨 뉘었다. 링거 병의 위치를 잡아주자마자 조는 아내에게 돌아갔다. 그들은 강한 진정제가 들어갔으니 날이 밝을 때까지 깨어나지 않을 거라고 조에게 귀띔해주었다.

하지만 약효가 완전히 나타난 건 아닌지 잠시 후 그녀가 깨어났다.

"금세 나아질 거야." 조가 애써 미소를 지으며 말했다. "아무 일 없을 테니 걱정 마."

조는 자신의 그 말이 아내에게 위안을 주기를 진심으로 바랐다.

"메리베스, 누가 당신에게 이랬는지 알아?"

"아니. 남자라는 것밖에 모르겠어."

"뭐 기억나는 건 없고?"

"아기는?" 그녀가 탁한 목소리로 물었다.

조는 고개를 저었다.

메리베스가 고개를 돌리고 눈을 질끈 감았다. 조는 흐느끼는 아내의 손을 잡아주었다.

갑자기 메리베스가 다시 눈을 뜨고 그를 보았다. 동그래진 눈으로 미친듯이 주변을 살폈다.

"셰리든은 어디 있어?" 그녀가 물었다. "내가 도망치라고 했는데."

open season

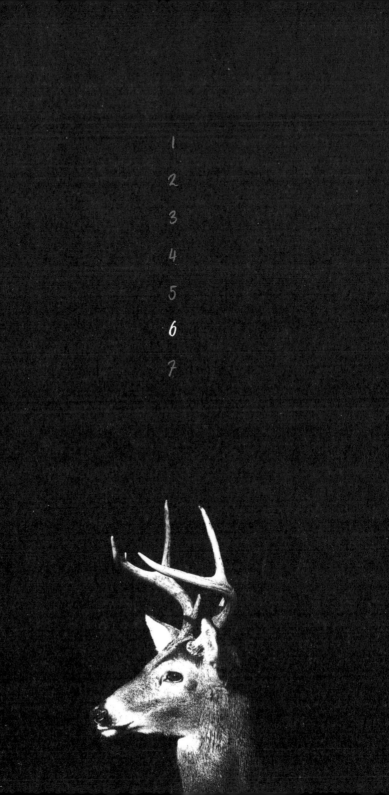

●

장님이 기계 코끼리를 만들 듯 각 참가자는 망치와 렌치를 들고 따로따로, 그리고 은밀하게 기어를 만들고, 전선을 납땜하고, 판금을 두들겨 폈다. 한 명은 다리, 또 한 명은 꼬리, 그리고 마지막 한 명은 코를 만들어 붙였다. 그 창조물은 무시무시한 안드로이드처럼 갑자기 살아나 그들을 사냥하기 시작했다. 그리고 누구의 통제도 받지 않은 채 휘청거리며 알 길 없는 운명을 향해 나아갔다. 목적도, 한계도, 후회도 없이.

_앨스턴 체이스, 《어두운 숲 속에서》, 1995년.

창조와 멸종위기종 보호법의 의도되지 않은 결과에 대한 논평.

34

셰리든은 지금처럼 춥고 배고프고 외로웠던 적이 없었다. 장작더미에 붙은 불이 꺼지자 칠흑 같은 어둠이 찾아들었다. 소녀는 몸을 단단한 공처럼 말고 바위 밑에 웅크리고 앉아 있었다. 안장깔개를 접어 몸에 두르려 했지만 너무 두꺼웠고 몸을 다 가리기에는 작았다. 바위도, 흙도, 밤공기도 다 차가웠다. 소녀는 음식 조각이 담긴 배낭을 챙겨오지 못한 자신을 질책했다. 저녁을 거른 것은 태어나서 처음이었다. 소녀는 늘 하던 대로 하고 싶었다. 잠옷도 입고 이도 닦으면 최소한 평범한 하루 같다는 기분을 느낄 것 같았다. 시간은 알 수 없었지만 밤이 깊었다는 것만큼은 분명했다. 달은 보이지 않았고 가차 없는 추위 속에서 별마저 차갑게 느껴졌다.

야행성 동물이 하나둘씩 나왔다. 개와 비슷한 소리를 내지만 걸음걸이가 전혀 다른 무언가가 바짝 다가왔다가 인기척을 느끼고 멈칫했다.

그리고 어딘가에서 갑자기 들려온 부스럭 소리에 놀라 덤불 속으로 달아나버렸다. 소녀는 웨이시일지 모른다는 생각에 겁이 났다. 하지만 아마 코요테일 것이다. 소녀의 아버지는 산에 코요테가 많이 산다고 했다. 소녀의 강아지와 새끼 고양이도 코요테가 잡아먹었다.

소녀는 잠깐 눈을 붙였다. 하지만 몇 분 전, 산 속 어딘가에서 들려온 총성에 번쩍 깼다. 귀를 기울여보았지만 총성이 더는 들려오지 않았다. 소녀는 바위로 올라가 아래쪽을 보았다. 재로 변한 장작더미는 진홍색을 띠었다. 집 안에 불을 훤히 켜놓았지만 그의 모습은 안팎 어디에서도 보이지 않았다. 웨이시가 있는 곳을 알게 되면 기분이 좀 나아질 것 같았다. 소녀는 잠시 집으로 돌아갈까 고민해보았다.

소녀는 발각됐을 때 자신을 보호할 방법을 궁리했다. 가진 것이라고는 안장깔개, 머리핀, 1센트 동전 두 개뿐이었다. 막대기조차 없었다. 영화 속 주인공이었다면 지닌 물건으로 기발한 무기를 만들어 악당에 맞서겠지만 이건 영화가 아닌 현실이었다. 소녀는 그렇게 똑똑하지도 않았다. 그저 춥고 두려울 뿐이었다.

그때 울프 산 쪽에서 헤드라이트 불빛이 보였다. 소녀는 그 불빛이 강을 건너 빅혼 가로 들어서는 걸 지켜보았다. 픽업트럭 한 대가 집 앞 진입로에 멈춰 섰다. 잠시 후, 문이 거칠게 닫히는 소리가 들렸지만 운전자는 보이지 않았다.

잠시 후 누군가가 뒤편 전망창 앞을 지나는 모습이 보였다. 포치에 불이 들어오고 웨이시가 밖으로 나왔다. 손에는 라이플이 들려 있었다.

"유후! 셰리든, 아직도 거기 있니?"

셰리든은 울기 시작했다. 잠시 트럭을 몰고 나타난 사람이 아버지일 거라고 생각했다.

"대답해보렴. 그래야 네가 무사한지 알지!" 그가 다정한 톤으로 말했다. 언제나 시작은 그랬다.

소녀는 격하게 흐느꼈다. 몸속에서 무언가 풀려버린 기분이었다.

"집은 아주 따뜻하고 좋은데, 셰리든. 핫초코를 만들어놨어. 찬장에서 찾은 작은 마시멜로도 듬뿍 넣었지. **으으음!** 거긴 많이 추울 텐데."

소녀는 울음을 멈출 수 없었다. 두 손으로 얼굴을 감쌌다.

아래에서는 잠시 정적이 흘렀다.

"네 소리가 들려. 다아아아 들린다고. 울지 마. 네가 우니까 마음이 아프잖아. 핫초코를 나 혼자 다 먹고 싶지는 않아."

소녀는 바위에서 내려갔다. 울음은 터졌을 때만큼이나 갑작스럽게 멎었다. 웨이시가 울음소리를 들었다는 말에 충격을 받았다. 위치가 노출되었다.

"가여운 셰리든. 얼른 내려오렴. 내가 찾으러 올라가는 것보단 그게 낫겠지?"

소녀는 바위를 밀쳐내며 노간주나무 덤불 속으로 파고들었다. 뒤뜰을 자세히 내려다보기 위해서였다. 웨이시는 여전히 투광 조명등 불빛 아래 서 있었다. 그리고 라이플을 들더니 스코프로 산을 살피기 시작했다. 하지만 엉뚱한 방향이었다. 그의 시선이 소녀의 왼편 어딘가를 훑어나갔다. 아직 소녀의 위치를 파악하지 못한 듯했다. 울음소리가 메아리로 울려 그를 혼란에 빠뜨렸는지도 몰랐다. 어느 쪽이든 그가 쫓아올라오지는 않았다. 아직까지는.

날이 밝아오면 사정이 달라질 것이다.

35

빌링스를 떠난 조 피킷이 와이오밍 새들스트링에 도착한 건 새벽 3시 무렵이었다. 사방에서 황색 신호등 불빛이 깜빡였고 거리엔 아무도 없었다. 술집은 전부 문을 닫아버린 후였다. 아침이 시작되기에는 아직 너무 일렀다. 마을 전체가 죽은 듯했다.

중심가를 따라 맹렬히 달려온 조는 배럿스 약국 앞 모퉁이에 차를 세웠다. 그는 시동을 끄고 백미러로 자신의 얼굴을 살폈다. 악마나 외계인처럼 눈이 빨갰지만 놀랄 일은 아니었다. 죽을 만큼 피곤했고 온몸에서 진이 다 빠진 상태였다. 이틀을 뜬눈으로 보냈을 뿐만 아니라 약 스무 시간 전에 아침식사를 한 후 아무것도 먹지 못했다.

그리고 조는 격분한 상태였다. 당장이라도 폭발해버릴 지경이었다. 남아 있는 유일한 의문은 이번 일에 과연 몇 명이나 연루될까 하는 것이었다.

약국에서 어스레한 불빛이 새어나왔다. 조는 유리창에 얼굴을 붙이고 안을 들여다보았다. 주차장에는 '한스 청소 용역'이라는 자석 간판을 문에 붙인 픽업트럭이 한 대 서 있었다. 한스는 잡지와 페이퍼백 소설로 빽빽한 진열대 사이 통로를 진공청소기로 밀어대는 중이었다. 조가 유리창을 두드려보았지만 돌아보지 않았다. 청소기 소음 때문이었다. 주먹으로 유리창을 힘껏 때렸다. 유리가 깨지거나 경보기가 울린다 해도 상관없었다. 하지만 원래 귀가 좋지 않은 한스는 아무 반응이 없었다.

조는 벨트에서 뽑아든 손전등으로 한스의 얼굴을 비추었다. 한스가 움찔하며 손으로 입을 문질렀다. 창문 쪽을 보고 깜짝 놀란 그가 베스트셀러 섹션으로 물러났다. 조는 누구인지 알아볼 수 있게 손전등을 돌려 자신의 얼굴을 비추며 유리창에 배지를 갖다 댔다. 턱을 문지르면서 잠시 고민하던 한스가 돌아서 뒷문으로 오라고 손짓했다.

"문을 열어줘도 되는지 모르겠네." 한스가 뒷골목으로 통하는 문을 열어주며 말했다. "빌 배럿이 영업이 끝나면 어떤 상황에서도 절대 문을 열지 말라고 신신당부했거든. 자기가 와도 열지 말라고 했소. 약국에는 마취제 같은 게 잔뜩 있으니까."

조는 고맙다고 인사하며 안으로 들어갔다. "야생동물 관리국 공무 수행중입니다." 조가 말했다. "이 시간에 계셔서 다행입니다."

한스가 툴툴거리며 문을 잠갔다.

"빌 배럿에게 알려야 할 것 같은데."

"상관없습니다." 조가 사진 카운터로 향하며 말했다.

"청소는 계속해도 되겠소?" 한스가 말했다. "아까 낮에 잭이랑 사냥하느라 일이 좀 늦어졌거든. 그래도 수사슴을 한 놈 잡았으니 뭐. 더 큰 놈은 놓쳐버렸다오. 못 믿겠으면 잭에게 가서 물어보시오."

"한스, 한 가지 묻겠습니다."

한스가 하던 일을 멈추고 조를 보았다. 손을 떨고 있었다. 자신이 최근에 수렵규정을 위반했는지 기억을 더듬는 중이라는 걸 조는 알고 있었다.

"걱정 말아요." 조가 말했다. "실수하신 적 없다는 거 압니다."

한스는 계속 떨었다.

"혹시 보름쯤 전에 저랑 얘기 나눈 거 기억하십니까? 잭이랑 가지뿔영양을 잡으셨을 때 말입니다."

한스가 고개를 끄덕였다.

"그때 산에서 발견된 멸종위기종에 대해 물으셨죠? 그것도 기억하십니까?"

한스가 다시 고개를 끄덕였다.

"자세한 내용을 듣고 싶습니다." 조가 단호한 목소리로 말했다.

"아는 게 없소." 한스가 말했다. "정말이오. 그냥 떠도는 소문만 들었소. 술집에서 누군가가 그러더군. 거기서 누가 뭘 찾았다고 말이오."

"누가 찾았냐는 말씀입니까?"

"클라이드 리드가드라던가?" 한스가 말했다.

"하시던 일 계속하십시오." 조가 손을 흔들며 말했다. 그는 카운터 뒤로 돌아가 현상된 사진을 보관하는 커다란 서랍을 열었다. 봉투는 알파벳순으로 정리돼 있었다. 조는 'L' 섹션을 살펴보았다. 로튼, 리빙스턴, 레이본, 레인, 로밀러. 찾는 이름은 보이지 않았다. 약국 안쪽에서 진공청소기 소리가 들려왔다. 조는 거칠게 서랍을 닫았다. "빌어먹을!" 하지만 한스는 청소기 소음에 그 소리를 듣지 못했다.

왜 클라이드 리드가드의 이동주택에서는 아웃피터 살인사건이 벌어지기 두 달 전 촬영된 사진이 발견되지 않았는가. 조 생각에 이유는 간단했다. 리드가드가 현상한 사진을 찾아가지 않았다면 다른 누군가가 받아갔다는 뜻이었다.

어쩌면 남들보다 열 걸음쯤 뒤처진 건지도 몰라. 조는 생각했다. 아닐 수도 있었다.

조가 다시 서랍을 열고 끝부분으로 시선을 옮겼다. 'XYZ' 섹션 뒤로 '미수령' 파일이 보였다. 안에는 열 개의 봉투가 있었다. 그중 세 개가 클라이드 리드가드가 맡긴 것이었다.

조는 첫 번째 봉투를 뜯어 카운터 위에 사진을 쏟아냈다. 익숙한 사진이었다. 희미하고 비뚤어진 나무, 구름, 클라이드의 음경, 맨홀 뚜껑. 이내 그가 찾던 사진이 보였다. 수십 장이나.

스톡먼스 바는 이미 2시에 문을 닫았다. 하지만 조는 일부러 그곳을 지나 마을 변두리의 홀리데이인으로 향했다. 모텔 간판 아래 트럭을 세운 그는 모자를 벗어 쥐고 안으로 들어갔다.

모든 나이트클러크*가 그렇듯 프런트데스크 뒤의 남자 역시 초조해했다. 그는 두꺼운 뿔테 안경을 끼었고, 뒤로 묶어 늘어뜨린 머리에서는 기름기가 흘렀다. 렌즈에 확대된 눈은 엄청나게 컸다. 그는 황급히 〈펜트하우스〉 잡지를 감추었지만 조에게 들키고 말았다.

조는 배지를 내밀며 번 더네건이 보관한 상자를 받으러 왔다고 말했다. 오기 전에 전화를 걸어봤지만 통화를 할 수가 없었다고도 했다.

● 호텔에서 야간에 접객 업무를 수행하는 직원.

"마을 전체 전화가 다 그렇습니다." 나이트클러크가 말했다. "걸 수도 받을 수도 없는 상태입니다."

조는 숙박부를 훑는 남자를 물끄러미 지켜보았다. 그의 손가락이 238호실에 멈추었다.

"관련 내역은 없는데요." 그가 말했다.

"다시 확인해봐요." 그가 말했다. "오늘 들어왔어야 합니다. 뒤쪽 어디 있는 건 아닙니까?"

나이트클러크가 혀를 쯧쯧 차며 데스크 뒤편 문으로 들어갔다.

조는 잽싸게 뛰어올라 카운터에 앉았다. 그러고는 나이트클러크의 책상 너머로 손을 뻗어 서랍을 열었다. 238호실 열쇠가 두 개 보였다. 그중 하나를 집었다.

조는 나이트클러크가 빈손으로 돌아오기를 초조하게 기다리며 주위를 살폈다. 벽시계 밑에 방 열쇠로 모텔 뒷문도 열 수 있다는 내용의 작은 플라스틱 안내판이 보였다. 잠시 후, 남자가 돌아와 사과했다. 조는 인사를 건네고 밖으로 나왔다. 그러고는 곧장 트럭에 올라 모텔 뒤편으로 돌아간 다음 뒷문 가까운 곳에 차를 세웠다. 조는 열쇠로 문을 열고 들어가 한 번에 두 단씩 계단을 올랐다.

234호, 236호, 238호. 복도에는 아무도 없었다. 조는 357구경 매그넘의 공이치기에서 벨크로 안전 스트랩을 뜯어낸 후 열쇠로 문을 열었다. 그는 안으로 들어가 등 뒤로 문을 닫았다. 방에는 불이 켜져 있지 않았다.

조는 미동도 없이 서서 눈이 어둠에 적응되기를 기다렸다. 작은 바와 의자 몇 개가 갖춰진 스위트룸이었다. 짙은 색 소파에는 옷이 가득했다. 벽에는 카우보이 그림 몇 점이 붙었고, 한쪽에는 대형 텔레비전이 있었다. 화장실과 침실로 통하는 문도 보였다. 그때 왼쪽 방에서 기침 소리가 났다. 그는 카펫 바닥을 가로질러 가 방문을 열어젖혔다.

방 안에서 퀴퀴한 버번위스키와 담배 연기가 풍겨 나왔다. 잘 보이지는 않았지만 침대 쪽에 한 명 이상 있다는 게 느껴졌다. 조는 오른손에 쥔 리볼버를 앞세우고 그쪽으로 다가갔다. 그러고는 왼손으로 뒤편 벽을 더듬어 조명 스위치를 올렸다.

침대 양옆에 놓인 테이블램프가 켜졌다. 조는 땀방울 맺힌 번 더네건의 이마에 총을 겨누었다. 번은 시트를 몸에 두른 채 앉아 크고 시커먼 총구를 멍하니 보았다. 옆에는 나이 많고 빼빼 마른 금발 여자가 시트를 입에 문 채 앉아 있었다. 눈 주변에 아이라이너가 번져 얼룩덜룩했다. 여자는 비명을 삼켰다.

"조, 이게 무슨 짓인가?" 번이 졸음과 분노가 섞인 목소리로 말했다. "여긴 대체 무슨 일이지?"

"당신을 찾으러 왔습니다." 조가 말했다. "그리고 이렇게 찾았고요."

여자는 어쩔 줄 몰라 하며 조와 번을 번갈아 보았다.

"이름이 뭡니까?" 조가 여자에게 물었다. 스톡먼스 바의 바텐더였다.

"에블린 월터스요."

"에블린." 조가 말했다. "당장 그 침대에서 내려오지 않으면 번 더네건의 뇌를 온통 뒤집어쓰게 될 겁니다."

에블린 월터스가 비명을 지르며 뛰어 내려왔다. 축 늘어진 가슴이 좌우로 흔들렸다. 그녀는 바닥에 벗어놓은 옷을 황급히 챙겨 들었다.

"에블린, 바넘 보안관을 압니까?" 조가 물었다.

에블린이 빠르게 고개를 끄덕였다.

"잘됐군요. 그럼 당장 차를 몰고 그의 집으로 가요. 가서 동원 가능한 모든 인력을 이끌고 조 피킷의 집으로 출동하라고 전해줘요. 할 수 있겠습니까?"

에블린은 할 수 있다고 대답했다.

"나랑 먼저 상의해봐야 하는 거 아니야?" 번이 혐오감에 넌더리를 내며 그녀에게 물었다.

조는 에블린이 지나갈 수 있도록 옆으로 공간을 내주었다. 그녀는 번의 질문을 무시한 채 나가버렸다. 번과 조는 말없이 서로 빤히 보았다. 에블린 월터스가 밖에서 툴툴대며 옷을 걸치는 소리가 정적을 깼다. 번은 얼굴이 벌겋게 상기된 채 눈을 가늘게 떴다. 조는 이토록 화가 난 번의 모습을 본 적이 없었다.

에블린이 현관문을 거칠게 닫고 나가는 소리가 들려왔다.

"조, 대체 왜 이러나? 자네가 지금 무슨 짓을 하는 건지 알기나 해? 응? 자네답지 않게 왜 이래?"

조가 엄지손가락으로 스미스앤드웨슨의 공이치기를 당겼다. 실린더가 살짝 돌아가며 약실에 중공탄 한 발이 장전됐다. 번의 관자놀이에서 작은 근육이 실룩거렸다.

"번, 나답지 않다고요?" 조가 차분하게 말했다. "아내가 총에 맞고 배 속 아들이 죽고 딸 하나가 실종된 날 밤에 저를 못 보셨나 보군요."

번이 고개를 저었다. 그의 트레이드마크인 능글맞은 웃음이 돌아왔다. "조, 설마 내가 그 일에 연루됐다고 생각하는 건 아니겠지, 응? 에블린과 스톡먼스 바에 있을 때 자네 집에 출동했던 경관 하나가 들어와 알려주었네. 메리베스가 총에 맞았다고. 웨이시가 소식을 전하라고 보냈다더군. 그 후 에블린과 난 곧장 이곳으로 왔네." 번이 잠시 말을 멈추고 못마땅하다는 표정으로 조를 흘겨보았다. "조, 다른 사람도 아니고 어떻게 자네가 날 의심할 수 있나?"

"닥쳐요, 번. 당신은 이미 헤어날 수 없는 수렁에 빠졌습니다."

"조, 난……."

"닥치라니까!" 조가 소리쳤다. 방아쇠에 걸린 손가락에 힘이 들어갔다. 번은 그 모습을 보더니 벌어진 입을 다물지 못했지만 말은 하지 않았다.

"자." 조가 클라이드의 사진이 담긴 봉투를 침대로 던졌다. 번이 봉투에서 삐져나온 사진 몇 장을 물끄러미 내려다보았다. 그러다가 뭉툭한 손가락으로 사진을 차례로 집어 들었고, 패를 돌리듯 한쪽으로 휙휙 던졌다.

"형편없는 솜씨로 촬영한 겁니다." 조가 말했다. "클라이드 리드가드 다운 작품이죠. 유심히 들여다보지 않으면 사진 속 갈색 털북숭이들이 지구상에 마지막 남은 밀러 족제비라는 걸 쉽게 알 수 없습니다."

번이 봉투에서 나머지 사진을 꺼냈다.

"당연히 필름은 따로 보관돼 있으니 허튼 수작 부릴 생각은 말아요." 조가 말했다.

번은 절망에 빠진 얼굴로 사진을 차례로 들여다보았다.

"사진이 거의 다 엉망이라서 놈들이 제대로 보이지 않습니다. 하지만 당신과 웨이시가 선명히 포착된 게 몇 장 있더군요. 그중 하나에선 M-44 카트리지가 삐죽 튀어나온 당신 배낭까지 똑똑히 보입니다."

번이 사진을 모아 봉투에 담은 후 고개를 떨어뜨렸다. 잠시 후, 그가 좌절감에 찬 얼굴을 다시 들었다.

"이걸 다 어디서 찾았나?" 번이 물었다. "어딜 뒤져야 하는지 어떻게 알았지?"

"배럿스 약국." 조가 말했다. "클라이드 리드가드가 들려주었습니다. 전부 다."

"클라이드 리드가드가?"

"당신과 수다 떨려고 온 게 아닙니다." 조가 말했다. "이십 초 줄 테니 옷 입고 나랑 떠날 준비해요. 내 딸을 찾으러 갈 겁니다."

36

조는 마을을 벗어나 빅혼 가로 들어섰다. 오른손으로는 핸들을 잡고 왼손에 쥔 357구경 매그넘으로 번의 불룩한 복부를 겨누고 있었다. 동쪽 하늘이 서서히 밝아지면서 반짝이던 별들이 하나둘 자취를 감추었다. 춥지만 맑은 아침이었고 도로에는 차가 한 대도 보이지 않았다. 세상에 조와 번, 단 둘만 남겨진 듯한 기분이었다.

조의 집으로 향하는 중이었다. 메리베스가 셰리든에게 도망치라고 했다면 그의 딸은 집 근처 어딘가에 숨어 있을 가능성이 높았다. 어쨌든 그곳부터 수색할 생각이었다.

번은 헐렁한 운동복 바지에 티셔츠, 슬리퍼, 그리고 목욕 가운 차림이었다. 옷 입을 시간을 충분히 주지 않은 탓이었다. 번이 옷장을 열었을 때 조는 선반에 놓인 권총을 발견했고, 번에게 문을 닫고 서랍장에서 아무거나 꺼내 입으라고 명령했다.

"딱 한 잔만 하면 좋을 텐데." 번이 말했다. "지금 아주 절실하다고."

"닥쳐요."

"일이 이렇게까지 커져서 정말 유감이야, 조. 자네까지 끌어들이게 돼서 미안하네."

"닥치라니까요."

"난 사업가야." 번이 언성을 높였다. "오해하고 있는 것 같은데, 나도 자네처럼 멸종위기종이야. 자네가 결심했을 때 일자리를 내주지 못해 안타까웠네. 하지만 다시 빈자리가 생겼다네. 몰랐지, 안 그런가?"

조가 코웃음 쳤다. 포기를 모른다고 생각했다. 번은 멈출 줄 몰랐다.

"일이 이렇게 꼬여버리다니." 번이 신음 섞인 목소리로 말했다. "어떻게 죄다 망칠 수가 있나."

"본부의 레스 엣바우어가 당신에게 진 빚이 있습니까?"

"꽤 많은 빚을 졌지." 번이 한숨을 쉬었다. "그 자식을 편한 자리에 앉혀줬고, 술 취해 일을 벌였을 때도 내가 다 수습해줬어."

조가 신음 소리를 냈다. 짐작한 그대로였다.

"내게 빚진 놈들이 한둘인 줄 알아?" 번이 말했다. "그놈들을 잘 다루면 자네에게도 이득이 될 걸세. 우리는 같은 편에 서야 해."

번이 고개를 돌려 조의 반응을 살폈다.

"조, 다시 감시관으로 일할 수 있게 해주겠네. 인터웨스트에 들어와도 되고. 자네가 선택하게. 원한다면 내가 엣바우어에게 전화해보겠네. 내가 얘기하면 웨이시가 당선된 후 자네를 써줄 걸세. 이제 옵션이 많이 생겼어, 조. 이렇게까지 할 필요가 없어졌다고."

"닥쳐요, 번." 조가 이를 갈며 말했다.

"까놓고 말하면 조, 자네도 내게 빚을 졌네. 자네가 어떻게 내 후임으로 오게 됐나? 내 자리를 노린 놈이 얼마나 많았는지 아나? 파인데일의 웨이드, 록스프링스의 찰리 가드너…….."

"닥쳐!"

"젠장, 조." 번이 말했다. "최소한의 예의는 차려야 하는 거 아닌가?"

그때 픽업트럭 운전석에서 권총이 불을 뿜었다. 조의 귓속을 울리는 소리보다 더 큰 건 번의 날카로운 비명뿐이었다. 번은 총상을 찾아 미친 듯이 몸을 더듬었다. 트럭 문에 동전 크기의 구멍이 생겼다. 번의 배에서 불과 몇 센티미터 떨어진 곳이었다.

두 사람은 한동안 침묵을 지켰다. 트럭에서는 코르다이트* 냄새가 진동했다. 번이 바지에 실례를 해서 오줌 냄새도 풍겼다.

"웨이시는 어떻게 연루된 겁니까?" 조가 차분하게 물었다.

"맙소사, 쪽팔려 미치겠군." 번이 축축이 섯은 바지를 내려다보며 말했다. 덜덜 떨리는 다리를 진정시키려는 듯 허벅지를 꼭 붙잡았다.

"웨이시는 어떻게 연루된 거냐고요."

번이 얼굴을 문지르며 한숨을 내쉬었다. "웨이시를 끌어들인 건 정말 멍청한 짓이었네. 얼간이 클라이드 리드가드에 대해 알려준 게 바로 그 친구였어. 리드가드가 협곡에서 신기한 동물을 봤다고 웨이시에게 말했다더군. 물론 웨이시도 파이프라인과 밀러 족제비에 대해 알고 있었네. 클라이드에게는 정부에서 계획을 세우는 중이니 당분간 비밀로 간직해두자고 했네. 클라이드는 기꺼이 그러겠다고 했어. 웨이시는 날 찾아와 그 얘기를 들려주었고."

"그래서 당신과 웨이시와 클라이드가 족제비를 몰살하러 산에 올라

• 총알, 폭탄 등에 쓰는 무연 화약.

갔군요." 조가 말했다. "하지만 몇 마리가 용케 도망쳤고, 오티 킬리와 친구들이 현장을 발견했고요."

번이 고개를 끄덕였다. 말로는 더 잃을 게 없다는 걸 깨달은 모양이었다.

"오티는 밀러 족제비를 자네에게 가져가 보여주려고 했네. 그렇게 하면 공소가 취소될 거라 생각했던 거지." 번이 말했다. "그래서 자네도 이 난장판에 연루됐다고 한 거야."

조의 입에서 신음이 터져나왔다.

"난 늘 자네와 웨이시를 끔찍이 챙겼지." 번이 갈라진 목소리로 말했다. "자네들은 내가 각별히 아낀 제자일세. 웨이시는 성질이 급하지만 단호하고 터프해. 자네는 곧이곧대로 옳은 길만 가지. 판단이 느릴 때도 있고 가끔 실수도 하지만 누구보다도 믿을 만했네. 자, 그간 무슨 일이 벌어졌는지 잘 보게. 웨이시는 미쳐버렸고, 자네는 나한테 총을 겨누고 있어. 이 상황이 정말 실망스럽네, 조. 도대체 어디서부터 잘못된 건가?"

"아웃피터들은 누가 죽였습니까?" 조가 물었다.

번이 한숨을 내쉬며 고개를 뒤로 젖혔다. 고통스러워하는 표정이었다. "웨이시가 죽였네. 클라이드도 죽였고, 그 자식, 제대로 미쳐버렸어. 웨이시는 모든 상황을 직접 통제해야 직성이 풀리는 타입이네. 그럴 줄은 상상도 못 했어. 아웃피터를 그렇게 죽일 이유가 없었어. 웨이시가 찾아갔을 때 술에 취해 족제비를 몇 마리 보여주었다더군. 웨이시는 그 중 한 명이 라이플을 들었다고 했어."

"그러니까 웨이시가 클라이드 리드가드에게 우리가 나타날 때까지 캠프를 감시하라고 시킨 거였군요."

번이 고개를 끄덕였다.

"웨이시가 캠프로 향하기 전날 밤에 왜 그리 곤히 잤는지 궁금했어요." 조가 말했다. "마치 제집에 온 듯이 캠프를 누비고 다닌 것도 이상했고요. 전날 밤 그곳에 갔고, 우리가 거기서 무얼 찾게 될지도 이미 알고 있기 때문이었군요."

"웨이시는 클라이드를 분명 죽이고 싶어 했네." 번이 확인해주었다.

"대체 웨이시는 뭘 원했던 겁니까?"

번이 트럭 문에 축 늘어진 상체를 기댔다. 조가 던진 질문에 진이 다 빠진 모양이었다. "믿기 힘들겠지만, 가장 안 좋은 방식으로 보안관 자리에 앉으려 한 걸세. 그는 거물이 되고 싶어 했네."

"믿습니다."

"난 웨이시에게 바넘의 약점을 안다고 귀띔해주었네. 선거판에서 쫓아낼 만한 비밀 말일세. 아주 오래전, 바넘은 인디언 여자를 좋아했네. 툭하면 술에 취해 유치장으로 끌려온 여자를 건드렸지. 인디언 보호 구역에는 바넘이 양육비를 대는 자식이 두어 명 있어. 그 친구와 나, 둘밖에 모르는 비밀이지. 결국 웨이시도 알게 됐네. 일이 걷잡을 수 없이 틀어지기 전에 있었던 거래의 일부지. 그게 모든 문제의 발단이었네."

번이 기어 들어가는 목소리로 말했다. "나는 돈을 많이 벌고 싶었을 뿐이고 웨이시는 보안관 자리에 앉고 싶었을 뿐이야. 그동안 주 정부를 위해 뼈 빠지게 일해왔으니 그 정도 보상은 바랄 수도 있지 않나. 심지어 거의 다 이뤘지. 정부 승인도 떨어졌고, 새들스트링에 파이프라인을 놓을 준비도 완료된 상태였는데 웨이시가 망쳤어. 갑자기 정신이 나가서는 모든 걸 혼자 덮으려 했지. 그 자식이 나서면 나설수록 상황은 점점 나빠졌네. 난 분명히 웨이시에게 자네 딸을 건드리지 말라고 경고했어. 하지만 그 자식은 자네 딸이 밀러 족제비에 대해 알고 있다면서 고 집을 부렸지. 그 족제비만 잡아 없애면 모든 게 해결될 거라는 소리만 하면서 말이야."

순간 조는 집중력을 잃고 말았다.

"뭐라고요?" 그가 소리쳤다.

번은 겁먹은 표정이었다. "딸 얘기는 몰랐나?"

"모르다니, 뭘 말입니까?" 조가 리볼버를 오른손에 옮겨 쥐더니 총 구로 번의 코를 짓이기며 머리를 조수석 유리창에 밀어붙였다.

"맙소사, 조!" 번이 우는 소리로 말했다.

"대답해요!"

"웨이시는 자네 딸이 족제비 몇 마리를 애완동물로 키운다고 생각했 네." 번이 총에서 시선을 떼지 않은 채 말했다. "그래서 웨이시가 나서 서 자네 가족을 이글마운틴으로 보내놓은 거야. 직접 족제비를 찾으려 고 말이지. 오늘 아침에 나를 찾아와 자네 집으로 가서 찾아낼 거라고 했네."

고뇌에 찬 조가 총을 더 세게 밀어붙였다. "웨이시가 내 딸을 노렸단 말입니까?"

"제발 조……" 번이 눈을 깜빡이며 애원했다.

"메리베스를 쏜 것도 웨이시입니까? 그런 겁니까? 족제비를 찾으러 갔다가 내 아내를 쏜 거예요?"

번이 대답을 위해 입을 열었지만 듣지 않아도 알 수 있었다. "그 개 자식은 내 **친구**였습니다." 조가 혼잣말하듯 말했다. 조는 웨이시가 현 관문을 막아서던 순간을, 도로 쪽으로 조를 떠밀고 나왔던 순간을 떠올 렸다. 웨이시는 자신이 집에 남아 수습하겠다며 조를 안심시켰다. 하지만 그는 무척 불안해 보였다. **웨이시.**

"젠장." 조가 도로로 시선을 돌렸다. 한동안 차선을 벗어났던 트럭이 다시 제자리로 돌아왔다. "셰리든이 옳았어. 괴물이 살고 있었던 거야."

37

빅혼 산에 새벽이 찾아들었다. 산 너머에서 눈부신 햇빛이 폭포처럼 쏟아져 내렸다. 꼭 붕괴된 댐을 보는 듯했다. 픽업트럭 앞 유리로도 햇빛이 스며들었다.

조는 자신의 집에서 800미터쯤 떨어진 마가목 수풀 안에 차를 세웠다. 그러고는 시동을 끄고 열쇠를 주머니에 넣었다.

"내려요." 그가 번에게 말했다. "여기서부터는 걸어갈 겁니다. 웨이시가 트럭 소리를 들으면 안 되잖아요. 문은 살며시 닫아요."

번이 노상路床을 따라 내려가자 조가 갓길 배수로로 가라고 손짓했다. 조는 권총을 권총집에 넣고 뒷좌석에서 산탄총을 챙겨 들었다. 그리고 펌프를 당겨 탄약을 장전했다. 슬리퍼를 신은 번이 조심스레 배수로로 내려갔다. 배수로의 서리 덮인 갈대가 아침 햇살을 받아 반짝였다. 번의 슬리퍼 밑에서 살얼음이 깨졌다.

"물이 너무 차갑군." 번이 말했다.

조는 고개를 끄덕였다. 그리고 산탄총을 까딱여 번을 출발시켰다.

"이런 광대 꼴을 하고." 번이 궁시렁거렸다. 그의 운동복 바지는 서리에 축축하게 젖었다. 조가 리볼버 총구로 짓이긴 코에는 아직도 O자 모양의 빨간 자국이 남아 있었다.

"당신이 광대 짓을 하지 않았습니까." 조가 말했다. "입 다물고 배수로를 따라 걸어요. 살고 싶으면 내 딸을 찾아내요."

번의 입에서 신음이 흘러나왔다. "그럼 다 끝나는 거지?"

"그렇습니다."

두 사람 모두 그것이 무슨 뜻인지 상대에게 설명하지 않았다.

세리든은 안장깔개 밑에서 꼼지락거렸다. 아침이 밝아오고 있었다. 소녀는 깔개에 덮인 서리를 보고 흠칫 놀랐다. 천천히 몸을 일으킨 뒤 얼굴과 팔다리를 문질러보았다. 감각이 있는지 확인하기 위해서였다. 더는 배고프지 않았다. 이미 그 상태는 넘어섰다.

밤은 길고 가혹했다. 소녀는 지저분했고 온몸이 아팠다. 가시에 긁힌 상처와 멍자국이 헤아릴 수 없을 만큼 많았다.

소녀는 주변을 훤히 볼 수 있었다. 그도 마찬가지일 것이다.

소녀는 바위를 기어 오르는 대신 노간주나무 덤불 속으로 들어갔다. 덤불이 요동치지 않도록 각별히 조심했다.

웨이시는 뒤뜰에 없었다. 집 안에 있거나 이미 소녀를 찾아 나섰다는 뜻이었다. 소녀는 잠들어버린 자신을 질책했다. 너무 오래 눈을 붙인 건 아니기를 바랐다.

집 너머 빅혼 가에서 무언가가 번뜩였다. 자동차 앞 유리가 햇빛을 받아 반짝거렸다. 아버지의 차와 같은 초록색 트럭이 나무 틈에 세워져 있었다. 집과 트럭 사이의 배수로에서 무언가 움직였다. 두 남자가 높이 자란 풀을 헤쳐나가고 있었다. 앞의 남자는 긴 가운 차림에 덩치가 컸다. 그 뒤를 따르는 사람은 소녀의 아버지였다.

셰리든은 황급히 바위를 돌아 산을 내려가기 시작했다.

웨이시는 깨진 주방 창문 앞에 서서 방금 내린 커피를 홀짝이고 있었다. 산 쪽에서 움직임이 보이자 테이블에서 쌍안경을 집어 들었다.

셰리든 피킷. 금발 소녀가 바지에 불이 붙기라도 한 듯 뛰어 내려오고 있었다.

"젠장."

그는 소녀가 산속에 숨어 있지 않을 거라고 생각했다. 간밤에 산에서 들려온 울음소리도 퓨마나 코요테가 낸 것이라고 넘겨짚었다. 짐승과 아이가 내는 울음소리는 똑같을 때도 있었다.

이제 유쾌하지 않은 일을 벌여야 했다. 하지만 밀러 족제비를 불태워 죽인 것처럼 반드시 처리해야 할 문제였다.

맙소사. 그는 생각했다. 어쩌다 이 지경까지 왔지? 중무장한 사냥꾼 세 명을 죽인 것도 모자라 비무장 상태의 여자까지 총으로 쐈다. 이제는 일곱 살배기 여자아이까지 없애려 하고 있었다. 이상하게도 괴롭지는 않았다. 난 훌륭한 보안관이 될 거야. 범죄자의 심리를 누구보다 잘 이해하니까.

웨이시는 컵을 테이블에 내려놓고 30구경 라이플을 향해 손을 뻗으려다 멈칫했다. 라이플을 들고 나오는 그를 보고 놀라면 소녀가 다시 산으로 올라가버릴지도 몰랐다. 소녀를 뒤쫓고 싶지 않았고 원거리 사격을 했다가 빗나가는 것도 원치 않았다. 소녀는 안경까지 썼으면서 어린 나이답지 않게 날렵했다. 웨이시는 소녀가 뒤뜰로 들어올 때까지 기다렸다가 붙잡을 생각이었다. 그는 울프 산 기슭에 자리한 깊은 웅덩이의 위치를 알고 있었다. 한때 사냥꾼들이 부상 입은 엘크를 쫓던 곳이었다. 사냥꾼들은 웅덩이에 빠진 엘크가 가라앉는 걸 지켜보며 경악했다. 시체를 던져버리기엔 완벽한 곳이었다. 묵직한 돌을 매달아 가라앉힐 것이다.

소녀가 울타리에 난 문으로 달려 들어오자 그가 포치로 나갔다.

웨이시를 본 소녀가 바짝 얼어붙었다. 초록색 눈이 휘둥그레졌다. 그는 능글맞은 미소를 흘리며 방충망문을 거칠게 닫았다.

어째서인지 소녀의 시선이 그의 얼굴에서 떨어져 집 옆으로 돌아갔다. 웨이시는 그 시선을 따라 고개를 돌렸다.

"웨이시." 번이 굵고 낮은 목소리로 말했다. "다 끝났어. 아직 기회가 있을 때 여길 뜨자고."

웨이시가 어리둥절한 얼굴로 번을 향해 돌아섰다. 번은 눈뜨자마자 새들스트링에서 걸어온 듯한 모습이었다.

"그 꼴이 대체 뭡니까, 번?" 웨이시가 말했다. "맙소사, 바지에 실례까지 하신 겁니까?"

조가 반대편에 있는 차고 쪽에서 불쑥 나타났다. 웨이시는 그를 등진 채 번을 보고 있었다. 흙과 피로 얼룩지고 옷마저 갈가리 찢어진 셰리든은 뒤뜰에 서 있었다.

"여긴 어쩐 일이십니까? 그리고 그건 또 무슨 말씀이죠?" 웨이시가 카랑카랑한 목소리로 번에게 물었다. "족제비는 다 죽였습니다. 이제

걸림돌이 모두 제거된 겁니다." 그가 셰리든을 돌아보았다.

"움직이지 마, 꼬마야."

셰리든은 미동도 하지 않았다. 하지만 조는 딸이 자신을 보았음을 알았다. **아빠가 왔다는 걸 알려주면 안 돼.** 조는 딸에게 속으로 애원했다.

"빨리 여길 뜨세나." 번이 웨이시에게 말했다. "그들도 족제비에 대해 알아. 바넘이 오고 있단 말일세."

"어떻게 된 일입니까?" 웨이시가 가성에 가까운 목소리로 물었다.

"그 얘기는 차에서 들려주겠네." 번이 고개를 저으며 말했다.

"지금 들려주시죠."

번이 한숨을 내쉬었다. "리드가드가 의식을 회복하고 어떻게 된 일인지 떠벌렸다네. 놈이 산에서 우리를 찍은 사진도 누군가 찾아냈고." 픽업트럭에서 그랬던 것처럼 목소리가 갈라졌다. "클라이드가 **빌어먹을 카메라**를 들고 설쳐댄 거 기억하지? 당장 여기를 떠야 한다니까!"

"아직은 안 됩니다." 웨이시가 9밀리미터 권총을 뽑아들며 말했다. "여기를 완전히 정리해야죠."

조는 웨이시가 번을 쏠 거라 생각했다. 하지만 덤불에서 꿩이 날아오르듯 권총집에서 뽑혀 나온 권총은 셰리든 쪽으로 돌아갔다. 소녀가 비명을 지르기 시작했다. **아침마다 나랑 커피를 마시며 풀을 뜯으러 목초지로 나온 엘크 떼를 바라보던 웨이시, 번과 나 사이의 벤치시트에 앉아 인상 쓰던 웨이시, 보즈먼의 내셔널칼리지 로데오 결승전에서 황소와 버클버니***를 작살냈다고 신나게 떠벌리던 그 웨이시, 어떻게 9밀리미터 권총을 내 큰딸에게 겨눌 수 있지?**

• 로데오 선수에게 사적으로 관심을 갖는 여성 팬.

조는 산탄총을 들어 웨이시의 팔을 쏘았다.

총에 맞은 웨이시가 몸을 돌려 조를 보았다. 얼굴에 공포가 가득 차 올라 있었다. 조가 지금껏 한 번도 본 적 없는 웨이시의 표정이었다. 피 스톨을 쥔 웨이시의 손이 공중으로 붕 떠올랐다가 미루나무 앞에 툭 떨어졌다.

조는 웨이시의 양 무릎을 향해 두 발을 더 쏘았다. 상체부터 땅에 떨 어진 웨이시가 울부짖었다.

번은 두 손을 번쩍 든 채 굳어버렸다. 쩍 벌어진 입은 다물어질 줄 몰 랐다. 그의 가운이 웨이시의 피로 물들었다.

셰리든이 조에게 달려왔고 그는 몸을 숙여 딸을 맞았다. 소녀는 아 버지의 목을 있는 힘껏 안았다. 조는 흐느끼는 딸에게 입을 맞추었다.

"엄마는 괜찮아." 조가 아기 때처럼 딸을 번쩍 안고 말했다. "어젯밤 에 아빠가 보고 왔어."

"엄마 걱정을 많이 했어요." 셰리든이 울먹이며 말했다. "전부 저 때 문이에요."

"아니야." 조가 말했다. "그런 생각 마. 그런 말도 하지 말고. 넌 아주 용감했어. 영웅이야. 엄마가 무척 자랑스러워하실 게다."

"저 아저씨는 죽었나요?" 소녀가 물었다.

"이런 모습을 보게 해서 미안하구나." 조가 셰리든에게 말했다. "아 빠는 정말 마음이 아파."

"그렇게 당해도 마땅한 사람이잖아요."

조가 딸을 내려놓고 번을 돌아보았다. 번은 웨이시의 주머니에서 열 쇠를 꺼내 들고 트럭으로 향하는 중이었다.

"어디 가는 겁니까?" 조가 물었다.

"우리 문제는 이걸로 끝나지 않았나." 번이 어깨 너머로 말했다. "난 내 할 일을 했고, 자넨 자네 할 일을 했고. 자네 사격 실력은 여전히 형편없군." 그가 웃음을 터뜨렸다.

"멈춰요, 번." 조가 경고했다. "바넘이 올 때까지 기다릴 겁니다. 당신 같은 인간은 감옥에 가야 해요."

"우리 일은 이걸로 끝난 거야, 조. 그렇게 약속했잖나." 번이 화를 냈다. "설마 나한테 빚진 건 잊지 않았겠지?"

포치에 드러누운 웨이시가 신음했다. 출혈이 심했지만 살아 있었다. 몸통에 깔린 다리는 흉측하게 반대 방향으로 꺾여 있었다.

"꼼짝 말아요, 번." 조가 말했다. 언성을 높이지는 않았지만 번은 그 경고를 똑똑히 들을 수 있었다.

번은 계속 걸음을 옮겼다.

"셰리든, 잠깐 고개 돌리고 있어." 조가 딸에게 말했다.

"싫어요. 저도 볼래요." 셰리든이 말했다.

"고개 돌리라니까!"

셰리든은 마지못해 시키는 대로 했다.

조가 산탄총을 들고 번이 산탄에 너무 많이 맞지 않을 만큼 멀어질 때까지 기다렸다. 잠시 후 조는 번의 엉덩이를 쏘았다. 번이 바위처럼 둔중하게 쓰러졌다.

"빌어먹을!" 번이 몸부림치며 울부짖었다. "날 쏘다니! 그것도 엉덩이에!"

"다른 데 맞지 않은 걸 다행으로 알아요." 조가 말했다. "일어나려고 하면 또 쏠 겁니다."

조는 땅에 떨어진 웨이시의 권총을 찾아 자기 벨트에 꽂았다. 그러고는 다시 포치로 돌아가 보도에 쪼그려 앉았다. 웨이시는 뒷문을 등진 채 누워 멀쩡한 한쪽 팔로 총에 맞은 다리를 감싸 안고 있었다. 햄버거 고기처럼 변한 또 다른 팔에서는 피가 뿜어졌다. 부러진 날개 같았다. 웨이시는 휘둥그레진 눈으로 이를 갈았다.

"내 말 들려, 웨이시?" 조가 물었다.

웨이시는 고통에 신음하며 고개를 끄덕였다.

"웨이시, 내 가족에게 몹쓸 짓을 한 널 죽이지 않은 유일한 이유는 죽어버리면 반성을 못하기 때문이야." 조가 말했다. "무슨 말인지 알아들어? 네가 나와 내 가족과 아웃피터들에게 무슨 짓을 했는지 잘 생각해보길 바라. 와이오밍 야생동물 관리국은 말할 것도 없고."

"구급차 좀 불러줘!" 웨이시가 이를 악물며 말했다. "이러다 과다 출혈로 죽겠어!"

"내 말 이해하겠느냐고." 조가 다시 차분하게 물었다.

"그래! 빌어먹을!" 웨이시가 경련을 일으키며 소리쳤다.

"그래." 조가 천천히 일어서며 말했다. "넌 지옥에 떨어질 거야, 웨이시. 번 더네건도 데려가는 거 잊지 마."

조는 셰리든을 번쩍 안고 집으로 들어가 빅혼 가 쪽 앞뜰로 나왔다. 그는 정문 앞에 딸을 내려놓았다.

"아빠, 보세요." 셰리든이 새들스트링 쪽을 가리키며 말했다.

에블린은 약속을 지켰다. 카운티 보안관 차량이 줄지어 달려오고 있었다. 바넘의 블레이저도 보였다.

조는 산탄총을 울타리에 기대어놓고 자갈 깔린 진입로로 걸어나갔다. 셰리든은 아버지에게 찰싹 달라붙었다. 소녀는 아버지의 그림자였다. 조는 딸이 오래토록 자신의 그림자가 돼줄 거라 생각했다.

open season

1
2
3
4
5
6
7

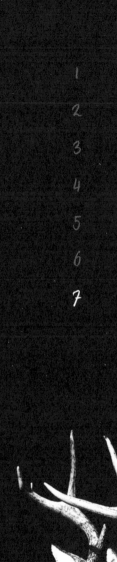

●

인류는 황무지에 문명이라는 인공물을 지어놓았다.

인간은 개척자의 등자에 걷어차이던, 높이 자란 대초원의 풀꽃을 영영 볼 수 없게 됐다.

자연 그대로의 솔밭과 해안 평야의 저지 삼림지대와 압도적 규모의 경목림도 마찬가지고.

_ 알도 레오폴드, 《샌드 카운티 연감》, 1948년.

에필로그

봄.

적어도 와이오밍에서 봄으로 여길 만한 계절이 돌아왔다. 와이오밍
에는 세 개의 적법하지만 독립적이지 않은 계절이 있다. 여름, 가을, 그
리고 겨울. 봄은 그저 다른 곳에서나 존재하는 계절일 뿐이었다. 5월의
얼어붙은 땅에서 싹이 트고, 활엽수에서 꽃봉오리와 잎이 돋고, 꽃이
태양에 바치는 제물처럼 피어나는 곳에서만. 그리고 세상에 나온 지 얼
마 되지 않은 잎과 꽃이 예고도 없이 30센티미터 넘게 쏟아진 폭설에
무자비하게 죽는 일이 없는 곳에서만.

조는 질퍽한 눈으로 뒤덮인 도로를 달려 빅혼 가의 집으로 향하고
있었다. 크레이지우먼 캠프장에 다녀오는 길이었다. 로키산맥에서 일
생을 보낸 그는 다른 곳의 봄을 경험해본 적이 없었다.

그에게, 그리고 그가 관리하는 대형 사냥감에게 봄은 자연의 잔인한

장난일 뿐이었다. 봄은 이곳의 모든 생물에게 아무리 많이 배우고 기술적으로 진보하고 직관력이 남다르다 해도 자연을 통제할 수는 없음을 새삼 일깨워주었다. 봄은 함부로 안전하다고 추정해서는 안 된다는 걸 상기시키기 위해 고안된 계절이었다.

새벽.

조는 최대한 조용히 집으로 들어가 머드룸에 소렐 부츠를 벗어두고 플리스 슬리퍼로 갈아 신었다. 파카와 진흙 튄 청바지와 빨간 새미 셔츠는 벽에 걸었다. 가운을 걸치고는 스테트슨을 옷장 선반에 휙 던져놓았다.

일요일. 그가 팬케이크를 만드는 날이었다.

조는 캠프장에서 다급하게 걸려온 전화를 받고 일찍이 집을 나섰다. '자연 수호자'라는 그룹이 자기들 캠프장에 회색곰이 어슬렁거린다며 겁에 질려 있었다. 부랴부랴 캠프장으로 출동한 조는 회색곰으로 오해한 짐승이 무스였고 이미 캠프장을 떠났다고 판단했다. 자연 수호자들은 그의 설명을 믿으려 하지 않았다. 오히려 반구형 텐트 주변에서 들린 쿵쿵대는 소리는 호기심이 아니라 적의로 가득했다며 소를 설득하려 했다. 조는 손전등을 켜고 화덕 주변에 남겨진 무스의 발굽 자국과 김이 모락모락 피어오르는 배설물을 보여주었다. 자연 수호자들은 갑자기 쏟아진 폭설에 화가 나 있었고 현지인이라는 이유만으로 조를 탓하려는 듯했다. 버지니아 알링턴에 기반을 둔 자연 수호자들은 밀러 족제비 사건의 수습 과정을 지켜보려 이 주 전에 이곳으로 왔다. 그들은 지역 내 모든 사람을 의심했다. 광부부터 벌목꾼, 목장주, 개발업자, 사냥꾼까지. 자연 수호자들은 마지못해 조의 설명을 받아들이고 800달러짜리 침낭으로 속속 돌아갔다.

조는 볼에 달걀, 밀가루, 베이킹소다, 버터밀크를 넣고 거품기로 저었다. 그러고는 새로 들인 가스레인지를 켜고 기름 두른 주철 냄비를 올렸다.

밀러 족제비 시체가 발견된 후 트웰브슬립 카운티의 산에서는 번 더 네건이 예견한 일이 모두 벌어졌다.

수십 곳의 환경보호 단체가 일제히 소송 의견서를 보내오자 연방법원 판사는 신속하게 지역 내 모든 활동 및 휴양에 대해 일시 중지 명령을 내렸다. 유럽, 캐나다, 그린란드, 아시아에 본부를 둔 법정 조언자도 속속 변론 취지서를 보내왔다. 밀러 족제비를 멸종위기종으로 지정하자는 탄원서가 제출됐고 서류는 기록적인 속도로 접수됐다. 갓스쿼드는 새 법안을 통과시키기 위해 힘을 과시했다. 지역의 호텔과 모텔과 캠프장은 무작정 새들스트링으로 몰려온 생물학자, 과학자, 저널리스트, 환경운동가로 북적거렸다. 헬리콥터를 타고 온 야생동물 관리국 요원들은 킬링필드에서 밀러 족제비 군집을 두 곳이나 더 찾아냈다. 족제비는 버펄로 대신 엘크 시체에 의존하며 버텨온 것으로 확인됐다. 두 곳은 각각 콜드스프링스 그룹과 팀버라인 그룹이라고 명명됐고 그 이름은 미디어를 통해 유명해졌다. 위성 중계 트럭을 거느리고 나타난 수많은 방송국은 저녁마다 현장 상황을 생방송으로 보도했다. 한 유명 리포터는 이 사건을 '올해 가장 기분 좋은 이야기'라고 부르기까지 했다.

환경보호국과 내무부 책임자들도 부통령 전용기인 에어포스투를 타고 새들스트링으로 왔다. 그리고 현장에서 쌍안경으로 콜드스프링스 그룹을 살피는 모습을 기자들이 촬영했다. 시청자는 뒷다리로 서서 요란하게 짹짹대는 밀러 족제비의 모습에 흥분했다. 와이오밍 입법부는 치열한 논쟁 끝에 밀러 족제비를 '와이오밍 공식 멸종위기종'으로 선언했다. 함께 후보에 오른 회색곰과 와이오밍 두꺼비와 늑대는 차례가 밀렸다.

조는 인터뷰를 피하기 위해 무척 애썼다. 아웃피터 살인사건, 그의 가족이 겪은 악몽, 클라이드 리드가드의 죽음, 웨이시와 번의 체포는 짤막한 관련 기사로만 소개됐다.

팀버라인 그룹에 속한 밀러 족제비 열여덟 마리는 말 그대로 수많은 카메라 앞에서 하나둘씩 죽어갔고 전국의 시청자들은 무척 안타까워했다. 부검 결과 족제비는 바이러스에 감염된 것으로 확인됐다. 한 연구원이 끌고 온 개에게서 옮은 것이었다. 콜드스프링스 그룹의 족제비는 스물여덟 마리에서 열세 마리로 감소했고, 원인은 밝혀지지 않았다. 남은 밀러 족제비를 사육 시설로 보내야 할지 열띤 토론이 벌어졌다. 생물학자도 입장을 정리하지 못했다. 새로 지정된 밀러 족제비 생태 서식지에는 130평방킬로미터 면적이 추가됐다. 그들의 미래에 대해 다양한 의견이 쏟아졌다. 남은 족제비의 '관리권'을 놓고 법정 공방을 벌이는 와이오밍 야생동물 관리국도 공식 입장을 내놓았다.

〈새들스트링라운드업〉은 밀러 족제비가 발견되어 지역 내 일자리가 최소 400개 이상 사라져버렸다고 주장했다. 특히 목재 산업, 방목, 농업, 휴양 산업에 큰 타격이 있다고 했다. 집 열쇠를 은행에 넘기고 마을을 떠나는 가족의 사연이 매일 신문을 장식했다.

번 더네건과 웨이시 헤데먼의 재판은 여름까지 연기됐다. 마을에 떠도는 소문에 따르면 두 사람은 상대에게 혐의를 뒤집어씌우는 데 혈안이 돼 있다고 했다. 번은 언론에 의해 극우파 스타로 떠오르는 중이었다. 기자들은 종종 유치장으로 찾아가 그를 인터뷰했다. 독방 인터뷰에서 그는 멸종위기종 보호법에 대해 떠들었다. 언변 좋은 사람답게 그의 의견은 많은 이들에 의해 인용되며 논란을 일으켰다.

반면 웨이시는 완전히 소외당했다. 샤이엔의 연방 교도소에서는 웨이시가 전 직업을 문제 삼으며 '외팔이 보안관'이라고 조롱하는 재소자를 공격했다는 소식이 흘러나왔다.

레스 엣바우어 부국장은 번이 체포된 다음 날 와이오밍 야생동물 관리국에서 사직했다. 관리국은 공식 성명을 내놓았다. 엣바우어는 조 피킷에게 정직 처분을 내리는 등 심각한 판단력 결여를 보였고, 피킷 감시관은 즉시 복직됐다고 했다. 이번 일로 조는 표창을 받고 급여도 조금 인상됐다. 엣바우어는 주지사에게 고용되어 주 정부와 연방 토지 관리국 간 연락 담당자로 활동중이었다. O. R. '버드' 바넘 보안관은 87퍼센트 득표로 재선에 성공했다. 나머지 13퍼센트는 기명 투표에 의한 후보자 몫이었다. 집에서 키우는 애완동물 이름이나 맷 딜런 보안관*을 적어낸 사람도 있고, 조 피킷에게 표를 던진 사람도 둘이나 됐다.

인터웨스트 자원 공사는 빅혼 산 서쪽 비탈에서 80킬로미터 떨어진 지점까지 건설된 파이프라인을 봉쇄했다. 조사를 맡은 의회는 인터웨스트와 번을 엮을 증거가 충분치 않다는 결론을 내렸다. 결국 인터웨스트는 캔캘과 합병해 남부 캘리포니아까지 하나의 천연가스 파이프라인을 건설하기로 합의했다. 하지만 분석가들은 시장 상황 탓에 사업이

* 드라마 〈건스모크〉의 주인공.

몇 년간 보류될 수 있다는 전망을 내놓았다.

산책을 마친 메리베스는 일요일 신문을 한 아름 안고 돌아왔다. 그녀는 기력을 충분히 회복한 뒤에 다시 맥신을 데리고 다닐 생각이었다. 지팡이를 짚고 걷는 건 여전히 고통스러웠고, 그 와중에 래브라도까지 챙기는 건 쉬운 일이 아니었다. 메리베스는 의사들의 예상을 뒤엎고 엄청난 속도로 회복하고 있었다. 휠체어에서 보행 보조기로, 그리고 목발로, 그리고 지팡이로. 모두 그녀의 회복 속도와 의지에 놀랐다. 완전 회복도 가능해 보였다. 조는 처음부터 아내가 해낼 거라 믿었다.

이글마운틴 클럽에서 돌아온 후, 미시 밴커런은 상원의원 선거에 출마하는 남편을 도와야 한다며 애리조나의 집으로 돌아갔다.

테이블에 세 아이가 둘러앉아 팬케이크를 먹고 있었다. 여덟 살이 된 셰리든과 네 살이 된 루시, 그리고 수양딸 에이프릴 킬리. 에이프릴 입양은 휠체어를 탈 무렵 메리베스가 내놓은 아이디어였다. 오티의 미망인 지니 킬리는 갓난아기만 데리고 카운티를 떠나버렸다. 막내 아이는 폐렴으로 세상을 떠났고, 조가 킬리의 집에서 본 병든 소녀 에이프릴은 새들스트링에 버려졌다. 사연을 들은 베리베스는 님편을 설득했다. 셰리든과 루시의 중간 나이인 에이프릴은 새 환경에 서서히 적응해나갔다. 메리베스는 에이프릴 킬리를 키우는 게 만만치 않은 일이 될 거라면서 배 속 아기를 위해 비축해온 모든 사랑을 그 아이에게 쏟아붓겠다고 했다. 에이프릴은 자신의 상황을 무척 부끄러워하면서도 메리베스와 조에게 조금씩 마음을 열었다. 메리베스는 에이프릴과 많은 시간을 보내려 애썼다. 어린 루시는 에이프릴을 질투했지만 셰리든은 이해하는 듯했다.

메리베스가 퇴원한 후 한 달 반은 모두에게 힘든 나날이었다. 조, 메리베스, 셰리든은 별개이면서도 서로 연결된 시련을 겪었다. 메리베스는 자신의 증오를 번 더네건에게 집중했고, 셰리든은 웨이시 헤데먼을 떠올리며 분노했다. 메리베스는 조에게 아기를 잃은 기분을 솔직하게 들려주었다. 모든 게 자신 탓이며, 그 고통은 영원히 잊지 못할 거라고 했다. 메리베스가 밤새 눈물을 쏟을 때면 조는 말없이 안아주었다. 셰리든이 잠을 이루지 못할 때는 함께 밤을 지새웠다.

조는 메리베스와 셰리든이 겪는 고통의 깊이를 헤아릴 수 없었다. 그가 할 수 있는 일이라고는 곁을 지키며 묵묵히 귀를 기울이는 것뿐이었다.

조는 두 사람이 더 아파할까 봐 걱정했지만 그런 일은 벌어지지 않았다. 가족애는 오히려 전보다 돈독해졌다.

아침식사를 마친 후 조와 셰리든은 남은 팬케이크와 베이컨을 봉지에 담아 뒤뜰로 나갔다. 둘은 집을 돌아 나가 차고를 향해 놓인 접이식 의자에 앉았다. 따스한 아침 햇살이 몸을 데워주었다. 어제 내린 눈은 이미 녹아버렸다. 언덕에서는 눈 녹은 물이 개울처럼 흘러내렸다.

셰리든은 팬케이크와 베이컨을 조금씩 뜯어 차고 토대 주변에 뿌렸다. 조는 냉동고에서 꺼내온 엘크 고기를 뜯어 땅에 뿌렸다. 그 암컷 엘크는 자동차에 치여 죽었다. 얼마 지나지 않아 밀러 족제비가 몰려와 음식을 먹기 시작했다. 조와 셰리든은 흐뭇하게 그 광경을 지켜보았다. 둘은 공모하는 듯한 미소를 나누었다.

밀러 족제비가 장작더미를 떠나 널찍한 차고 밑으로 이사한 데는 이유가 있었다. 셰리든의 짐작대로 럭키는 수컷, 히피티-홉은 암컷이었다. 하지만 엘웨이는 '아들'이 아니었다. 봄이 되자 엘웨이는 새끼를 열 마리나 낳았다. (조는 어느 생물학자에게서 족제비 새끼를 '킷'이라 부른다는 사실을 배웠다.) 그리고 그중 여덟 마리가 살아남았다.

몸 크기가 어미의 사분의 일밖에 되지 않는 킷들은 굉장히 민첩했다. 차고 토대 밑에서 튀어나온 놈들은 앞발로 음식을 낚아채더니 바람처럼 도망쳤다. 조가 손전등으로 토대 밑을 비추면 꼼지락거리던 갈색 족제비들은 요란하게 찍찍대며 짜증을 부렸다. 킷들은 햇볕 좋은 날이면 밖에 나와 뒷다리로 서서 일광욕을 즐기기도 했다. 새끼들이 중심을 잃고 고꾸라지면 조와 셰리든은 웃음을 터뜨렸다.

"몸이 점점 커져요." 셰리든이 킷에게 음식을 던져주며 말했다.

"정말 그렇구나." 조가 말했다.

"아빠, 사람들이 알게 되면 어떡하죠?" 셰리든이 물었다. 소녀는 꽤 오랫동안 걱정해온 듯했다. 셰리든이 족제비에 대해 모든 걸 털어놓았을 때 조는 깜짝 놀랐다. 조는 그 사실을 누구에게도 말하지 않기로 굳게 약속했다. 사람들은 오티 킬리가 데려온 밀러 족제비는 장작더미 속에서 타 죽었다고 믿었다. 웨이시도 그랬던 것처럼.

"글쎄." 조가 말했다. "법적으로 옳은 일인지는 모르겠다. 쟤들이 여기 산다는 걸 생물학자들이 알면 길길이 날뛸 거야. 다른 사람들도 마찬가지일 거고."

"하지만 그 사람들도 밀러 족제비가 계속 죽어가는 걸 막지 못하잖아요." 셰리든이 말했다.

조가 빙그레 웃었다. "그건 그래." 그가 말했다.

셰리든은 남은 음식을 차고 토대 앞에 마저 뿌려놓았다.

"저를 위해 비밀로 해주시는 거예요?" 셰리든이 물었다.

조는 고개를 끄덕였다. "그래."

셰리든이 의자로 돌아와 앉았다.

"쟤들을 보고 있으면 우리 가족이 생각나요." 셰리든이 말했다. "위험에 처했을 때도 하나로 뭉쳐 버려냈잖아요. 우리 가족처럼."

조는 다시 고개를 끄덕였다. 그런 대화를 나눌 때마다 불편해졌다.

"쟤들이랑 우리랑 똑같죠?"

조가 셰리든의 손을 꼭 쥐었다. "셰리든, 가끔 동물들에게는 실재하지 않는 걸 볼 수 있을 때가 있단다. 그게 바로 전이라는 거야."

셰리든이 아버지를 빤히 올려다보았다. "나쁜 건 아니죠?" 소녀가 물었다.

"우리만 그렇게 생각하지 않으면 돼." 조가 말했다. "많은 사람들이 동물을 위한 일이라고 하지만, 따지고 보면 다 우리를 위해 하는 거야. 그래서 실제로 있지도 않은 게 보이는 거고. 결국에는 동물이 피해를 보는 거고 우리도 피해를 보는 거란다."

셰리든은 잠시 골똘히 생각에 잠겼다. "전이." 소녀가 웅얼거렸다.

"동물이 인간보다 훨씬 소중하다고 주장하는 사람도 많아." 조가 말했다. "지금 여기서 그런 일이 벌어지고 있지."

조는 입을 다물었다. 말을 너무 많이 했다는 생각이 들었다.

조는 밀러 족제비의 존재를 당국에 알리지 않는 일이 규정과 법을 위반한다는 걸 알고 있었다. 족제비를 마음대로 처리하면 연방 교도소에 가게 된다는 것도 알았다. 신의 역할을 했다는 이유로 고발당할 수 있었다. 자연 수호자들은 가증스러운 처신이라며 비난할지도 몰랐다. 사형을 선고해야 마땅한 행위라면서. 조는 자신의 결정을 정당화하려 하지 않았다. 그건 자신에게도 도움이 되지 않았다. 조는 어쨌든 신의 역할을 하고 있었다. 단순히 자신이 옳다고 믿는 대로 판단하고 행동한 것이었다. 딸을 위해서이기도 했다.

"언제까지 이럴 수 있을까요?" 셰리든이 물었다. "밀러 족제비를 돕는 것 말이에요."

"네가 하고 싶을 때까지." 조가 말했다. "네가 중요한 일로 여기는 한 계속."

"몇 주 있으면 새끼들이 다 자랄 거예요." 셰리든이 눈물을 참으며 말했다. 현실을 깨달은 듯했다. "그때가 되면 눈도 다 녹아버리겠죠."

조는 족제비를 어디로 이주시키고 싶은지 말해주었다. 그는 빅혼 산에서 작고 안전한 골짜기를 발견했다. 도로와 산길에서 멀리 떨어진 공간이었다. 엘크의 이동 경로이자 퓰의 서식지이기도 했다. 당국이 지정한 밀러 족제비 생태계에서도 15킬로미터 이상 떨어져 있었다.

소녀는 코를 훌쩍이며 족제비를 다시 볼 수 있을지 물었다.

"올 여름에 아빠랑 같이 올라가보자." 조가 말했다. "함께 리지를 타고 말이야. 아무한테도 말하지 않겠다고 약속하면 족제비 있는 데 데려가줄게."

"약속할게요." 소녀가 말했다. "비밀 꼭 지킬게요."

조가 웃었다. "아빠 널 믿는다."

오픈 시즌 모중석스릴러클럽 044

1판 1쇄 인쇄 2017년 10월 20일 **1판 1쇄 발행** 2017년 10월 30일

지은이 C. J. 복스 **옮긴이** 최필원
펴낸이 고세규
편집 박정선 **디자인** 정지현

발행처 김영사
주소 경기도 파주시 문발로 197(문발동) 우편번호 10881
등록 1979년 5월 17일(제406-2003-036호)
주문 및 문의 전화 031)955-3100 **팩스** 031)955-3111
편집부 전화 02)3668-3295 **팩스** 02)745-4827 **전자우편** literature@gimmyoung.com
비채 카페 cafe.naver.com/vichebooks **인스타그램** @drviche **카카오톡** @비채책
트위터 @vichebook **페이스북** www.facebook.com/vichebook
ISBN 978-89-349-7923-4 03840 책값은 뒤표지에 있습니다.

비채는 김영사의 문학 브랜드입니다.
이 도서의 국립중앙도서관 출판시도서목록(CIP)은 서지정보유통지원시스템 홈페이지(http://seoji.
nl.go.kr)와 국가자료공동목록시스템(http://www.nl.go.kr/kolisnet)에서 이용하실 수 있습니다.
(CIP제어번호: CIP2017026236)